新潮文庫

八州探訪

新・古着屋総兵衛 第十一巻

佐伯泰英著

目次

八州探訪

新・古着屋総兵衛 第十一巻

第一章 向後百年

一

文化二年（一八〇五）正月元旦《がんたん》の早朝、江戸富沢町《とみざわちょう》の古着問屋大黒屋《だいこくや》に静かなる熱気が発散していた。

富沢町界隈《かいわい》は、いや、江戸じゅうのお店《たな》は大晦日《おおみそか》の夜遅くまで掛取りに番頭や手代が走り回って、店仕舞は九つ（零時）を過ぎることもある。ゆえに総登城の武家方と異なり、商人の家の正月は家族、奉公人ともに遅い刻限まで寝ていることが許された。

大黒屋の静かなる熱気は、陰の貌《かお》である鳶沢《とびさわ》一族の「本丸」から漂ってきた。

御城に近い富沢町の古着商いを束ねる大黒屋の主人は二つの顔を持っていた。二つの特権が大黒屋の初代鳶沢成元《なるもと》に神君家康によって許され、連綿と十代大黒屋総兵衛《そうべえ》こと鳶沢総兵衛勝臣《かつおみ》まで継承されていた。

大黒屋の表の顔の古着商は、八品商売人と呼ばれる質屋、古着買、古道具屋、唐物屋、小道具買、古鉄屋《ふるがねや》、古鉄買とともに、それぞれが組合を作らされ、町奉行所の直接の監督下にあった。

これらの品の売り買いには、その品に纏《まつ》わる情報がついて廻り、江戸府内の治安上の統制を要するとして定められたが、古着商人に対する統制を家康は、鳶沢成元に委《ゆだ》ねたのだ。

町触れによれば、古着商の人数を町ごとに書き上げ、一古着屋につき、一年一両ずつを徴収することで鑑札を授け、無鑑札の者は商いを禁じた。

そんな幕府の町触れとは別に、初代大黒屋総兵衛は、富沢町に古着商いを呼び集め、一大古着商の町、富沢町を形成してきた。

だが、一商人に力が集中するのを嫌った町奉行所は、元禄十六年（一七〇三）に惣代《そうだい》制を廃止した。それでも富沢町の古着商は、一時を除いて大黒屋の下に結集して商いを続けてきた。そして、代々の大黒屋総兵衛が、「事実上の惣代」を務めることを、富沢町の仲間も幕府も認めざるを得なかった。

この古着売買から得た利益と情報は、影の旗本たる鳶沢一族の行動を支える力の源となった。

初代以降、二つの顔を持つ大黒屋を構成したのは鳶沢一族のみであった。だが、時代が下って、六代目大黒屋総兵衛勝頼《かつより》になると、古着商いの先行きを案じて異国との交易を目指すようになり、その中で琉球《りゅうきゅう》の池城《いけぐすく》一族と緊密な信頼関係を築き上げ、鳶沢一族の下に池城が加わった。

さらに百年後、十代目総兵衛を継いだ若者の出自から、六代目と縁を結んだ安南《アンナン》の今坂《いまさか》一族が加わったことで大黒屋の商いは規模を異国へと拡大した。さらには伊賀者の末裔《まつえい》柘植《つげ》衆が鳶沢一族の傘下《さんか》に入り、影の旗本鳶沢一族は、一挙に支配下の人数が増えた。

このため十代目総兵衛勝臣は、大黒屋の江戸店《だな》の拡充を図った。

入堀を挟んだ向かいの久松町に出店を設け、入堀に架かる栄橋の老朽化を理由に自らの資金による架け替えを奉行所に申し出て認められた。

この結果、富沢町店と久松町店を結ぶ、幅五間半（約一〇メートル）の新栄橋が完成した。だが、新栄橋は二つの店を結んだばかりではない。橋下に隠し通路を設けて、一族の面々が陰の御用を務めるとき、だれにも姿を見られることなく往来できるようにした。このことで商と武の二つの顔を持つ鳶沢一族の、「機能」は格段に充実した。

富沢町と久松町の二つの店でおよそ千余坪、それに富沢町裏に三百余坪の旧伊勢屋の土地を所有していた大黒屋の敷地は、一挙に千四百坪ほどに増えていた。それも一見、三つの土地や店に分かれているようで、その実、隠し通路、地下道、船隠しなどで密接に結ばれたのだ。

この江戸店の他に初代の鳶沢成元以来、鳶沢一族の、「国許《くにもと》」ともいえる駿府《すんぷ》久能山《くのうざん》裏に鳶沢村があり、この鳶沢村の長老鳶沢安左衛門《やすざえもん》の尽力で、江尻湊《えじりみなと》奥に巨大な石組みの船隠しが完成したのは昨年のことだ。

大黒屋の交易船団イマサカ号と大黒丸が一回めの異国交易を終え、この船隠しに碇《いかり》を下ろして、利便性と隠密《おんみつ》性と機能性に優れていることを証明した。

さらに一族には、六代目総兵衛勝頼が相州深浦に自然の要害を開削して作り上げた船だまりの、静かな海と総兵衛館《やかた》があった。そして今一つの拠点が長老の一人、鳶沢仲蔵《なかぞう》が主《あるじ》を務める百年前からある琉球の出店だ。

富沢町と久松町の江戸店、深浦の船だまり、鳶沢村の国許と江尻湊の船隠し、さらに琉球の出店と、今や四族が、

「鳶沢一族」

の下に結集する新たな、

「商と武」

の組織を守る根拠地が完成した。

異国生まれの十代目大黒屋総兵衛にとって当面の課題は、四族融和をいかに円滑に進め、新たなる鳶沢一族をさらに大きく発展させ、力を蓄えるかであった。

文化二年の正月元旦、鳶沢一族の「本丸」大広間に初めて公《おおやけ》の場で四族の幹

部連が顔を揃《そろ》えることになったのだ。

鳶沢一族からは国許鳶沢村を束ねる長老の鳶沢安左衛門、富沢町店の大番頭の鳶沢光蔵《みつぞう》の二長老が出席した。だが、琉球店店主の鳶沢仲蔵は地理的な関係から欠席せざるを得なかった。

だが、富沢町の一番番頭にして、初めての異国交易を成功に導いた信一郎が父親でもある仲蔵の代理として、かつ自らの長老に準ずる資格によってこの場にあった。

池城一族からは、大黒丸の船長の金武陣七《きんじんしち》と副船長の幸地達高《こうちたっこう》が、今坂一族からは唐人卜師《ぼくし》として交易船団を安全に航海させた林梅香《はやしばいこう》と巨大帆船イマサカ号の船長の具円伴之助《ぐえんばんのすけ》が、そして、柘植衆からは加太峠《かぶと》で長年一族を率いてきた柘植宗部《そうぶ》が信一郎とともに準長老に総兵衛から任じられ、倅《せがれ》の柘植満宗《みつむね》といっしょに地下の大広間に座していた。

鳶沢総兵衛勝臣が双鳶《ふたつとび》の紋所の羽織袴《はかま》に威儀を正し、三池典太《みいけでんた》を手に大広間に姿を見せた。

一座に緊張が走った。

その様子を初代鳶沢成元と六代目の鳶沢勝頼の坐像《ざぞう》と、二代目から九代目の位牌《いはい》が見ていた。

総兵衛は先祖の坐像と位牌に一礼すると、一族の面々に向き合った。

「ご一統、文化二年の元旦、祝着《しゅうちゃく》至極にござる」

総兵衛の若々しい凜《りん》とした祝賀に一族の幹部連が、

「おめでとうござります」

と声を揃えて和した。

総兵衛は、四族の代表たる幹部連の一人ひとりの顔色と覇気を確かめるように見回し、満足げに頷《うなず》いた。

「二百有余年前、初代鳶沢成元様が神君家康様に許された古着商いと密《ひそ》かなる御用を務める影旗本の二つの顔を持つ鳶沢一族は、文化二年、新たな百年へと進展を遂げる。遂げねば、われら鳶沢一族の将来はない。われら鳶沢一族の衰亡は、徳川幕府の衰亡に他ならぬ。

昨年、イマサカ号と大黒丸の交易船団がわれらに新たなる希望の光を灯《とも》してくれた。異国との交易の成功によって、大黒屋の古着商いには新たなる可能性が生まれた。交易は一度かぎりではない。本年の秋にも二回めの交易船団の出立が予定されておる。かような定期的なる交易がこの国にもたらすものは異国の珍しい衣服、布地だけではない。和国よりはるかに進んだ異国の機械や道具類や調度類や敷物、医術薬学や食べ物など、ありとあらゆる物の技術を取り扱うことになろう」

総兵衛は、公儀から古着商として許されている大黒屋の商いの枠組みを外すと宣告していた。

イマサカ号と大黒丸が積んできた多彩で珍奇で斬新《ざんしん》な品々に、交易船団の帰りを待ち受けていた一族の面々は仰天させられていた。

交易船団の収支を光蔵と信一郎が船団帰着以来、計算してきたが、交易に携わった信一郎自身が想像したよりもはるかに大きな売り上げに達していた。そして、未《ま》だ売上げは増え続ける勢いだった。

古着商を隠れ蓑《みの》に異国交易に商いを拡大することは、商人として魅力的であった。だが同時に二つの権限を許した神君家康の言葉に大きく違反してはいないか、幹部連の一部には一抹《いちまつ》の危惧《きぐ》を抱く者もいた。

「ご一統の中には、古着商大黒屋の商いを逸脱しておらぬかと危ぶむ者もいよう。当然、古着商大黒屋が古着商いの衣を脱ぎ捨てて利に走るならば、公儀として黙っておられまい。ゆえに大黒屋は飽くまで古着商人として、これまで以上に商いを続けて行く。その上で異国の物品と情報と技術を密かに巧妙にこの地にもたらすのだ」

総兵衛がいったん言葉を切った。

「われら鳶沢一族が商と武の二つの使命を家康様に許された折から二百年余の歳月が経過した。この間、徳川幕府の治世下では、国を鎖《とざ》す政策ゆえに異国に流れる時とは違う緩やかな時が刻まれてきた。肥前長崎のみにて、それもオランダと清国《しんこく》二国だけを相手に、さらに限られた数の交易船の到来しか許されてこなかった。

その二百年間に異国は、あらゆる分野で和国の先を行く進歩と発展を遂げてきた。鳶沢村からイマサカ号に乗り組んだ一族の者たちが異国で見た現実を、幹部であるそなたらの大半は想像もできまい。航海術、兵器だけを見ても和国は異国に二百年の歳月を倍する後れをとっておる。そのことに公儀の方々は気付こうとしておられぬ」

総兵衛は、一語一語、一族の者一人ひとりの胸の中に届くようにはっきりと述べていた。

「私は、徳川幕府の政《まつりごと》を批判しているのではない、そのことを聞き違《たが》えるでない。われらを取り囲む現実を話しておるのだ。徳川幕府の治世下の暮らしと異国の暮らしの違いを話しておるのだ。

鳶沢一族が徳川幕府の政の基《もとい》を超えて、使命以外のことに手を貸すことはない。いや、われらの使命は、家康様との約定《やくじょう》どおりに商と武を通して、徳川幕府とその支配下で暮らす領民を守ることだ」

総兵衛の言葉に光蔵は、胸の中で安堵《あんど》の声を洩《も》らした。

「ご一統、われらは昨年、交易船団が戻ってくる直前に異国の影に気付かされた。異国の中でも最強国イギリスはわれらが船だまりの深浦に目をつけて、克明な絵図面を描いておった。この行為はなにを意味するか。信一郎、異国をすでに肌で感じ、自らの眼で見たそなたなら分かろうな」

「はい」

と答えた信一郎が、

「イギリス国はヨーロッパなる地の西に位置する我が国同様の島国と聞いております。この小さな島国がただ今世界中の交通の要衝に触手を伸ばし、航海に必要な拠点を次々に設けております」

「なんのためか、信一郎」

鳶沢村の長老が信一郎に尋ねた。

「安左衛門様、イマサカ号とて風を頼りに大海原を渡るとき、所々に帆船が入用な道具や食べ物や飲み水を購《あがな》う港を確保する要があります。イギリス国が深浦の船だまりに目をつけたのは、深浦を東に広がる大海原ぱしふこ海を渡り切るための拠点、補給地として利用しようと考えてのことでございましょう」

信一郎がそう言うと総兵衛を見た。

「わが故国で体験見聞した事実に照らせば、早晩イギリス国は、東インド会社なる交易会社を和国に差し向けてこよう」

「東インド会社とはなんでございますか」

柘植宗部が総兵衛に問うた。

「徳川幕府が江戸に幕府を開いたと同じ頃のことだ。ヨーロッパのイギリス、フランス、オランダなどの進んだ国が和国を含むアジア交易のために設立した商い店だ。だが、ただの店ではない」

「と、申されますと」

「かの国々ではアジア交易を独占するために東インド会社でなければ手を出せないようにしたのだ」

「なかなか強引極まる商人でございますな。それが許されますので」

「宗部、最初、ヨーロッパ人たちはアジアになにを求めたか分かるか」

「ヨーロッパにないものですな」

総兵衛は宗部に頷き返した。

「ヨーロッパの食いものは、風味に欠ける物が多かったのだ。それをな、味よくするために胡椒《こしょう》など香辛料を購い、本国に送りつける競争をイギリスの東インド会社もフランスの東インド会社も繰り広げた」

「胡椒とはなんでございますな」

「天竺《てんじく》原産の植物でな、ヨーロッパ人がよく食する肉の臭みを消すためにこの胡椒の実を乾燥させたものをすりつぶして使う」

「和国では要りませんな。加太峠で捉《つか》まえた猪《いのしし》や鹿《しか》は、山椒《さんしょう》の実などを混ぜて味噌煮《みそに》にすれば獣の臭《にお》いが消えます」

「それみよ。柘植衆は香料と分からんで、山椒を使っておるではないか。高値で取り引きされる香料、香辛料はジンジャー、シナモン、ナツメグ、丁子《ちょうじ》など何十種類もある」

「山椒も異国では高く売れますか」

「やり方次第で売れよう。さて、宗部、各国の東インド会社が香料、香辛料の買い付け争いをしていたのは当初のことだ。そのうちに天竺などアジアの国々で自らが香料、香辛料を栽培して自国に運ぶ荘園《しょうえん》経営を始めた」

「商人が百姓になりましたか」

「宗部、さような呑気《のんき》な話ではない。各国の東インド会社は、香料、香辛料で儲《もう》けた莫大《ばくだい》な金で自ら軍隊を持ち、砲艦を所有しての交易を始めた。自分の国でもない土地を軍事力で支配して、荘園経営を為《な》すことを植民地経営という。それが東インド会社の実態だ」

「では、イマサカ号や大黒丸を持つ大黒屋も東インド会社を目指すのでございますか」

宗部の倅の満宗が総兵衛に聞いた。

「いや、東インド会社は進んだ国力の強い国々の独占組織だ。われら、アジアの国の人間が加わることは許すまい。鳶沢一族が東インド会社の真似《まね》をすれば、各国の東インド会社は訓練された軍人を乗せた砲艦を直《す》ぐにも差し向けて、潰《つぶ》しにかかろう」

「と、なれば鳶沢一族はどうすればよいのでございますか」

「満宗、われらがヨーロッパの進んだ国と同じような知識と技術を持ち、優れた物を造りだす時まで、われらは彼らから学ばねばならぬ。その忍従の歳月がどれほど続くか知らぬが、我慢せねばならぬ」

と満宗に諭すように言った総兵衛は、話を元に戻した。

「ヨーロッパ列強国の中でも一番進んだ国がイギリスなのだ。この国が江戸の内海への入口深浦に目を付けたのは、最前信一郎が言うたように大海原のぱしふこ海を渡るための風待ち港にして食料、水、野菜、肉などの補給地にしておくためだ。それにもう一つ」

総兵衛は、正月早々いささか刺激を与えすぎたか、と反省しながらも話を止《や》めるわけにはいかなかった。

まさに鳶沢一族の未来がこの正月の場の話に掛かっていると思ったからだ。

「なんでございましょう。もう一つとは」

と光蔵が聞いた。

「イギリス国を始め、フランスなど進んだ国々は長崎ではのうて、いずれこの幕府の所在地江戸に姿を見せよう。その折、深浦の船隠しがあるとないとでは、大変な違いと思わぬか」

「総兵衛様、むざむざイギリスに深浦を渡すのでございますか」

「大番頭どの、それではなんのために鳶沢一族が商と武の二つの顔を使い分けて生きてきたか、分からぬではないか」

「いかにもさようです」

「過日のイギリス海軍の測量船カートライト号は、先遣隊に過ぎぬ。本隊がいつの日か江戸近くに戻ってくる」

「いつのことでございますか」

と満宗が総兵衛に聞いた。

「早ければ五年後、あるいは二十年後か。必ずイギリス国は戻ってくる。そのときまでわれら鳶沢一族は、イギリス国と付き合いを重ねながら彼らの知識と技量を学び、その時のために備えねばならぬ。二百年の後れをこの十年で取り戻せねば、和国は滅びる」

総兵衛が言い切った。

「イギリス国や各国の東インド会社のよきところは学び、悪《あ》しきところは拒み通さねばならぬ。そのためにこたびの初めての交易で得た収益をすべて注ぎ込んで、和国からイギリス国らに高く売れる物産を探し求め、イマサカ号と大黒丸の船倉を埋め続けねばならぬ」

総兵衛の言葉に座が沈黙した。

「香料や香辛料が高く取引されたように和国にある物産で高く売れそうなものはなにかのう」

宗部が首を捻《ひね》った。

「私は異国生まれの人間じゃ。その眼で見れば、江戸にも京にも金沢にも異国の者たちが欲しがる物がまだまだ眠っていよう。イマサカ号と大黒丸の船倉をそのような物で満たして半年後に送り出さねばならぬ。異国の影に怯《おび》えることなく、われらは日々の商いと武術の訓練に励み、この次、イギリス海軍の艦船が江戸近くに戻ってきたときには、相手を驚かす力をためておかねばならぬ。ご一統に繰り返す。文化二年なるこの年は、必ずや鳶沢一族の新たなる飛躍の年にせねばならぬ。そのためには和国の内外に注意深い目を向けておかねばならぬ」

総兵衛の話が終わった。

座に重く、長い沈黙があった。

「総兵衛様、われら鳶沢一族は、内外の懸念《けねん》の中で生きていかねばなりませぬな」

光蔵が総兵衛に質《ただ》した。

「そういうことだ」

光蔵がまた沈黙した。

「大番頭どの、なんぞ反論があれば腹蔵なく申し述べよ」

「反論ではございませぬ。われら、長老の一人として思いもせぬお考えに接し、光蔵いささか頭の中が混乱しております。その上で申し上げますが、かように先が読めぬ時代は年寄りの固くなった頭より若い連中のほうが理解は早《はよ》うございましょう。私を含めて安左衛門さんや宗部さん、琉球におられる仲蔵さんでは情けないことに総兵衛様のご期待に応《こた》えられぬやもしれませぬ。そこで一つ、私ども年寄りは大黒屋の表看板の古着商いに精を出す。一方、信一郎ら異国を知った者、また、これから交易に加わる満宗ら若い連中を数人選び、総兵衛様のお考えを助ける手足と致しませぬか。決して私らは逃げるわけではございませぬが、長老たちだけでは総兵衛様のお考えについていくことすらできぬような気がします」

光蔵の顔には苦悩があった。もはや過去の経験が役に立つ時代ではないと、思い悩んだ顔だった。

「光蔵さん、そなた様の考え、この林梅香にはよう分かります。一番番頭の信一郎さんの思慮分別はこたびの航海でよう承知致しました。すでに長老に次ぐ重職に就いておられますが、この信一郎さんに柘植満宗さん、二番番頭の参次郎さん、それに幸地達高さんらを加えて、総兵衛様の相談相手の若年寄組を編成致しませぬか。むろんその集いに大番頭の光蔵さん方長老が加わることになんの支障もございますまい」

林梅香が総兵衛を見て言った。

「どうだな、信一郎」

こんどは総兵衛が信一郎に質した。

しばし沈思した信一郎がはっきりと答えた。

「大番頭さんのお考えを尊重致したく思います。その上で長老は長老として総兵衛様をこれまで同様に支えるのは当然のことでございます。もちろん私たち若年寄の集いは総兵衛様の呼び出しにどのような場合でも応じたく思います。ですが、話の内容によっては、私どもよりもっと若い連中や、あるいは国内交易に従事する相模丸《さがみまる》、深浦丸の船頭衆を呼んで、現場の話を聞くのも鳶沢一族が新しい時代に生き抜くためによいことかと存じます。このこといかがにございますか」

信一郎が総兵衛を、そして林梅香を見た。

「面白い」

と林梅香が賛意を示した。

「信一郎、長老光蔵、林梅香卜師の提案、そなたのもとでもう少し考えた上、私に届けてくれませぬか。この数年の間に鳶沢一族は、陣容が急激に何倍にも増えたのです。もはや鳶沢、池城、今坂、柘植と出自を言い張るのは百害あって一利なしと考えます。四族融和せねば、こんご起こりうる時世の激変に押し潰されます」

と総兵衛が言い切って、文化二年正月元旦の鳶沢一族の集いは終わり、それを待っていたようにおりんらが新年の宴の膳《ぜん》を運んできた。

二

元日の昼ごろより年賀の客が富沢町の惣代格の大黒屋へ続々と詰めかけてきた。富沢町の古着屋組合の名主、同業者、また古着大市を富沢町と組んでやってきた柳原土手の床店《とこみせ》商いの世話方ら、さらにはこれまで顔を見せなかった村松町、芝の日蔭町《ひかげちょう》、浅草東仲町、浅草西仲町の古着屋の仲間たちが初めて大黒屋に年賀の挨拶《あいさつ》に来た。

いつもの正月は店先で大番頭の光蔵、一番番頭の信一郎ら番頭たちが御慶《ぎょけい》の挨拶を受けるのだが、今年は総兵衛自らが店先に出て、紋付羽織袴も清々《すがすが》しく光蔵らを左右に控えさせて受けたために、なんとも賑々《にぎにぎ》しい正月となった。

柳原土手の古着商の世話方の浩蔵《こうぞう》は、
「総兵衛様おん自らご応対とは恐縮の行ったり来たりでございますな。明けましておめでとうございます」

などと挨拶し、だれもが新年の賀を述べたあと、
「本年も『古着大市』の開催主導のこと、宜《よろ》しくお願い奉《たてまつ》ります」

と願ったものだ。
「こちらこそ、柳原土手の世話人方、例年にも増しての『古着大市』開催のご協力、よしなに願います」

と一人ひとりに丁寧な返礼で総兵衛が応じるものだから、大黒屋の店先はいつもの年以上に年賀の客でごった返した。

村松町など古着屋が何軒か固まっている町の主らは大番頭の光蔵や信一郎に、

「大黒屋の大番頭さん、一番番頭さん、これまでお目にかかる機会を失しておりました。今年はな、十代目総兵衛様にご挨拶したくかように仲間と連れだって参りました」

と若い十代目に初対面の挨拶を願った。

「おや、村松町のお歴々が連れだって年賀とは珍しゅうございますな」

光蔵も如才なく応対し、

「総兵衛様、村松町は遠州屋さんを始め、五軒でしたな、私どもと同じ古着仲間が商いをしております」

と総兵衛に紹介した。

「お初にお目に掛かります。十代目の大黒屋総兵衛にございます。未だ駆け出し者にございます。これを機会に宜しくご指導のほどお願い申します」

丁重に挨拶を返したものだから、村松町や芝日蔭町、浅草の東西仲町の古着商いたちが顔を見合わせ、

「大番頭さん、正月は年賀の挨拶だけと思ったが、総兵衛様の言葉を聞いて厚

かましくも頼みごとをしてよいかな。いえ、大勢の年賀客が詰めかける店先だ。話は簡単に申し上げますがな」

と光蔵の顔色を窺《うかが》った。

話をこう切り出したのは、かなり着古した黒羽織を着込んだ村松町の遠州屋恒吉《こうきち》だ。遠州屋は富沢町に時折仕入れにくる。だが、特定の仕入れ先はなく、その時の予算に応じて問屋を選び仕入れて行く。そんなわけで富沢町のどこの古着商ともそれ以上の関わりはなかった。

「おや、どうなされました」

「総兵衛様にいささかお願いの筋がございましてな」

「なんでございますな、私どもは、同じ古着を扱う仲間ではございませんか。なんなりと言うて下され」

総兵衛が緊張しきりの遠州屋恒吉を見た。

「いえね、正月の年賀で言い出す話じゃない、だからわっしも言い難《にく》いんだがね、いいかね、こんなこと言うて」

「仲間同士ではございませんか。なんでございましょう」

総兵衛が相手から願い事を引き出そうと何度も誘いを掛けるが遠州屋恒吉も仲間も遠慮したか緊張したか、なかなか本論に入ろうとしない。

「おーい、村松町よ、年賀客が行列だ。手短に頼むぜ」

と後ろから急《せ》かされ、いよいよ遠州屋らは萎縮《いしゅく》した。そこへ信一郎が、

「遠州屋さん、主総兵衛に言い難いことなれば、橋向こうの久松町店で私がお伺い致しましょうか」

と助け舟を出した。

「ああ、そうしてくれるか、一番番頭さんよ。おれたちも正月に手ぶらで願い事はないもんな」

額に大汗を掻《か》いた遠州屋らが富沢町から新栄橋を渡って久松町店にぞろぞろと出向いた。

総兵衛は次から次へと年賀の挨拶を受けながら、

「担《かつ》ぎ商いの衆、土間に酒が用意してございます。一杯飲んで行って下さいな」

と声を掛け続けた。

そんな年賀の挨拶が一瞬途切れたとき、信一郎一人が戻ってきた。

「信一郎、遠州屋さん方の願いとはなんでした」

早速大番頭が尋ねた。

「いえね、なんとなく察しはついておりましたがやはりそうでした」

と笑って応じた。

「一番番頭さん、村松町も日蔭町も浅草の東仲町、西仲町も春の『古着大市』から仲間に加えてくれませんかとの願いではありませんか」

「はい、大番頭さんの申されるとおり、『古着大市』があれだけ江戸の名物になると、『古着大市』の開催時期だけではなく、われわれの方の客足が随分と減ったと申されるんですよ。そんなわけで、もし出来ることとなれば、次なる『古着大市』から、わっしらも端っこに加えてくれませんか、と大汗を流しながらの談判でございました」

信一郎が総兵衛の顔を見た。

「迂闊《うかつ》でしたね。で、一番番頭さんはどう答えられましたな」

「あの催しは大黒屋だけのものではございません。ゆえに富沢町の名主、柳原土手の世話方の了解を取り付けねばなりますまい、しばらく日にちを貸してくれませんかとお答えしました」

「遠州屋さんたちは得心しましたか」

「いえ、まずは大黒屋の十代目のお考えを聞いて帰りたいと、久松町出店で待っておられます」

信一郎の返答に、

「大番頭さん、一番番頭さん、有難い話ではございませんか。南北両奉行所の監督の下で催される『古着大市』は、なにも富沢町、柳原土手だけの市ではございますまい。江戸じゅうの古着商いが加わってくれますならば、さらに賑わいを見せましょう。富沢町の名主方と柳原土手には私が話をしてみましょう。その上で松の内が明けたころに一度話し合いをしませぬか、と総兵衛が申していたと伝えて下され、一番番頭さん」

と総兵衛が即座に応じた。

「総兵衛様の言葉を伝えますと遠州屋さん方は大喜びされましょう」

と言い残した信一郎が再び久松町店にもどって行った。

総兵衛は光蔵が黙り込んで思案していることに気付いていた。

「大番頭さん、この一件、なんぞ差し障《さわ》りがございますかな」

「いえ、新規に古着屋が今や江戸名物になった『古着大市』に加わってくれるのは悪いことではございません。総兵衛様のお考えに富沢町も柳原土手も嫌とは言いますまい。されど、久松町店が加わり、入堀の両側に広がった『古着大市』の会場のどこに、新規の遠州屋さんたちを割り振るか、区割りが大変でございますな」

光蔵は、すでに店の区割りを考えていたらしい。

「まずは富沢町と柳原土手の名主、世話方にかような申し入れがあったと回状を回して下され。早い機会に一度富沢町の名主、柳原土手の世話方と話し合いましょうか」

この一件の話はいったん終わった。

大黒屋への年賀の客が少なくなったのは八つ半（午後三時頃）過ぎだ。

そこへ読売屋の歳三《としぞう》が姿を見せて、

「総兵衛様、大番頭さん、例年になく賑やかな年賀だったね。巷《ちまた》では、武家方の総登城の向こうを張ってよ、富沢町総年賀と言い出しているぜ。大黒屋を頂きにした『古着大市』の勢いはだれにももはや止められそうにないね」

と商売気を漂わせた。

「歳三さん、今年の年賀の模様を書く気ですか」

「大番頭さんよ、正月はなにかと騒ぎが起こるが、平穏無事に松の内が終わったのならば、大黒屋の総年賀の光景を書かせてもらうよ」

「それはようございますが、あまり御城を刺激せぬようにして下されよ」

「大黒屋の大番頭さんがなにを気にかけているんだ。もはや武家方は総登城の日くらいしか、威勢を見せつけるときはない。それに比べて商人衆の勢いはどうだ。いまや商人が武家方の首根っこを押さえつけているのは、だれもが承知のことだ。その中心がよ、こちらだ。ひと昔前までは、一夜千両の稼ぎの場所は、『五丁町の吉原、芝居の二丁町、魚河岸』の三つで決まりだった。この一、二年、富沢町が加わった。加わったじゃない、古着商いにあれこれと付け加えて三日間の売り上げが何千両か、いや、万両に近かろうじゃないか。その企ての中心にいて眼を光らせ、しかも稼ぎ頭が大黒屋だ」

「元々『古着大市』は江戸の景気を盛り上げようと考えられたものです。売り上げがいくらの、利がいくらのばかり書き立てては、御城のお偉方はあまり良い顔はなさるまいからね」

と光蔵が釘《くぎ》を刺した。

「へえ、その辺は心得ているって」

胸を叩《たた》いた読売屋の歳三が広土間の片隅に置かれた四斗樽《しとだる》の酒を飲みに行った。

「総兵衛様、どうやら年賀の人波は峠を越えたようでございます。お疲れでございましょう、奥へお引上げ下さい」

光蔵が総兵衛に願った。

頷いた総兵衛は、四斗樽の酒を枡《ます》に注ぐ掛かりに小僧の忠吉《ちゅうきち》がいるのを見て、手招きした。

忠吉は昨年末よりだいなごんこと正介《しょうすけ》に代わって富沢町の大黒屋で小僧修業を続けていた。

「総兵衛様、大番頭さん、魂消《たまげ》たよ」

四斗樽の酒の匂《にお》いに酔ったのか、興奮の体《てい》の忠吉が言った。

「驚いたとはなんですね」

「大番頭さん、年賀のさ、客の数だよ。行列を成して来るところなんて他にないぜ。いつもこんな具合か」

忠吉が驚きの顔で言った。

「これこれ、小僧さん、また言葉が乱暴になっておりますよ。なんなら明日にも深浦のお香さんの下に戻して言葉遣いを直してもらいましょうか」

「ああ、つい忘れていた。いえ、忘れていました。だって、正月にこんなにも人が来るのは湯島天神か神田明神くらいですよ。大工の棟梁隆五郎《とうりょうりゅうごろう》さんに願って、賽銭箱《さいせんばこ》を造ってもらったらどうですか」

「賽銭箱ね。大黒屋大明神か、悪くございませんな」

光蔵が忠吉の言葉に乗せられて、にんまりした。

総兵衛が忠吉の耳元になにか囁《ささや》きかけ、忠吉が、

「行って参ります」

と飛び出していった。

「なんぞ用事を頼まれましたか」

「なあに、独り寂しく正月を過ごしている者を呼びに行かせました」

と光蔵に応じた総兵衛が、

「大番頭さん、あとは頼みましたぞ」

と願って奥へと引っ込んだ。


正月元日の夕暮れ前、離れ屋の総兵衛の居間に大工の棟梁隆五郎と来一郎《きいちろう》親子の姿があった。

年始にきたと光蔵に知らされて、二人を居間に呼んだのだ。

そこにはすでに鳶沢村の安左衛門、柘植宗部、林梅香、金武陣七たち鳶沢一族の長老や幹部らがいた。

「おや、お歴々が顔を揃えておられましたか。出入りの大工風情《ふぜい》が同席するのはいささか烏滸《おこ》がましゅうございますな」

「棟梁、年の瀬に安左衛門様、柘植宗部どの方と新栄橋の細工を見せてもらいました。いやはやなんとも丁寧にして巧妙な仕掛けが隠されておることに仰天致しました。いや、異国にもあのような仕掛けを持つ橋は、少のうございましょう」

林梅香卜師が隆五郎に言った。

「特に隠し窓は、なんとも巧緻《こうち》な細工です」

「あの工夫はわっしじゃございませんので。京で修業してきた倅が総兵衛様のお許しを得て工夫したものでございますよ」

「覗《のぞ》き窓にもなれば弩《ど》や矢を放つ穴にもなる。驚きました」

林梅香の頭には今坂一族の故郷ホイアンにある「日本橋」が重なった。日本橋は、橋の中ほどに寺院があって、橋を往来する人々は必ずお参りしていく。

「それもこれも船隠しと橋桁《はしげた》が頑丈な石組みゆえあんな細工が出来たのでございますよ。橋の架け替えの一番の功労者は、石工の魚吉父《うおきちとっ》つぁんにございます」

隆五郎が答えたところに光蔵が北郷陰吉《きたごうかげよし》を連れてきた。

陰吉は座敷の長老らを見て、身を竦《すく》ませた。

「陰吉、忠吉を呼びに行かせてだいぶ経《た》っておりますな、出かけておりましたか」

「総兵衛様、正月早々どこへ出かけるものか。長屋にくすぶっておりました。そこへ忠吉さんが迎えに来たんだが、大黒屋は年賀の客でごった返しておるというもので遠慮をしておったのですよ。こちらもお歴々ばかり、出直そう」

北郷陰吉がそのまま店へと戻ろうとした。

「待ちなされ。そなたと大工の棟梁隆五郎、来一郎の親子を離れ屋に招いたにはわけがあります。まずは大番頭さんも陰吉も坐《すわ》って下され」

総兵衛が願った。

その時、犬の吠《ほ》え声がした。

大黒屋の飼い犬、甲斐《かい》、信玄、さくらの三頭が手代の天松《てんまつ》や小僧の忠吉に伴われて散歩に連れて行かれるところだろう。

「安左衛門、宗部、梅香、新栄橋の架け替えでは、棟梁親子に世話になった。また北郷陰吉は、影の御用を務めて大黒屋を支えてくれております。昨年、諸々《もろもろ》考えた上で、この隆五郎、来一郎、陰吉の三名を一族に迎え入れました。このことをな、皆に改めて紹介しておこうと思いました。もはや隆五郎も来一郎も陰吉も、私どもと運命をともにする同士です。宜しゅうな」

総兵衛の言葉に光蔵は、思い付きで三人を離れ屋に呼び寄せたのではないことを知らされた。

朝の間、一族の長老らは鳶沢一族の本丸での集いに呼ばれた。鳶沢、池城、今坂、柘植の長老を通じてその配下の面々は、

「新たなる鳶沢一族」

と契《ちぎ》りを結んだ。

だが、この三人は、その場には招かれなかった。鳶沢一族との秘密を共有しつつも、三人は戦士として戦うわけではない。それぞれの持ち場で鳶沢一族を支えるのだ。

ゆえに朝の間の鳶沢一族の集いには呼ばれなかった。

そのことを総兵衛は気にしていたのだ。

「総兵衛様、わっしらのことをそれほどまでに気にして頂いたこと、この隆五郎生涯忘れは致しませぬ」

隆五郎が応じて、総兵衛に頭を下げた。すると来一郎も陰吉も姿勢を正して

隆五郎に見倣《みなら》った。

隆五郎が語を継いだ。

「ご一統様、わっしの家は代々大黒屋に出入りを許された大工にございます。大黒屋が並みの古着屋じゃないことを親父《おやじ》も祖父様《じいさま》も曾祖父様《ひいじいさま》も承知していながら、大工の務めを黙々と果たしてきました。それがわっしの代に倅ともども大黒屋の配下に思いがけなくも迎え入れて頂いた、このことはわっしら父子《おやこ》の力じゃねえ。先祖が分を守り、口が堅かったゆえに当代の総兵衛様に信頼して頂いた。わっしも倅も決して先祖を、そして、こちらのご一族を裏切る真似は致しません、これだけはご一統様にお誓い申します」

隆五郎の挨拶に一同が大きく頷いた。

総兵衛の視線が北郷陰吉に行った。

「陰吉、なんぞ言うべきことがあるか」

総兵衛の言葉に陰吉はしばし沈黙で応《こた》えた。

長い沈黙のあと、

「北郷陰吉でございます、薩摩《さつま》の密偵からの転び者《もん》にございます。この場のご一統の中でわしが駿府の鳶沢村で総兵衛様に捉まり、薩摩から鳶沢一族に転んだわけを承知のお方は、鳶沢村の安左衛門様だけでございましょう。私がなぜ薩摩を抜けたか、もはやくだくだ言うこともありますまい。わしは、総兵衛様に出合《でお》うて、人並みにわしを遇してくれるお方を知りました。わしはその総兵衛様を裏切ることは決して致しません、それだけは誓います」

と訥々《とつとつ》とした言葉で陰吉が言った。

「その言葉、この光蔵の胸に染《し》みました、とくとそなたの本心を聞きました。おまえ様はすでに鳶沢一族の歴《れっき》とした戦士ですぞ」

これまで陰吉を完全に信じていたわけではなかった大番頭の光蔵が総兵衛以下の長老たちの前で発言し、一同が頷いた。

正月元日の夕餉《ゆうげ》、大黒屋の座敷をすべてつなげて大広間を作り、鳶沢一族の面々が四列に座し、各自の箱膳には、何日も前からおりんが陣頭指揮をして仕度してきた馳走《ちそう》が並んだ。

どの膳にも焼き鯛《だい》が載って、晴れやかな料理の数々だった。

「天松さん、これを一人で食うのか」

末座の忠吉が手代の天松に呼びかけた。

「忠吉、食べきれませんか。ならば甲斐たちが喜びましょうな」

「じょ、冗談を言うでないぞ、だれが甲斐たちにやるというた。おれは、初めて一人前の馳走を食うことになったのだ、腹が裂けても食う」

「忠吉、そなた、お店《たな》の奉公人ということを忘れていませんか。それともこれから湯島天神の床下に戻りますか」

「ああ、あんまりのご馳走を前にして、頭の中がこんがらがったのだ。皆さん、気持ちが落ち着くまでしばらく待って下さい、お店言葉を思い出します」

忠吉の上気した言葉に小僧仲間の兼吉《けんきち》、平五郎、新三、梅次、松吉らが嬉《うれ》しそうに笑った。

上座を総兵衛が占め、その左右に安左衛門、光蔵、柘植宗部、林梅香、信一郎、二番番頭の参次郎らが並び、その前に大黒屋の身分や年季に合わせて座が決められ、女衆《おなごし》を含めて居流れた。

棟梁の隆五郎の席は、三番番頭の雄三郎の隣、陰吉はなぜかおりんの傍らに座らされ、来一郎は手代衆の間、左隣りは天松だった。

「陰吉さん、酌をさせて下さいな」

おりんに銚子《ちょうし》を注《さ》されて、

「うむ」

と陰吉が訝《いぶか》しげな顔をした。

「こいは酒ではなかごたる」

と思わず陰吉が呟《つぶや》いた。

「江戸で薩摩の焼酎《しょうちゅう》を探すのはなかなか難しゅうございますね。なんと深浦にございました」

おりんが前の席の金武陣七を見て笑った。

「おりんさん、おいどんのために、芋焼酎ば探しやったな」

陰吉は自分の席だけ違う飲み物を気配りしてくれたおりんに感激した。

「陰吉さんよ、わしらも焼酎を頂戴《ちょうだい》しておるぞ」

大黒丸の副船長幸地達高が前の席から焼酎の入った酒器を上げてみせた。

「魂消《たまが》った」

陰吉がおりんの酌で注《つ》がれた芋焼酎を口に含んで、

「酒だけは焼酎が一番じゃっど」

と感激の体で漏らしたものだ。

大黒屋の正月元日の宴は、四つ（午後十時頃）過ぎまで賑やかに続いた。

総兵衛が床に就いたのは九つ（零時）前のことだった。

三

どれほど眠ったか。

総兵衛の酔いが幾分残った眠りに鈴の音が響いた。

うむ
総兵衛はゆっくりと意識を覚醒《かくせい》させた。

人の気配が仏間でした。

しばし総兵衛は眠りを保っている風に身動《みじろ》ぎもすることなく、ゆったりとした寝息を立てていた。

気配が消えた。

総兵衛は寝所の枕辺《まくらべ》に置いていた脇差《わきざし》を寝衣の帯に差し落とし、仏間に向かった。

灯《とも》っていないはずの灯明が静かに仏壇の位牌《いはい》を照らしていた。そこに一通の書状が置かれてあった。寝る前にはなかった書状だ。

総兵衛は宛名《あてな》のない書状をとると裏を返した。

「影」

と一文字。

総兵衛は灯明の灯りの下で封を披《ひら》いた。短い文面であった。

「鳶沢勝臣殿

新年の賀を申し上げます

三日深夜九つ増上寺東照宮にて　文」

影様が御慶の挨拶を送ってくるなど、鳶沢一族と初代影様本多弥八郎正純《まさずみ》以来の〝繋《つな》ぎ〟の歴史の中で、過去一度でもあったろうか。

総兵衛は灯明を吹き消し、寝間に戻った。

有明行灯《ありあけあんどん》の火で影様からの書状の端に火をつけ燃やした。そして、部屋の隅に置かれた手あぶりの灰と書状の燃えかすが混じり合うまで火箸《ひばし》でゆっくりと掻き混ぜた。

影様が九条文女《くじょうあやめ》であることを総兵衛は承知していた。ゆえに正体を隠す理由はない。だが、影様が〝やはち〟の符号でなく当人の名の一字を用いたにはいかなる意味が込められているのか。

また、こたびの呼び出しの期限からすれば、一刻を争う「火急の御用」ではないと思えた。

しかし、影様の御用が大事でないはずはない。

なぜ今晩ではなく明晩なのか。

体を寝床に横たえた総兵衛はしばし影様の御用がなんなのか、幕府を揺るがす用事とはなにか考えた。

だが、影様の御用を推測したところで分かろうはずもないと思い直した。

総兵衛は、もうしばらく眠ることを己に命じた。

七つ半の刻限（午前五時頃）、大黒屋の裏口を抜け出て、総兵衛は朝靄《あさもや》の漂う中、甲斐、信玄、さくらを伴い、廃業した伊勢屋から買い取った大黒屋の所有地にいた。

甲斐たち三頭は、普段散歩などに連れ出さない総兵衛の供に神経を尖《とが》らせていた。だが、伊勢屋の跡地に出ても総兵衛が格別に用を命ずる様子がないと判断したか、空き地を嗅《か》ぎまわり、いつものように用を足した。

その間に総兵衛は、大銀杏《おおいちょう》の下にある稲荷《いなり》社にお参りして、その傍らに地割りがしてある土地を確かめた。

一番番頭信一郎とおりんの新居となるべき家が建つことになる。

昨日、棟梁《とうりょう》の隆五郎が信一郎に、

「一番番頭さん、松の内を過ぎたら普請《ふしん》に入りますでな」

と言い残した言葉を総兵衛は聞いていた。むろん総兵衛はそのことを事前に承知していた。

新居が完成する頃には二人の祝言《しゅうげん》を上げねばなるまいな、と総兵衛は思った。

裏戸が開く音がして、

「お早うございます」

と大番頭光蔵の声がした。

「酒のせいでよう眠ることが出来ませんでしたか」

「いえ、熟睡しました。気まぐれで甲斐たちを散歩に連れ出しました。天松、忠吉らに糞《ふん》の始末を申しつけて下さい」

と願った総兵衛に、

「畏《かしこ》まりました」

と答えた光蔵が、

「本日も昨日に倍する富沢町詣《もう》でのお客様が詰めかけましょうな」

「人が集まるというのはよいことです」

「いかにもさようです」

と応じた光蔵は、先代の九代目総兵衛は病がちで、商いの談合も人寄せも最小限度にしてきたことを思い出していた。

あの当時、富沢町界隈《かいわい》に、

「大黒屋も九代目で終わりやな」

「六代目の威光でなんとか大黒屋の看板が護《まも》られてきたが、九代目で大黒屋の大看板を下ろすことになりそうだ」

などと噂《うわさ》が飛び交っていた。

（大黒屋を救ったのは結局六代目であった）

いや、

（六代目が異国に残した鳶沢一族の血が大黒屋を、鳶沢一族を窮地から救った）

と光蔵は考えていた。

「大番頭さん、甲斐らをもうしばらく遊ばせたい。世話をお願いします」

と言い残した総兵衛が裏口から大黒屋に戻って行った。

総兵衛は、その足で離れ屋の地下に下り、独り稽古《げいこ》をしようと考えた。するとすでにそこに稽古着姿の信一郎がいた。

「おお、師匠がおられたか。久しぶりに指導を願おう」

総兵衛は信一郎に願った。

信一郎はグェン・ヴァン・キが富沢町の大黒屋に突然姿を見せたとき、異人の血が混じった若者の出自を確かめるために九代目鳶沢勝典《かつのり》が生存しているよ

うに装《よそお》い、

「偽《にせ》の九代目総兵衛」

として応対した。

その直前に真《まこと》の九代目が病のために亡《な》くなり、跡継ぎのいない鳶沢一族は危機に瀕《ひん》していた。

光蔵ら長老連は、十代目総兵衛をだれに継がせるか、迷い悩む最中《さなか》にあった。そこへ六代目の血筋を引くと名乗った異国の青年、和名今坂勝臣《いまさかかつおみ》が突如姿を見せたのだ。

若者の携帯した六代目総兵衛所縁《ゆかり》の来国長《らいくにながの》の脇差と、百年は経とうと見える双鳶《ふたつとび》の紋の入った夏羽織がその証《あかし》として提示され、長老たちと信一郎は、このグェン・ヴァン・キ青年は紛れもなく六代目勝頼の末裔《まつえい》と得心した。

その折、勝臣は、鳶沢一族の長なれば当然会得《えとく》しているはずの祖伝夢想流落花流水剣を披露してくれることを願い、信一郎が受けて立ったのだ。

偽総兵衛と立ち合ったグェン・ヴァン・キは、完膚なきまでに敗れた。

それでもその挙措や風采《ふうさい》や言動は、六代目総兵衛を思わせるものがあった。

偽総兵衛の信一郎は若者に詫《わ》び、事情を告げた。

九代目鳶沢勝典が身罷《みまか》ったことを知らされた六代目の血筋を引く若者は、鳶沢一族の救いの祖として、偽総兵衛を演じた信一郎の主《あるじ》となった。

こうして十代目総兵衛が誕生した。

鳶沢一族の長が継承すべき祖伝夢想流を披露した信一郎は、総兵衛にとって生涯の剣術の師であった。

「総兵衛様、もはや私は師ではございません。あの折は苦肉の策として、私めが九代目に扮《ふん》して演じたまでにございました」

「いや、そなたが九代目の従兄弟《いとこ》であり、家臣であったとしても祖伝夢想流がなんたるか、秘伝を披露し、この私に伝えてくれた事実に変わりはない。ゆえにこの総兵衛の生涯の剣術の師は、そなたしかおらぬ」

総兵衛が言いきり、信一郎も、

「勿体《もったい》なきお言葉でございます。長い航海とその後の交易の後始末に追われ、なかなか体を動かす時が取れませんでした。もはや総兵衛様のお相手など務まりそうにはございませせぬ。ですが、せっかくのお望みゆえ、受太刀《うけだち》務めさせて頂きます」

総兵衛は、急ぎ稽古着に着替え、木刀を携えて道場に戻った。

道場の隅では信一郎が独りゆったりとした動きで体の筋肉の動きを確かめるように素振りをしていた。

「総兵衛様、お早うございます」

すでに十数人の一族の者たちが姿を見せて総兵衛に挨拶した。

総兵衛は返礼すると、神棚に一礼して信一郎に向かい合った。

二人は神棚の前で対峙《たいじ》し、会釈《えしゃく》し合うと木刀を構えた。

互いに正眼を選んだ。

その瞬間、信一郎は総兵衛が一段と腕を上げたことを悟った。

構えはゆったりとして威圧感はない。懐《ふところ》が深く、相手のどのような動きにも柔軟に対応する余裕と自信が感じられた。

一方、信一郎が交易の最中にも、また江尻湊《みなと》に戻ってきて以来、忙しい交易の後始末をしながらも時間を作り、体を動かしてきたことを総兵衛は察知していた。体が交易出立前よりも絞られており、なにより異国を知ったことで、

「古来の剣術に対する考えが、より柔軟な思考へ」

と変わったことに総兵衛は気付いていた。

二人は祖伝夢想流の基本の動きを捨て、同時に踏み込んで仕掛けた。

それはその場にあっただれもが驚くほどの熱気を帯びた攻めと守りの応酬となり、攻守が自在に変わって動きを止めることはなかった。

最初信一郎の老練さが優っていたが、だんだんと総兵衛の若さが信一郎の攻めの先を読んで動き、反撃することが多くなった。

ある瞬間、二人は同時に、祖伝夢想流の幽玄にしてゆったりとした身のこなしと木刀の扱いに変えた。

今や、鳶沢一族の初代成元と中興の祖六代目勝頼の坐像《ざぞう》と一族の面々が見守る中、祖伝夢想流の神技ともいえる、

「二人舞」

がその場を静かにも圧倒していた。

永久無限の刻《とき》の流れを想起させる二人の動きが終息を迎え、最初に向き合った場に戻った。

二人が互いを見合いながら一礼した。

しばし静寂があった。

総兵衛は動きを止めたときから静かな息遣いに戻っていた。

信一郎のほうは、未《ま》だ息が弾んでいた。そして、その額に光る汗があった。

「総兵衛様、改めて申し上げます。もはや師など名乗る資格はございませぬ、その資格、ただ今この瞬間より返上致します」

「信一郎、最初に剣術の極意を伝授した者は、死の時まで師である。久しぶりによい汗を流させてもろうた」

「総兵衛様のこの一年の険しい日々が見えるようでございました。私め、心を入れかえて今一度祖伝夢想流の基《もとい》からやり直します」

信一郎が淡々と答え、微笑《ほほえ》んだ。

「ふーむ、なんだ、あれは」

道場の端から子どもの声が聞こえた。

「なんだ、忠吉」

天松が小僧らに指導していた手を休めて糺《ただ》した。

「理屈に合わん」

「なにが理屈に合わぬというか」

「あのようにゆっくりのんびりした動きでは、敵から反撃を食って総兵衛様も一番番頭さんも殺されてしまうぞ」

「忠吉、そなたに鳶沢一族に伝わる神技が分かってたまるものか。それより手を休めず素振りを続けなさい」

「小僧は毎日毎朝素振りばかり、頭領と一番番頭さんは、踊ってござる。なにか、ぱあっ、と打ち合いがしたいものだ」

「竹刀《しない》での素振りに飽きましたか。まだ四半刻《しはんとき》（三十分）も続けておりませぬぞ」

「手代の天松さん、体は十分に温まったぞ」

「よいでしょう。打ち合いに変えましょう。忠吉が最初です」

「手代の天松さん、力を入れて叩《たた》かんでくれよ。最前の総兵衛様と一番番頭さんのように優しい動きで頭を撫《な》でるくらいにしてくれませんか」

「忠吉、未だおこもの根性が残っているようです。今朝はとことん、その無駄な喋《しゃべ》り癖を体から叩き出します」

天松が竹刀を構えた。

「うむ、いかん。手代さんを本気にさせた。兼吉さん、おまえさんが小僧の頭分だ、お先にどうぞ」

忠吉が小僧の仲間の兼吉に代わろうとした。

「なりませぬ、忠吉が最初です」

天松に催促されて、しぶしぶ忠吉が定寸よりも短い竹刀を構えた。それでも小柄な忠吉には竹刀が長く見えた。

「ささ、お出《い》でなされ」

天松の誘いに忠吉は、

「天松さん、心構えが要るよ。ちょっと待ってくれ」

と言いながら、ちらりと天松を見た。

天松が構えた竹刀をいったん下ろしたのを見た忠吉が、機敏にも天松に駆け寄りざま、脛《すね》を竹刀でかっぱらおうとした。

天松の体が反動もつけずに虚空《こくう》に跳び、片手で持った竹刀が忠吉の前かがみの頭を軽く、こつん、と打った。

「あ、痛たた」

と叫びながら忠吉が前のめりに大げさに倒れ込んだ。

「参った、参りました。天松様」

「だめです、無駄な泣き言は使えません。忠吉の力の最後まで絞り出します。立ちなさい」

「くそっ、天松さんめ、おれを怒らせたぞ」

と言いながら立ち上がった忠吉が天松に殴りかかったが、竹刀を弾《はじ》かれ、よろめく腰を叩かれた。

「小僧は子どもだぞ、本気を出すな」

「本気など出していません。さあ、臍下《せいか》丹田《たんでん》に力を入れてかかってきなされ」

「ちくしょう」

と言いながら忠吉は天松に向って竹刀を振り回しながらかかっていった。

正月二日目は、大黒屋の初荷が恒例だ。

とはいえ、呉服屋とは違い、古着商の初荷は荷船で筵《むしろ》に包んだ古着を上得意の小売りに何軒か届ける地味な仕来《しきた》りだった。

古着商だけに呉服店の華やいだ初売りの雰囲気はない。だが、今年はいささか様子が違った。

富沢町店は、元日に続いて二日も年賀の客が主であった。

一方、新古着と呼ばれる京下りの着物や反物が並ぶ久松町店には、初荷を買いにくる女客が詰め掛けていた。これまでの『古着大市』の開催が大黒屋の久松町店の品揃《しなぞろ》えを知らしめていた。

京で染められた新もので売れ残った反物、仕立てた振袖《ふりそで》、小袖などが並んでいた。新古着とは名ばかりで、全くだれも袖を通したことのない、

「新もの」

だった。古着商の大黒屋の、

「いったん京の店先に晒《さら》された品物、ゆえに新古着」

という理屈を町奉行所が黙認してくれたのだ。

時世の変化とともに武家方も町人方もお洒落《しゃれ》と贅沢《ぜいたく》を追求する時代になって

いた。

八品商売人の一として認可されてきた古着商であるが、扱う品も段々と絹物が増えていた。

そんな品が久松町店に並び、女客を集めていた。そして、応対するのは、二番番頭の参次郎らだった。

大番頭の光蔵が新栄橋を渡って久松町店を覗《のぞ》きにきて、

「おや、あちらとは違い、こちらはお花畑に紛れ込んだように華やかでございますな」

とちょっぴり羨《うらや》ましそうな嘆声を上げた。

「大番頭さん、橋一つ挟んで客筋が男衆と女衆に分かれております」

と参次郎が応じた。

「おや、あちらから大番頭さんのお出ましですか。最前から番頭さんに掛け合っておりますが、この京友禅、少しばかり値を下げてもらえませんか」

照降町《てりふりちょう》の下駄屋《げたや》のかみさんが光蔵に願った。

「おみやさん、うちは呉服屋さんのように掛け値をしての商いではございません。出来るだけお安い値札を通しております。それが出来るのもお客様衆が、大黒屋の現金商いに理解を示して頂けた結果です、おみやさん、申し訳ございませんが、値札どおりでお願い申します。いえ、その代わり、お買い上げのお客様には、京の半襟、手絡《てがら》などを付けさせてもらいますでな」

「大黒屋は商売上手だよ。わたしゃ、評判の十代目の顔を見に来たんだけどね、どこにおられるのですね」

「富沢町店で年賀のお客様の応対をなさっておられますよ。おみやさん、こちらの買い物が終わったら、あちらにどうぞお出で下さいな」

「わたしゃ、正月から古着を買い求める気にならないよ。来年から総兵衛様をこちらのお店で控えさせると女客が増えるよ」

「なかなかの思い付きですな、旦那《だんな》様に申し上げておきます」

光蔵が富沢町店とは違う雰囲気の久松町店で女衆と話をしているとき、総兵衛は、離れ屋の茶室に二人の年賀の客を迎えていた。

坊城《ぼうじょう》麻子《あさこ》と桜子《さくらこ》の親子だ。

「総兵衛様、お点前《てまえ》が一段とお上手にならはりました」

一服した麻子が褒めた。

「いえ、私の茶は、他人様《ひとさま》の真似事《まねごと》に過ぎません」

「芸ごとはすべて所作を、かたちを真似るところから始まります。総兵衛様、それでよいのです」

麻子が応じて、

「総兵衛様、なんぞご懸念《けねん》がございますか」

と若い大黒屋に尋ねた。

「麻子様にはなんの隠し事もできませぬ」

「総兵衛様、母は人の顔色を読む名人どす。代々江戸で百年も暮らしながら、京人の詮索《せんさく》好きが未だ身についておるんどす。気にせんといておくれやす」

桜子が総兵衛に微笑みかけた。

頷《うなず》き返した総兵衛が、

「城中でなにか変事はございましたか」

「うちの耳にはさようなことは入っておりまへん。やはり総兵衛様には、気にかかることがあって、うちら親子をお茶に招かれたんどすな」

「麻子様、未熟でございました、茶釜《ちゃがま》を前にしたときくらい、茶を点《た》てる気持ちに専念すればよいものを、雑念が生じておりました」

と総兵衛が詫びた。

「総兵衛様、今年はなにを考えておいでどす」

「秋には交易船団が二度めの航海に出ます。それまでに荷を集めるのが大黒屋の大きな仕事になりましょうな」

その言葉に桜子の顔色が変わった。

「総兵衛様、異国に行かれるんどすか」

「桜子様、その折は桜子様に相談申し上げます。ただ今の大黒屋において主が一年ほども留守にするのは、いささか難しゅうございましょう。なにより急激に増えた一族をしっかりと固めるのが私の務めかと存じます」

「となると、交易船団の長《おさ》はどなたが務められますのんや」

「そのことでも迷うております。一番番頭の信一郎を二度異国に出すのは、おりんに叱《しか》られましょう。となると、二番番頭の参次郎か」

参次郎では一軍を率いる統率力が欠けていると思っていた。なにより長崎でさえ交易の経験がなかった。

「信一郎はんはあきまへん、おりんさんと所帯を持つ年どすえ」

「桜子様、そこです」

総兵衛は麻子と桜子の親子に胸の悩みを正直に吐き出していた。

四

その日、総兵衛は、坊城麻子、桜子親子との夕餉《ゆうげ》の席に信一郎、おりん、光蔵、安左衛門、林梅香らを呼んで同席させた。

金武陣七ら深浦組は、すでに元日の夜のうちに琉球型快速帆船を仕立てて深浦へと戻っていた。安左衛門や柘植宗部ら一行も、四日には駿府の鳶沢村に戻る予定であった。

信一郎から初めての異国体験が披露された。言葉が分からぬために失敗や勘違いがしばしばあったことなどが面白おかしく話されたために座が一気に和んだ。

信一郎がその場で交易の折の話を持ち出したのは、二回めの交易船団長として総兵衛自らが乗り組むかどうか考えを聞いておきたい、という思いがあってのことだった。

「大きな失態がなかったのは、異人との応対に慣れた林梅香卜師《ぼくし》、金武陣七船長、今坂一族の方々がおられたからでございます」

信一郎は異国交易には、いかに言葉が大事か痛感したと付け加えた。

総兵衛は、笑みを浮かべた顔で信一郎の話を黙って聞いていた。

その場にあるだれもが、次なる交易の船団長をだれにするか、大変重要な案件であることを承知していた。

だが、このことは総兵衛が決することであった。

「おりんはん、そのうち、うちらもあの大きな帆船に乗って異国見物に行かしまへんか」

その場の雰囲気を変えるように桜子がおりんに問いかけた。

「桜子様は勇気がおありですね。私は船に乗るなんて考えたこともございません。海が荒れた折の話を一番番頭さんから聞かされただけで、気分が悪くなり、腰が抜けそうでした」

「海が荒れると、どないなりますのん、信一郎はん」

「それは私より総兵衛様がよく承知しておられます」

桜子の視線が信一郎から総兵衛に向けられた。

「空と海とが逆さまにでもなったように船は大波に激しく揉《も》みしだかれます。そんな状態が何日も続くこともあります」

「荒れた海を走らんと、港に泊まっておったらどないどす」

「大海原の只中《ただなか》を航海する帆船は都合よく風待ち港を見付けることはできません。海が荒れると予測されたときにはすでに時遅しです。次第に荒れてくる海に船を任せるしか術《すべ》はございません」

総兵衛の話を聞いた桜子が、

「ほならだれもが船酔いになるんどすな、それで嵐《あらし》が過ぎるのを横になって待つんどすな」

「激しい船酔いで体を動かすことも食べることも辛《つら》い日々が続きます。されど船乗りは、嵐が到来したというて休んでいては、船が沈没します、交易は成り立ちません、船も荷も自分たちの命も失いかねません。嵐を乗りきるべく船長以下水夫《かこ》に至るまで必死で帆船が航海できるように働き続けねばなりません」

「総兵衛様、いつの日か異国にうちを連れていくと言わはりましたな。考えなおします、嵐を乗りきる自信おへん」

　桜子の変心に総兵衛が微笑みで応《こた》えた。

「桜子様、航海の日々、嵐に遭うのは何ヵ月に一度か二度のことです。風を帆に孕《はら》んで疾走するイマサカ号の舳先《へさき》に立つ気持ちは格別です」

「うち、深浦から江尻湊まで総兵衛様と同乗させて頂きましたえ」

「どうでした、あの折は」

「傍らに総兵衛様がおられたさかい、不快なことはなんもおへん。それより頬に当たる風が心地よかったことを今も覚えています」

「さよう、穏やかな海を航海するとき、この海も空もわれらのためにあると思えるほどです。また長い航海の果てに異国の港に無事着いたとき、初めて出会う人々や生き物や鳥、珍しい果物が待っております。大変な航海のあとだけにそれはそれは魅力です、交易の醍醐《だいごみ》味です」

「そう聞かされると、うち迷います」

「桜子、異国に行くんどすか、行かへんのどすか」

母が娘の答えを強いた。

「それがすっきりと答えが出えへんのどす」

と答えた桜子が総兵衛を見て、

「総兵衛様が行かはるときに従います」

と言い切った。

「足手まといにならん自信がありますのんか」

「自信おへん。けど、総兵衛様が行かれるならばうちも行きます」

桜子がさらにはっきりとした語調で答えた。

「ならば桜子様、あれこれと学ばねばなりませぬ。そのほうが初めての異国が一段と楽しくなります」

「あれこれ学ぶやて、なにをどす」

「船に乗り組めば自《おの》ずと男衆と女衆の役割は違います。女衆に重い帆の上げ下げは無理です。ですが、持ち場や役割によっては女衆が手伝うことも出来ます。たとえば三度三度の賄《まかない》めしを料理することも男の料理人と混じってやることができましょう」

「うちに出来るやろか」

「桜子様に厨房《ちゅうぼう》に入って頂くわけには参りますまい。ゆえにそのときのために異国の言葉を学ぶのです。桜子様は初めての言葉を聞き取る耳をお持ちと、この総兵衛は思うております。和国で少しでも異国の言葉の基を学んでおけば、初めての航海が随分と楽しみが多いものになります」

「総兵衛様、学びます」

と桜子が即座に応じて、期待の表情で尋ねた。

「通詞の師匠はどなたですのん」

「私か、林梅香師、あるいは今坂一族の者で言葉が達者な者がやることになるでしょう」

「総兵衛様が師匠なら、うち、習います」

二人の会話を聞いていた信一郎が、

「総兵衛様、私どもにも総兵衛様や林卜師を師と仰いで学ぶ機会を作っていただけませぬか。片言であったとしても異国の言葉が話せると話せないとでは、異国での交易にも暮らしにも大きな違いがございましょう」

「そうでしたな、三日に一度の割で一刻（二時間）から一刻半（三時間）、異国の言葉を学ぶ場を設けましょうか、どうですね、大番頭さん」

「私が異人の言葉を習うのですか。滅相もない、私は富沢町でしっかりと留守番役を務めさせて下さいまし」

光蔵が手を顔の前で大仰に振って断った。

「大番頭さんには断られましたが、信一郎、この試み、早く気付くべきでした。そうですね、人選はそなたに任せます。先生は林老師が唐人の言葉を、私がイギリス人の話す英語や南蛮人の言葉を教えます」

総兵衛の決断で次なる交易に向って言葉を学ぶ場が設けられることになった。

そんな刻を過ごした坊城親子が駕籠《かご》に乗り、田之助を頭分にした鳶沢一族の面々に陰警護されて、富沢町から根岸へと戻って行った。

親子が去ったあと、新たに茶が淹《い》れかえられた。

「大番頭さん、なんぞ話があるのではありませんか」

「総兵衛様には隠し事はできませぬな」

と苦笑いした光蔵が、

「いえ、本日年賀に来られた客から聞いた話にございます。野州や上州の人心が荒《すさ》んで、田畑が放置されておるそうです。逃散《ちょうさん》した百姓が公儀の法度《はっと》や村掟《おきて》を無視して、盗みに走り、博奕《ばくち》で身を持ち崩す者が増えておるとか。この者たち、目上の親族に縁を切られ、人別帳より己の名を外されて流れ者となり、腰に長脇差《ながどす》を差し込んで狼藉《ろうぜき》を働くことが多くみられるようになったということです。最近でも、これら旧離《きゅうり》を切られた者たちが古着の担《かつ》ぎ商いを襲い、商いで稼いだ金子を強奪していった例があったそうです」

「大番頭さん、旧離とはなんですね」

総兵衛は異国育ちでも、和国のたいていのことは理解していたが、このような親族関係の微妙な事情までは知らなかった。

「これは失礼を致しました」

と詫びの言葉を口にした光蔵が説明した。

徳川幕府の治世下では、一族のだれかが悪行を働くと、親族にまで累《るい》が及ぶ慣わしがあり、連帯で責めを負うことになる。そこで一族の中に不身持ちな者がいた場合、目上の親族が奉行所に届け出てその者との親族関係を断ち、人別帳から外してもらう。そうなるとこの者が悪事を働いても親族に累が及ぶことがない。

「この人別帳から外すことを旧離を切ると呼ぶのです」

さらに光蔵が説明を加えた。

旧離の他に勘当、欠落《かけおち》などの手続きで人別帳から外され、いわゆる「帳外れ者」の扱い、すなわち無宿人に落ちる者が、百姓衆だけではなく町人でも身分の低い武士でも増えて来ているとか。

「和国は米が大事な換金作物でしたね、田圃《たんぼ》が荒れては幕政の根幹にかかわりましょう。公儀ではなんぞ手を打っておられるのでしょうか」

「さて、さような話は聞いておりません」

と光蔵が答えた。

しばし総兵衛は思案したあと、

「皆に知らせておくことがあります。昨夜、影様から呼び出しがありました。明晩九つ増上寺東照宮にて影様とお会いします。そこで最前麻子様に城中でなんぞ異変が起きておるかどうかお聞きしましたが、麻子様にはその覚えがないとのお返事でした」

元来、中納言坊城家は天皇の近臣を務める家柄で、四代前に拠点を江戸に移した江戸坊城家は、朝廷と幕府の間に入り、密《ひそ》かに外交方を務めてきた。

一方で六代目の大黒屋総兵衛の後押しもあって、坊城家の代々は南蛮骨董《こっとう》を扱い、幕閣の屋敷や有力大名家に出入りして骨董を売り買いする傍ら、その場の雑談の中で貴重な情報を得ることが多かった。

この坊城家、歴代の当主の背後には常に富沢町を牛耳る大黒屋が控えていた。ゆえに公儀とて、朝廷や大黒屋に繋《つな》がる当代の坊城麻子も無下に扱うことはできなかった。

「麻子様も心当たりがございませんか」

光蔵の言葉に総兵衛は、

「明日にも大目付の本庄《ほんじょう》の殿様にお目に掛かってみようかと思います」

「それがようございます」

と光蔵が応じて、その場の集いはようやく終わりを告げた。

翌日、総兵衛は四軒町に道中奉行・宗門改めを兼帯する大目付首席本庄豊後《ぶんごの》守義親《かみよしちか》を訪ねた。下城の刻限だ。

正月元日には徳川一門と譜代大名らが御礼登城した。刻限は六つ半（午前七時頃）と早い。

二日は外様大名の御礼登城だ。そして、本日三日は、諸大名の嫡子《ちゃくし》と江戸の古町町人の登城と定まっていた。旗本も身分格式に準じて三が日に分かれて御礼登城に上がった。

幕閣の一員大目付首席の本庄義親は、三日とも城中に詰めていた。

総兵衛は、諸々《もろもろ》を考え、三日の七つ（午後四時頃）過ぎに本庄邸を訪れた。

だが、門番が、

「未《いま》だ御下城に非《あら》ず」

と返事をして奥に総兵衛の訪問をどう扱えばよいか訊《たず》ねにいった。

本庄家と大黒屋は、百年以上の付き合いだ。代々の当主は、大黒屋総兵衛は裏の貌《かお》を持ち、影旗本を務めていることを承知していた。当主同士の付き合いのみならず、家族ぐるみの親交があった。

小姓が玄関に姿を見せ、

「総兵衛どの、奥へ」

と許しの言葉を口にした。だが、総兵衛は、

「奥方様に年賀の品をお届けくださいませ」

と願って手代の天松に担がせてきた異国渡来の品々を奥に届けさせたが、自らは、玄関脇の使者の間で、

「殿様のお帰りを待たせて下さいまし」

と願った。

半刻（一時間）ほど待ったころ、本庄義親一行が下城してきた。三千石格の大目付の供揃いはなかなかのものだ。

乗り物から下りた本庄義親が直《す》ぐに玄関脇の使者の間を覗き、

「総兵衛、なぜ奥に通らぬ」

と糺したものだ。

「義親様、新年明けましておめでとうございます」

商人らしい新年の賀を述べた。

肩衣半袴《かたぎぬはんばかま》姿の本庄義親が総兵衛の前にどさりと腰を落とし、

「総兵衛、三日間も当代様の出礼に付き合うてみよ。独礼やら立礼が何度繰り返されるか想像もつくまいな。不謹慎のそしりは免れぬが、年賀の挨拶はもう十分じゃ」

と、ほとほと疲れたという顔を総兵衛に見せた。

「屋敷に戻り、総兵衛が参っておるというで、酒《ささ》など心置きなく飲もうかと思うたが、どうやらそなたの来訪は年賀の挨拶だけではないな」

「はい」

「申してみよ」

総兵衛は影様から呼び出しがあったことを本庄義親に正直に告げた。総兵衛が裏の貌を持つ影旗本であることを知る数少ない人物が本庄であった。

「ほう、この時節にそなたに呼び出しとな」

「本庄様、なんぞお心当たりがございますか」

総兵衛の問いに本庄は黙して答えなかった。長い沈思のあと、

「そなた、関八州のただ今を承知か」

と反問した。しばし考えた総兵衛の返事は、

「いえ、詳《つまび》らかには存じませぬ」

というものであった。

義親が頷いた。

「江戸を囲むように関八州が広がっておる。徳川幕府の最後の砦《とりで》には御三家の水戸様を始め、譜代大名がいくつか存在するだけで、あとは旗本の知行地が複雑に点在し、残りは百姓などの耕作地だ」

関八州とは、相模《さがみ》、武蔵《むさし》、安房《あわ》、上総《かずさ》、下総《しもうさ》、常陸《ひたち》、上野《こうずけ》、下野《しもつけ》の八か国だということとは異国生まれの総兵衛も承知していた。

「近頃とみにこの関八州が荒れておる。飢饉《ききん》や不作が続いたこともあろう。逃散する百姓、欠落者、旧離など人別帳から外れ、無宿者になり、長脇差を差しては無法を働き、博奕を生業《なりわい》として生きる者が増えた」

総兵衛は、光蔵が話していた古着の担ぎ商いが襲われた騒ぎもその一つかと義親の話に耳を傾けた。

「総兵衛、村落というところは江戸とは大いに違う。たとえば盗み、博奕など触れに反した行いに対し、村長《むらおさ》らが独自の掟で対処してきた。むろん幕府の治世下にある関八州だ。公儀の『法度』が適用される建前だが、関八州は広い。『法度』を実行するには人手が足りぬ。それと同時に今申した村独自の『村掟』が公儀の『法度』に優先することが多く、村寄合の騒ぎ、水利の揉《も》めごと、入会《いりあい》の訴え、盗み、博奕などの解決に効果を発揮してきた。

入札《いれふだ》によって選ばれた村長を始めとする村の重立った数人の権限は強く、目星をつけた百姓の家を家探しするまでして、悪行の大半をさばいて処置してきたのが『村掟』だ。公儀では五人組なる組を設けて互いに監視させ、一人が悪行を働けば残りの四人もその責めを負う制度によって悪事を働かぬようにしていたが、村落においては悪さをした者を自ら捉《とら》えて『村掟』にて裁きを下し、そのあと、幕府や領主に引き渡すことはまれであった。

江戸の諸々の『法度』と『村掟』はそれぞれ役目を果たしてきた。さりながら江戸幕府が始まって二百年余が過ぎると、村の決まり事、風習を嫌い、無宿者として渡り歩く者たちが増えてきた。百姓が田畑を耕したとしてもその半分ほどは年貢《ねんぐ》として納めねばならぬ。きつい務めの割には実入りが少ない、飢饉や不作もある、食うや食わずが実態だ。その一方で、さほど遠くない江戸に行けば華やかな暮らしがある、力仕事を厭《いと》わねば日銭が稼げる。となれば、人別帳から己の名を外されても構わぬと思う通り者が増えて来るのも致し方あるまい」

「通り者、でございますか」

「江戸の暮らしを一度見た者が地道な百姓仕事に戻れると思うてか、総兵衛」

「難しゅうございましょうな」

「奢侈《しゃし》に慣れた連中は、博徒になり、侠客《きょうかく》と称し、あるいは相撲とりになり、芝居の役者を目指す。かような面々を通り者と称する。博徒や侠客が、刃渡り一尺八寸（約五五センチ）以上の長脇差を差して関八州を押しとおるようになると、もはや『村掟』はなんの効き目も発せず、『法度』は江戸の中、城中での理屈に過ぎぬ。博徒、侠客なる者たちがその支配下に子分を集めて、長脇差を持たせ、賭場《とば》を開き大金を稼ぐとき、だれが地道な畑仕事を続けると思うな。もしこれら博徒たちを代官所役人が捉《つか》まえようとしても、彼らが関八州の中をあちらこちらと逃げ回れば、もはや手に負えぬ。その者たちは今ではお構い（立ち入り禁止）の地の御三家水戸様の領地を平然と徘徊《はいかい》するそうな。また帳外れ者が村に戻ることは許されぬにも拘《かか》わらず、日中村に立ち戻り、博奕に興じるばかりか、地道に働く百姓を賭場に誘い、田畑を賭《か》けさせて丸裸にする。その果てに賭場の借財を支払うために娘を江戸の遊里に売る者があとをたたぬ、かような傾向が近年とみに著しくなった」

義親は、ふうっ、と大きな息を吐いた。そして、さらに語った。

「この十数年、米が穫《と》れにくかった上州近辺で養蚕業が盛んになったことも通り者を勢いづかせる結果となった。総兵衛、そなたの商いにも関わることだ」

「どういうことでございましょう」

「上州は元々米作には不向きなやせ地であった。米が穫れぬ地に養蚕が入ってくると、一気に暮らしが変わった。養蚕・生糸は換金作物であり百姓が直《じか》に銭を得ることができることを知った。食うや食わずの暮らしを捨てて、養蚕に手を染めれば、確実に金を稼ぐことができるのだ。

かような金を懐《ふところ》にした者たちを博徒らが見逃すはずもあるまい。ますます関八州の田畑は荒れて、通り者が増えて行く。

総兵衛、徳川幕府は今もって年貢米が財政の根幹をなす。それを江戸、大坂に集め、札差を通して換金する。その銭が年何度かに分けて諸々の支払いに使われる。だが、他の換金作物を知った百姓は、もはや年貢を支払うために一年じゅう田畑に出て働くことを止《や》めてしまうやもしれぬ」

「本庄様、幕府の根幹を揺るがす大事が関八州に起きておりましたか。富沢町で現金商いをしておりますと、どこもがそのようなものかと、勘違いしておりました」

「そなたは、『古着大市』を通して江戸の者たちに京下りの着物を買い求めて着飾る楽しみを教えた。これは貨幣が流通する江戸ゆえ許された大商いかも知れぬ。『古着大市』を在所で催しても、銭を持たぬ百姓はなんの関心も示さなかったはずじゃ」

「ですが、養蚕・生糸は貨幣と同じ価値を持つことに百姓衆が気付いた。百姓衆ばかりか、帳外れ者が知った。百姓衆は江戸ほど取締りが厳しくない博奕に走った。関八州の田畑は荒れて行く」

「そういうことだ。もはや気候や水を気にしながら米や雑穀を作ることはないのだ」

「本庄様、幕府は関八州の村落崩壊の危機にどう対処しようとしておられるのでございますか」

総兵衛が本庄義親を見た。

「正月早々深刻な話になったな、総兵衛」

「こちらに持ち込んだのは私めでございます」

「新たな制度を幕府は採用されようとしておる。今から十数年前、野州に山口鉄五郎という人物が代官幕領におった。関八州はすでに当時から、悪事を働いた者をいくら代官所役人が捉えようとしても他の領地に逃げ込むと手がでぬ。反対に他領で悪さをしたものが幕領に入り込んでくる。だが、それも捕縛することは叶《かな》わぬ。幕府は幕領、私地の間で意思の疎通《そつう》をはかるには書類をあれこれと提出して願わねばならぬ。そんなことを博徒は百も承知で、悪事を重ねると他国にさっさと逃げ込む。この現状を打破するために、山口なる人物は評定所組頭羽田藤左衛門どのにそのような実情を訴えられた。

その訴えを羽田どのらが聞き入れられた。関八州の幕領、私領の区別なくどこへでも走って、悪党を捉える新たなる組織を作ろうとしておられる。だがな、総兵衛、火付盗賊改《あらため》の如《ごと》く絶大な権限を持って動く新たなる組織に反対の方々もおられる」

「なぜ反対なのでございますか」

「大きな金が動いておるのを止めようとすれば当然反対の者がいよう」

とだけ義親は答えた。

本庄義親は大目付首席、道中奉行と宗門改を兼帯している。当然この関八州を取り締る新たなる組織を作る企てに加わっているのだ。ゆえに一語一語を総兵衛は頭に刻み込んだ。そして、沈思した。

総兵衛の思案を察したように義親が、

「影様の呼び出しがこの一件に関わるものかどうかは知らぬ。だが、城中で極秘に話を詰めておるのはこの件が最優先事項かと思う」

と付け加えた。

「総兵衛、そなた相手に長話をしたら喉《のど》が渇いた。が、酒に誘うても相手をしてはくれまいな」

「本庄の殿様、今宵《こよい》九つの御呼出しが控えております」

「影旗本もわれらと同じ宮仕えじゃのう、異国育ちのそなたがわれらの苦労を知ることがよきことか悪《あ》しきことか」

総兵衛は、虚心坦懐《きょしんたんかい》に話を聞かせてくれた本庄義親に平伏して感謝した。だが、話されたことがすべてではないことを総兵衛は重々承知していた。

第二章　め組の喧嘩《けんか》

一

九つ（深夜零時）の時鐘が増上寺の切通しから陰々と響いてきた。

総兵衛は独り増上寺東照宮の拝殿の中に着座していた。

不意に人の気配がし、鈴の音が微《かす》かに鳴った。

総兵衛の火呼鈴《ひこれい》が呼応した。

総兵衛は着座したなりで頭を下げ、影様を迎えた。

「鳶沢勝臣《とびさわかつおみ》どの、京以来、一年ぶりどすな」

九条文女《くじょうあやめ》の声に懐《なつ》かしさがあった。

「影様、ご壮健のご様子、祝着《しゅうちゃく》に存じ上げます」

「勝臣どの、坊城桜子《ぼうじょうさくらこ》様との祝言《しゅうげん》はいつあげはります」

影様が雑談をしていた。その声音には姉が弟を慮《おもんぱか》るような感情が込められていた。

「しばらく先のことかと存じます」

「大黒屋総兵衛、鳶沢勝臣、どちらとも忙しゅうおすな」

「恐れ入ります」

「そなたの才覚、幕閣を驚かせておりますえ」

「一介の古着商人でございます」

「古着に託《かこつ》けて小間物から調度品まで売り捌《さば》く大胆さは、和人の商人には真似《まね》できまへん。南北町奉行所を取り込みはって、差し押さえた品々を代わりに売らはる知恵はだれにも出えしまへん」

「影様、警告にございますか」

「勝臣どの、このご時世固い頭では後れをとります。そなたの知恵に感嘆しております」

「恐れ入ります。春の『古着大市』にお招き致してようございますか」

「九条文女と大黒屋総兵衛が春の陽射《ひざ》しの中で会いますのんか」

「差しさわりございますか」

「おへん」

と返答した影様が、

「勝臣どの、本日の御用、なんと見当をつけて参られました」

と話を変えた。

「一つの懸念《けねん》は異国オロシャの国交・通商の要望かと存じます」

「異国の通商の要求はオロシャだけではおへんな」

「はい」

と短く答えた総兵衛は、

「京は異国の要求をいかようにお考えにございましょうか」

「なぜそのような問いをなさるな、勝臣どの」

「先年の京にて禁裏を訪れました折、今上《きんじょう》天皇様にお引き合わせ頂けましたのは影様のご配慮かと存じました」

「異国との交流を鎖《とざ》しておられるのんは江戸どす」

「今後とも異国の圧力は年々歳々厳しさを増して参ります。その折、江戸幕府がどれほど耐えられましょうか」

「その折、朝廷の出番が回ってくると言うておじゃるか」

「思い付きにございます」

と答えた総兵衛は、

「どうやら影様の御用、異国の件ではありませぬような」

九条文女が頷《うなず》いた。

「関八州が荒れておると聞き及んでおります。もしやすると、関八州の新たなる事態を影様は危惧《きぐ》しておられますするかと」

九条文女はしばし沈黙し、微笑《ほほえ》んだ。

「鳶沢勝臣どの、早や和国の事情に通じられましたな」

「影様、古着の担《かつ》ぎ商いが上州や野州で襲われることが起こっております。もちろん古着の担ぎ商いの懐《ふところ》にある持ち金などは大した額ではございませぬ。が、この和国の在所でそのようなことが起こるようになりました。長年定住していたものが人別帳から名を消し、村を離れ、自ら旧離を切って長脇差《ながどす》を携え、街道を勝手次第に往来しておりますそうな。上州では近年養蚕・生糸の生産により米に代わる換金作物を得られるようになりました結果、百姓衆が博奕《ばくち》など遊興に走り、また力の強い渡世人が配下を集め、賭場《とば》を開いて荒稼ぎをしていると聞き及びました」

総兵衛の言葉に影様が笑みの顔で頷いた。

「総兵衛どの、一度関八州を自分の眼で見てこられまへんか。古着商の主《あるじ》としても役立つかと思いますえ」

と命じた。

「承知致しました」

と即答した総兵衛だが、影様の本意は別にあるように思った。

「影様、ご懸念のほどをお聞かせ下され」

「もはや鳶沢勝臣どのは承知のことの様子。そなたが申すようにただ今の関八州は、米に代わる換金作物の登場で、在所にて何百年と守ってきた田畑を手放す百姓衆、養蚕・生糸を売り買いする商人が数多《あまた》見られるそうや。また自ら望んで無宿人になり、徒党を組んで遊興に走る者らが増えておると聞きます。江戸を支えるはずの関八州のかような傾向は、幕府そのものの根元を揺るがしかねまへん」

総兵衛は首肯した。

しばし間があったあと、影様が言った。

「ただ今の関八州に流れる金は、これまでに考えられないほどの額と考えられます。この金に養蚕を為《な》す百姓衆や、生糸商人ばかりではのうて、博徒までも群がっておるそうな。これら金が集まる実態を知り、背後にどなたかの意志が働いておるのかおらぬのか、鳶沢勝臣どの、しっかりと確かめて来て下され」

総兵衛は、影様の自分に対する呼び方が時々変わることに気付いていた。時に鳶沢勝臣、時に大黒屋総兵衛あるいは総兵衛と変わった。

影様はこたびの用命に、なんぞ迷いが生じておられる故《ゆえ》なのか。

「お尋ね申し上げます」

「御用はすでに伝えましたえ」

「念のためにございます」

影様と鳶沢勝臣の話はそれから四半刻《しはんとき》（三十分）ほど続いた。

総兵衛が増上寺内東照宮の拝殿から表に出たのはおよそ八つの刻限（午前二時頃）かと思われた。

総兵衛を守る陰警護の一族の気配を感じながら、境内の闇《やみ》から闇を伝い、大門から東海道に出た。

総兵衛の足は、富沢町のある日本橋方向には向かわず、浜松町一丁目から金杉橋方面へと歩き、新堀川に架かる金杉橋で止まった。

辺りを確かめたが怪しげな気配はない。総兵衛を陰警護してきた一族の者たちは、すでに待たせていた二隻《せき》の船のうちの一隻に乗り込んでいた。

総兵衛も河岸道《かしみち》から船着き場に下りて舳先《へさき》を江戸の内海に向けている船に乗った。待っていたのは信一郎だ。

船頭は荷運び頭の権造《ごんぞう》だ。

主が座に着いたのを確かめた権造が船着き場に舫《もや》い綱を持って立つ天松に合図を送り、天松が舳先を流れに突き出すと自らも軽やかな動きで飛び乗った。

艫《とも》で櫓《ろ》を操る権造とともに、舳先に控え棹《さお》を手にした天松が船を流れに乗せた。

「ご苦労様にございました」

信一郎が異様に長かった影様との対面を労《ねぎら》った。

「珍しいことであった」

「御用は複雑なものでございましたか」

「いや、あれこれと話すうちにいつの間にか時を過ごしておった」

「ほう」

と信一郎が答え、首を傾《かし》げた。

「影様との対面、何度めを数えたか。京でお会いしたこともあってか、影様はこの総兵衛に弟のような親しみを感じておられるようであった」

「総兵衛様に影様が親しみを感じられたとは、よきことでございましょうな」

初代の影様本多弥八郎正純《まさずみ》以来、影様は何代を重ねたか。

歴代の影様と、二つの顔を持つ大黒屋総兵衛こと鳶沢一族の頭領とは一定の距離を保ち、影様は命を授け、鳶沢一族はその命を実行する役割分担が厳しくも淡々と繰り返されてきた。

影と一族の間で敵対したことはあっても、親しき会話があったということは信一郎も聞いたことがなかった。影様がさような親しみを総兵衛に見せたのは、十代目の人柄ゆえかと信一郎は推察した。

「信一郎、影様がわれら一族に厚意を持って下さるのは悪《あ》しきことではあるまい。されどわれらがその影様のお心遣いに甘えてはならぬ」

「いかにもさようかと存じます」

と答えた信一郎は総兵衛の言葉を待った。

権造と天松が操る船は夜明け前の濃い闇に紛れて江戸の内海に出ると、鉄砲《てっぽう》洲《ず》と佃島《つくだじま》の間の水路から大川河口を目指していた。

総兵衛は信一郎に、影様の御用が大目付本庄義親《よしちか》の指摘した話と同様であったことを告げた。さらに関八州に無宿者が増え、養蚕業の導入により金を持った百姓衆までもが博奕など遊興に流れ、幕府の根幹である米作りに深刻な悪影響を及ぼしかねぬ事態が起きていることも語った。

「大目付首席の本庄義親様はそのことを察しておられましたか」

総兵衛は頷き、言い加えた。

「幕府では関八州の幕領、私領を問わず、触れに反した者たちを国境を越えて捕縛する組織の編成を急いでおるそうな。

江戸の治安と商いを取り締まるのは江戸町奉行所であるな。ところがある時期より、百万を超える住民を抱える東都の治安が十分ではないと考えられた公儀は、火付盗賊改《あらため》を設けられた。この火付盗賊改にも似た、関八州を巡回する遊動隊を考えておられるのだ」

信一郎がしばし沈黙し、

「総兵衛様、その遊動隊に名はございますので」

「大目付首席の本庄様も影様もその名を口にされることはなかった。未《ま》だ極秘のこと故かもしれぬが、私はまだ新しい組織の構想は固まっておらぬと見た」

「総兵衛様、その新しい遊動隊は幕閣のどこの部署に置かれるのでございますか」

幕領と私領が混在して複雑に利害が絡《から》み合う関八州の新たなる組織の監督部署はどこであるのかと、信一郎は尋ねた。

もし大目付に監督権がもたらされるとしたら、本庄義親と親しい鳶沢一族はどう関わるのかという重大な問題を内包していたからだ。

「それが影様のご懸念の一つであろう。また一方では幕閣の中にはそのような遊動組織は火付盗賊改より百害あって一利なしと反対される方もおられるとか」

火付盗賊改を作ったことで町奉行所と役目がぶつかり合うことが多くなり、現場でいがみ合い、足の引っ張り合いになっていると指摘される現状は確かにある。

江戸ではなく関八州となれば、さらに規模が大きくなり、既存の代官所や譜代大名家の目付方と役目が重なることになる。

「信一郎、本庄様は私に荒れ行く関八州が江戸幕府に悪しき影響をもたらすことになると告げられたが、ご当人がその新しき長に就く可能性があることは口にされなかった」

「影様は何と申されたので」

「虚心坦懐《きょしんたんかい》に話し合った」

とだけ総兵衛は腹心の信一郎に答えた。

信一郎はしばし黙り込んだ。

総兵衛がその沈黙に答えた。

「幕閣の中には新組織に反対のお方があると影様もらされた。つまり関八州に動く利得をすでに得ている者が幕閣内におるとお考えのようであった」

「大目付首席の本庄義親様もまた幕閣の一員でございますが」

「本庄様が関八州の金の動きに私的に関心を持っておられると言うか」

「いえ、そのような意味で申したのではございません」

といささか慌《あわ》てた信一郎が否定した。

道中奉行と宗門改めを兼帯するのが大目付首席であった。

大目付の本務は御三家を含めた大名家の監督だ。

本庄義親には新しい組織の長になる資格があった。ゆえに総兵衛に本庄はすべてを語ったわけではなかった。

「四軒町の本庄家とはわれら百年以上にわたる付き合いである。さようなことはあろうはずはなく、また義親様はそのようなお方ではない」

と信一郎の言葉に応じた総兵衛が続けた。

「新組織をわが手に収めたいと考えておられる方々が城中で駆け引きを密《ひそ》かに続けておられるそうな」

「本庄の殿様が関八州の取締りを新たに兼ねられるとなると、われらが動くことも考えられますか」

「殿様は考えておられまい。されど敵対する幕閣の方々の中には四軒町と富沢町が百年来の知己、家族同様の間柄であることを気にしておられる向きもあろう。そこで影様は、この総兵衛に関八州の実態を見てこい、だれが関八州の金に目をつけておるか、いや、すでに土地の博徒どもと繋《つな》がりを持って金を握っておるか、確かめてこよと命じられた」

「ということは本庄様も総兵衛様のお調べの対象でございますか」

「むろんのことだ。初めから外せば要らざる疑念を招こう。影様がわざわざ親しげに雑談までなされた背景には、総兵衛の本心を試しておられることがあってのことかと思われる」

二人とも沈黙し、櫓と波の音だけが闇に響いた。

「いつ参られますか」

「まず富沢町の諸々《もろもろ》の決着をつけて七日正月を過ぎた頃に出立《しゅったつ》致そうか」

「供はだれに致しますか」

「決めておらぬ」

と答えた総兵衛が信一郎に、

「この数日のうちに新たなる組織がどのようなものか、だれがその長に就きたいと考えておられるか。はたまた新たなる組織の立ち上げに反対を唱えていられるお方はどなたか、調べてくれぬか」

「承知致しました」

信一郎が畏《かしこ》まったとき、二隻の船は佃島と鉄砲洲の間を抜けて、大川河口に接近していた。

「一番番頭さん、春の古着大市の仕度は、進行しておりますか」

総兵衛の言葉が商人のそれに変わっていた。

「大きな支障はございません」

「年賀の折の村松町、日蔭町、浅草東仲町、西仲町の古着商方からの、古着大市に参加させてほしいとの申し出は、そのままでしょうな」

「大番頭さんがすでに富沢町の名主と柳沢土手の世話方には内々に問い合わせてございます。柳沢土手は、大黒屋さんさえよいと判断されるならば、異存はないと答えられたそうです」

「ということは富沢町に反対の者がおるということですか」

総兵衛の問いに信一郎が頷いた。

「本来なれば大番頭さんの口から伝えるべき事柄です。ただ今大番頭さんがそのお二方と話し合いを重ねておられます。総兵衛様、もうしばらく見ていて下さいませぬか」

と答えた信一郎が、

「六日の昼間に富沢町の名主方と柳原土手の世話方を集めます。それまでには大番頭さんからご報告が総兵衛様に行こうかと存じます」

「分かりました」

船は大川に入り、入堀に曲り込むと新栄橋の下の闇に吸い込まれるように消えた。

正月四日、伊勢屋の旧地に大工の棟梁《とうりょう》、隆五郎《りゅうごろう》、来一郎《きいちろう》親子が来ているというので、総兵衛は信一郎を伴い、裏口から明地《あきち》に出てみた。すると石工の魚吉《うおきち》も一緒にいた。

「おや、総兵衛様、一番番頭さん、普請《ふしん》は七日正月を終えた八日から始めますが、魚吉さんのお力も借りねばなりますまいと下見に参りました」

隆五郎が二人に話しかけた。

伊勢屋の旧地は三百余坪、西側に大銀杏《おおいちょう》の老木と稲荷《いなり》様の祠《ほこら》があった。

その二つを囲むように五十坪ほどの土地に杭《くい》が打たれ、縄が張ってあった。

大銀杏と稲荷社を南側にとっての敷地ゆえ、家を建てる土地はせいぜい三十数坪だ。

「総兵衛様、普請する家は明地と同じ高さでようございますか」

大銀杏と稲荷の祠は明地より二尺ほど高かった。

「棟梁、稲荷様と同じ高さに盛り土しますか。故《ゆえ》に魚吉を呼びましたか」

「へえ、まさか総兵衛様がお出ましとは思いませず、まず魚吉さんと話し合《お》うてその考えを総兵衛様にお持ちしようと考えておりました」

「棟梁、なぜ高さを二尺ほど上げたいと申されますな」

「古着大市開催の折、大勢の客が入り込んでこないように、はっきりとさせておいたほうがよかろうかと考えました。また高くすることで土地が多様に使えるかと存じました」

「どうですね、棟梁の考えは」

総兵衛が新居の住人になる信一郎に質《ただ》した。むろん棟梁の答えは表向きの話に過ぎない。

「私に考えがあろうはずもございません。二尺高くしようと今のままであろうと住むには支障はございますまい」

信一郎は大黒屋の一番番頭の立場で応《こた》えた。

「来一郎、そなたはどう考えます」

総兵衛は京都で大工修業をしてきた来一郎に尋ねた。棟梁でもあり、父親でもある隆五郎の顔をちらりと見た倅《せがれ》が、

「ただ今なればあれこれと細工も出来ます。二尺地面を嵩上《かさあ》げし、周りを石垣にするならば使い道はいろいろ考えられましょう」

と答えた。

細工、使い道とは大黒屋富沢町店と地下の隠し通路で結ぶことを指すことは、だれにも考えられた。

「一番番頭さんの住いだけが孤立するのは、決してよいことではありません。故に魚吉が呼ばれましたか」

とわざわざ念押しした総兵衛が、

「隆五郎棟梁、二尺嵩上げする利点と工夫の案、さらには一番番頭さんの住いの絵図面を、魚吉と話し合った上で、私のところへ持ってきなされ」

と命じた。そして、

「おお、うっかり忘れるところでした。商いで八日から富沢町を空けます」

と付け足した。

「去年の京行きのように長い留守にございますか、総兵衛様」

隆五郎が質し、絵図面を早く書かねばという顔で総兵衛を見た。

「せいぜい一月かと思います」

「一番番頭さんの住いは何部屋あればようございますか」

「棟梁、大黒屋の一番番頭さんの住いです。住い勝手がよいように工夫なされ。そうだ、どうです、棟梁、こたびは来一郎に絵図面を引かせてみては」

総兵衛が隆五郎を唆《そそのか》した。

「総兵衛様のご意向なれば倅に任せてみますか」

隆五郎が応じて、来一郎を見た。

「大黒屋の一番番頭さんの住いに相応《ふさわ》しい絵図面を、総兵衛様が旅に出られる前までにお届けします。ですが、ただ今一つだけお決め下さいませぬか」

請け合った来一郎が総兵衛に問うた。

「なんですな」

「二尺嵩上げするか、ただ今の高さで行くか、そのことにございます」

「来一郎、そなたら、地面を嵩上げしたほうがあれこれと工夫がつくと考えたのでしょう。ならば嵩上げすることを前提に絵図面を考えてみなされ」

「有難うございます」

来一郎の返答を聞いた総兵衛は、地面の嵩上げは来一郎の発案かと気付いた。

だが、住いまで任されるとは考えもしなかったようで満面に堪《こら》え切れぬ喜びと緊張があった。

「魚吉、大銀杏の根っこを痛めぬように石垣を組んでくれませぬか」

「へえ」

安南《アンナン》の石工がもはや和国の石工になって応えた。

「そなたらの邪魔をしてもなりますまい」

総兵衛が言い残し、信一郎と裏口へと向かった。

総兵衛の長い足がゆっくりと新居の予定地から大黒屋の口の字型に囲まれた敷地へと歩数を数えながら歩いて行った。

「敷地と敷地の間は二十一、二歩。敷地の中を考えても二十間（約三六メートル）内で済みますな」

「その程度かと存じます」

総兵衛の言葉に信一郎が答えた。

「魚吉にとっては大した仕事ではありますまい」

「久松町店があのように見事な普請でした。隆五郎、来一郎親子、魚吉さんの仕事ぶりを楽しませて頂きます」

信一郎が新居の敷地を振り見て言った。

二

総兵衛はその日、光蔵《みつぞう》から報告を受けた。

「四軒町の本庄様の屋敷が何者かに見張られていると、猫の九輔《きゅうすけ》から知らせがありました」

「本庄邸を見張る者がおるとな」

総兵衛は、影様との面談のあと、本庄義親の屋敷を警戒せよと命じていた。

確たる情報があってのことではない。だが、関八州を対象にした新しい組織の長に就く資格を持つ本庄義親になにかあってはいけないと、用心のためだった。総兵衛の意を受け、光蔵が猫の九輔ら数人交代で見張るように手配りしたのだ。それが早速引っかかった。

「武家方でしょうな」

「はい」

「密偵かな」

「それがいささか野暮ったい形《なり》の風体と聞いております。また見張りに慣れておらぬのは歴然としておりますそうな。無理はせずに正体を突き止めよと九輔に伝えました」

総兵衛はそれでよいという風に頷き、

「私が本庄の殿様に会うのは控えたほうがよいでしょうな」

「ただ今の段階で相手を刺激することもございますまい」

「本庄様には書状を書きます。うちからと分からぬように使いを立てて届けさせて下され」

総兵衛は光蔵に願った。

影様の用件が関八州に関わる一件であり、影様から総兵衛自らが関八州の様子を確かめてくるようにとの命があったことを知らせるつもりだった。

大目付首席の本庄義親が新しい組織を兼帯するかどうか、微妙な空気が影様の命を通して本庄義親と総兵衛の間に存在することになった。これまでの付き合い以上に用心が肝要と総兵衛も光蔵も考えた。

総兵衛は書状を認《したた》めるために離れ屋で文机《ふづくえ》に向かった。

異国育ちの総兵衛が一番苦手なのが正座して文を筆で書くことだ。机と椅子《いす》があれば楽なのにと、ふと考えた。書き物机や椅子は、イマサカ号にもあり、深浦の総兵衛館にも幾組かあった。

墨を磨《す》りながら漠然とそのことを総兵衛は考えていた。

(どこぞに書き物のための部屋を設《しつら》えるか)

離れ屋の一間に緞通《だんつう》を敷き、書き物机と椅子を入れるくらいならば許されようか。だが、それでは古着屋の主に似つかわしくないし、出自を疑われかねない。

茶を運んできたおりんが、

「なんぞご思案ですか」

「膝《ひざ》を折って座り、筆を使うことに未だ慣れぬ」

「気付いておりました。いかがですか、地下なれば総兵衛様用の書き物部屋くらい造れる余裕がございましょう。隆五郎棟梁に頼まれては」

「そうじゃな、どのような客を迎えるかもしれぬ、この離れ屋の一階に異国の暮らしを想像させる佇《たたず》まいはいけませぬな」

「このあと、普請場を見に参りますので、棟梁に相談しておきます。私どもの住いより、総兵衛様が楽に書き物や思案ができる場所を設えるのがなにより先でございます」

おりんの言葉に総兵衛は頷き、背筋を伸ばして筆をとった。

そのとき、光蔵は店に南町奉行所市中取締諸色掛同心の沢村伝兵衛を迎えていた。

「おや、沢村様、御用にございますか」

帳場格子《ごうし》を出た光蔵が、沢村のために上がり框《がまち》に座布団《ざぶとん》を持ってくるように小僧に命じようとすると沢村はそれを制し、

「そろそろ春の『古着大市』の仕度が始まるのではないか」

「それでございますよ」

「ちと聞き込んだ話がある」

と光蔵に小声で告げた。沢村を店座敷に上げるかと一瞬考えた光蔵は、

「お気遣い恐縮です。ならば、久松町店を実際に見ていただきましょうかな」

と沢村がさも久松町店に用事があるかのように装《よそお》い、外に連れ出すことにした。

光蔵は信一郎に、

「沢村様と大市の警備のために久松町店を見て参りますでな」

と店にいる仕入れ客にも聞かせるような声で告げ、沢村同心を表に連れ出した。

新栄橋には大八車や仕入れにきた担ぎ商いが往来していた。その中に安房《あわ》一円を縄張りにする担ぎ商いの富三郎がいた。大黒屋に仕入れにきた様子だ。

「おや、富三郎さん、毎度ありがとうございますな」

光蔵が声をかけた。

「わっし程度の仕入れでは、大黒屋にはなんの足しにもなるめえよ、大番頭さん」

「さようなことはございませんぞ。馴染《なじみ》のお客様を大事にするのが代々の大黒屋の主の考えです。一番番頭さんになんでも相談しなされ、悪いようにはしませんよ。それよりあなたのお仲間が在所で帳外れ者に襲われたなんてことはございますまいな」

富三郎がちらりと沢村を見た。

「沢村さまはうちが懇意にしていただいているお奉行所の同心さまです」

「うむ、大番頭さん、まさにそうなんだよ、親しい仲間の一人が有り金を奪われそうになって抗《あらが》ったためによ、長脇差《ながどす》で肩口斬《き》られて寝込んでやがる。江戸では考えられんほど在所は荒れとるぞ」

「そう聞きました」

「そのうち、死人が出るんじゃないかと仲間と案じているところだ」

「富三郎さんも気をつけなされ」

「命は一つだからね」

富三郎が光蔵に言い残し、富沢町店へと橋を渡って行った。

「困ったもんで」

「無宿者、帳外れ者が江戸に流れ込んできておる。悪さをしそうな輩《やから》は在所に追い返すのだが、直《す》ぐに舞い戻ってくる。無宿者を捉《つか》まえて寄場《よせば》に送ろうにもあちらも小伝馬町《こでんまちょう》もいっぱいでな。内緒の話だが、微罪はその場で決着をつけよと奉行所の上から命じられておる」

「年々歳々風紀が乱れますな」

光蔵は沢村同心を入堀に面した久松町店の大門の通用戸から、

「ささっ、沢村様、前回同様にこちらの明地も大市の折に床店《とこみせ》商いに使《つこ》うてもらいますでな」

といかにも古着大市の下見でもしているように案内して敷地に入った。

庭の大紅葉は残り葉を二、三枚つけたままに春を待っていた。

「大番頭さん、富沢町の世話方の一人が在所にて、古着屋が扱うてはならぬものを買い回り、江戸で売っておるという話を同僚から聞き込んだ。まさかとは思うが承知か」

「扱ってはならぬ品とはなんでございますな」

「品ではない、生き物だ」

「生き物、古着屋がそれはありますまい。世話方とはどなたです」

沢村同心が光蔵の耳に寄せ、早口で囁《ささや》いた。

「確かなことで」

「真偽を確かめ、詰めるのは大黒屋に任せたほうがよかろう」

しばし黙考した光蔵が、

「確かめます。はっきりとした折にはそれなりのお礼をさせて貰《もら》います」

と沢村に約定すると、用事は終ったとばかり沢村同心が久松町店の通用口から出ていった。

光蔵はしばし明地の中で考え込み、

「なんとも忙しいことです」

と独り言を呟《つぶや》いた。

おりんはそのとき、来一郎を連れて離れ屋に戻っていた。

「総兵衛様、文は書き終えられましたか」

「四軒町と根岸にそれぞれ書きました。大番頭さんが心得ております。だれぞを使いに立てて下さい」

総兵衛が書状二通をおりんに渡すと、畏まって控える来一郎を振り見た。

「最前のこと、来一郎さんが離れ屋の下見をさせて下さいというので連れて参りました」

「また面倒なことを願いますよ」

総兵衛が来一郎に言った。

「なんのことがございましょう。総兵衛様の書院を設えればよいのでございますね。離れ屋を見て回ってようございますか。立ち入って悪いところがあれば伺っておきます」

来一郎は離れ屋の古い図面を持参していた。何代も前の来一郎の先祖が描き、幾たびか手入れがされているのも描き込まれていた。むろん地下については記載されていない。

二十五間（約四五メートル）四方の土地に外側をロの字型に総二階黒漆喰瓦《かわら》葺《ぶ》きの建物が取り巻いていた。そのロの字の中に庭石を要所要所に配した庭があり、建坪四十坪ほどの離れ平屋があった。田の字型に総兵衛の居間、寝間、仏間、そして、納戸《なんど》付《つき》の茶室の四間だ。

「すべて許します」

来一郎はすでに鳶沢一族の人間だった。

「おりんさんから地下ではどうかという話がございましたが」

「地下は暗いでな、書き物をするのも気が滅入ろう」

「で、ございましょうな。やはり明るい二階がよかろうと思います」

来一郎が離れ屋二階を見て廻り始めた。


光蔵が総兵衛のところに姿を見せた。

「ちとお話が」

光蔵が来一郎を気にしながら言った。

「来一郎にはいささか頼みごとをしました」

頷いた光蔵が沢村同心からもたらされた話を告げた。

「なに、世話方の一徳屋精兵衛さんが女衒《ぜげん》の真似事をしておると申されますか」

「上州から野州を縄張りにした担ぎ商いの豊吉という者に命じて、古着を売る傍ら娘を買い受け、四宿《ししゅく》辺りの飯売宿《めしうりやど》に売って口銭を稼いでおるそうでございます。巷《ちまた》の噂《うわさ》と違い、南町の同輩の言葉ゆえ、まず間違いはなかろうかと存じます」

「驚きましたね、古着屋が娘を売り買いする商いに手を染めましたか」

一徳屋は大きな古着屋ではない。だが、富沢町に古着商いが集まった当初からの老舗《しにせ》で、在所に古着を卸すのを得意としていた。ゆえに世話方を務めてきた。

「一徳屋の資金繰りが苦しいと耳にはしていました。いえ、精兵衛さんが賭博《とばく》や女遊びにうつつを抜かしてというのではございません。女房のお彩《さい》さんが胸の病で長年患《わずら》っておりましてね、商いに専念できないこともあり、仕事のできる奉公人も一人ふたりと辞めました。ゆえに『古着大市』に新しい村松町や日蔭町《かげちょう》などの仲間が入ると儲《もう》けが少なくなると、拒んでおるのでございましょう」

「客をとられると思われたか。『古着大市』は今や江戸の名物、大勢の客が押しかけます。新しい仲間が増えたところで、そんな懸念は要りませぬのにな」

「総兵衛様、一徳屋の女衒もどきの娘の売り買いが表に出れば、一徳屋は古着商の鑑札をとられるだけでは済みません。どうしたもので」

と光蔵が総兵衛にお伺いを立てた。

総兵衛はしばし思案した。

来一郎が庭のあちこちから離れ屋を眺めて、絵図面と照らし合わせているのに総兵衛と光蔵は目をやっていた。

「一徳屋の内儀の容態はどうですね」

「医師の石川諒庵《りょうあん》先生が二年も前に、もはや治る見込みはあるまいと見放したという話は聞きました。ですが、内儀が亡《な》くなったという話は聞きません。労咳《ろうがい》を患った者が家内に一人いれば、どうしても店の雰囲気も暗くなりがちです」

「大番頭さん、見舞いに行ってきなされ」

「見舞いですか」

「富沢町が始まって以来の老舗を潰《つぶ》すのは、惣代《そうだい》格の大黒屋の面目にも関わりましょう。ともかく娘を売り買いするような噂は噂のままにして潰して仕舞いなされ」

「一徳屋が承知しましょうかな。近頃の精兵衛さんはつまらぬ意地を張って、仲間に毛嫌いされております」

「家の中に病人を抱えていてはそうもなりましょう」

「見舞金はいくらに致しましょうか」

「二百両、でいかがです」

「二百両」

光蔵が驚きの声を上げた。

「その代わり、直ちに女衒もどきの商いは止めてもらいます。また村松町、芝日蔭町、浅草東仲町、西仲町の仲間が春の古着大市に参加するのを認めることを約定させなされ」

「残る反対の伊勢屋貴之助《きのすけ》さんはどうします」

「一徳屋が反対から下りたと聞けば一人だけで頑張りきれるとも思えません。六日に富沢町の名主と柳原土手の世話方をうちに集めて、村松町などの新規参入を認めさせます」

総兵衛が言い切った。

「相分かりました」

と光蔵が返事をしたとき、総兵衛は来一郎と目があった。

「どこぞにありましたかな」

総兵衛の問いかけに、

「宜《よろ》しゅうございますか」

と来一郎が主と大番頭の話の成行きを気にした。

「こちらは終わりました。上がりなされ」

光蔵が立ち上がろうとするのを総兵衛が引き止めた。

来一郎が草履を脱いで縁側に上がり、総兵衛と光蔵の間に座して絵図面を広げた。

総兵衛が光蔵に、来一郎になにを願ったか説明した。

その間、来一郎は悠然として待っていた。若い割には物怖《ものお》じしない、なかなかの腹の据わりようだ。

「おお、気付かないことでした」

と得心した光蔵が、

「どこぞに総兵衛様が独り静かに思案を巡らし、書き物ができる場所がございましたかな。おりんの考えはいけませんよ。やはり季節の移ろいが見えるところがよい」

と来一郎に話しかけ、絵図面を示しながら来一郎が説明した。

「離れは、総兵衛様の居間、寝間、仏間、納戸付の茶室の四つからなっております。一つの広さは七坪半ほどです。あとは周り廊下と厠《かわや》です。となれば総兵衛様の書院を設える場所は、一か所しかございません」

「来一郎、茶室の隣の納戸か」

総兵衛もあの場所しかないと思っていた。

「六畳ほどの広さしかございませんが、その広さでようございますか」

「書き物机と椅子を置くだけだ、十分でしょう」

「あの場所なれば、南と西の庭越しに庭と店の一角が見えます。書き物をしながら庭も空も目に入りますし、光りも差し込んで風も吹き抜けていきます」

総兵衛が満足げに頷いた。

「大番頭さん、納戸に保管されておる掛け軸、花瓶などは店蔵か二階のどこぞに移してよろしいですか」

「納戸ですな、久しく入っておりませんがあの中の道具類くらいはどこへでも移せましょう」

光蔵が言い、

「ならば茶室を含めて、納戸に総兵衛様が落ち着ける場所を絵図面に落としてみます」

来一郎の返事に総兵衛が注文を付けた。

「そなたは京と江戸の暮らしは承知でも異国のことは知りますまい」

来一郎が頷いた。

「絵図面に落とす前に鳶沢一族のイマサカ号のわが船室を見物してきなされ。船主といえどもその船室は狭い空間です。物がきちんと整理されて置くように造られており、主が落ち着けるような場所でなくてはなりませぬ。また異人の書き物机や椅子がどのようなものか知る要があります」

「総兵衛様、願ってもないことにございます」

思いも掛けない総兵衛の命に来一郎の返事の声は興奮していた。久松町店や新栄橋の普請《ふしん》中、鳶沢一族の巨大帆船の話はなんとなく耳に入っていた。

千石船より何十倍も大きな異国の帆船を見てみたいと、若い来一郎は夢見ていた。突然その願いが叶《かな》えられたのだ。

「大番頭さん、権造の頭に命じて来一郎を深浦に連れていきなされ」

「早いほうが宜しいようですね。来一郎さんや、今晩でもよろしいかな」

「構いませぬ」

頷いた光蔵が手配のために立ち上がり、

「来一郎さん、驚きのあまり腰を抜かさぬようにな」

と悪戯《いたずら》っぽい笑みの顔で来一郎に言ったものだ。

その日の夕暮れ前、光蔵が離れ屋の総兵衛に面会を求めてきた。ちょうど甲斐、信玄、さくらが散歩から戻ってきたところで、餌《えさ》を要求して吠《ほ》えていた。忠吉の声が離れまで聞こえてきた。

「こら、信玄、おまえは一番食い意地が張っておるぞ。焦《あせ》るおこもは稼ぎが少ないというてな、落ち着いて待つのが一番利口なのだ。こら、忠吉の命も聞かずに餌に喰らいつきやがったな」

忠吉は一段と犬の扱いに慣れてきたようだ、と思いながら総兵衛は光蔵を迎えた。

「いかがでしたな、一徳屋さんは」

「内儀のお彩さんは嫁に来た折はふっくらとした顔立ちの女子《おなご》でしたがな、今はがりがりに痩《や》せて、当人が今年の桜が見られるかどうかと力ない言葉を呟くのを聞いて、私は居たたまれなくなりましたよ。精兵衛さんは、最初、見舞いに上がったという私の言葉を疑いの眼で睨《にら》んでおりました。で、二人だけになったとき、噂を聞いたのですが、と担ぎ商いの豊吉の話を持ち出すと、えらい勢いで怒りましたな、そんな話はない、大黒屋はうちの暖簾《のれん》を貶《おとし》める気かと憤怒の形相でまくしたてました。ですが、それは痛いところを大黒屋に握られたことに不安を感じての猿芝居でございましてな、すでに南町が調べを始めておると言いますと、真っ青に顔色が変わりました。そこで諄々《じゅんじゅん》と説き伏せまして、『もう二度としない。これまで四人の娘を買って内藤新宿と品川宿に売ったが、結局その口銭は、十二両にも満たなかった』と告白させました。そこで見舞い金二百両を渡しますと、『これはうちが大黒屋に身売りする代金か』と反問しましてな、そうではない、見舞金だと納得させるのに苦労致しました」

「分かってくれたのですね」

「はい。最後には内儀ともども合掌されまして、いやはや何とも往生致しました。ともかくそんな具合でございまして、ならばついでと伊勢屋貴之助さんともお会いしましてな、一徳屋は村松町などの古着商いが『古着大市』に新しく加わることに賛成したと申しますと、うちだけが反対ではなにか意地悪でもしているようです、うちも大黒屋さんの考えに賛同しますとの返事を貰って参りました」

「ならば、六日には新たな仲間が加わることが決まりますな」

はい、と光蔵も満足げに頷いた。

「総兵衛様、ただ今普請場に立ち寄ってきたのですが、棟梁隆五郎さんに袖《そで》を引っ張られて、倅だけ異国の帆船を見物させるのか、親の私にも近々見せてほしいと談判されました」

「親子が二人同時に普請場を空けることは出来ますまい。隆五郎棟梁には別に機会を作るというて下され」

「申し伝えます」

と答えた光蔵が、

「総兵衛様、いよいよ八州見物に行かれる総兵衛様の供にございますが、だれに致しますか」

「私ども荷担ぎの古着商いに扮《ふん》しての旅になります。天松と忠吉を連れていきます。大の男三人では、しがない担ぎ商いに見せるのには、いささか無理がありましょう。子どもの忠吉の世慣れした態度は、影様の意にそうような気がします」

承知しました、と答えた光蔵の顔には、

（陰のお供はだれにするか）

と思案する表情がありありとあった。

三

総兵衛に多忙な日々が続いた。

春の『古着大市』の準備として富沢町と柳原土手の世話方らを呼んで談義し、

村松町らの古着商たちの参加が許されることになった。

ちなみに富沢町界隈《かいわい》には六軒の古着問屋があった。

元浜町山崎屋助左衛門、同武蔵屋《むさしや》庄兵衛《しょうべえ》、橘町《たちばなちょう》江口屋太郎兵衛、長谷川町井筒屋久右衛門、高砂町秋葉屋半兵衛、そして大黒屋の六軒だ。これらは富沢町界隈に古着屋が集められた頃からの老舗で町年寄といった存在だった。

一方『古着大市』の世話方は、文字通りの世話役で惣代の大黒屋を助ける意味合いが強かった。

それは富沢町の万屋《よろずや》松右衛門、一徳屋精兵衛、伊勢屋貴之助、富沢町の西南の隣町長谷川町の井筒屋久右衛門と大黒屋総兵衛の五人だ。古着問屋の老舗から年の若い井筒屋久右衛門が大黒屋と同じく世話方を兼ねていた。

だが、『古着大市』の実際の運営、町奉行所との折衝などは大黒屋が当たってきた。柳原土手の世話方は浩蔵と砂次郎だ。

これまで新規参入に反対してきた一徳屋と伊勢屋が賛成に回ったことで新規参入はあっさりと承認され、日どりも桜の時節の三月四、五、六日の三日間と決まった。

大黒屋の敷地内では、地下の通路の一角から旧伊勢屋の普請場に向って魚吉らが測量を始め、新たな地下通路の掘削の仕度をなしていた。

この工事には今坂一族の石工らに柘植《つげ》衆の面々が加わり、石や支柱となる松材などが買い集められ、深夜密かに大黒屋の船隠しに搬入されることになっていた。

総兵衛は、そんな多忙な合間を縫ってしばしば旧伊勢屋の普請場に足を運んだ。こちらではすでに二尺ほど土地を嵩上げするための石垣造りが始まっていた。

石工頭の魚吉は、嵩上げの石積みと、大黒屋と信一郎の新居の敷地を結ぶ地下道の作業の二つの普請の差配をしながら、自らも手際《てぎわ》よく現場の作業をこなしていた。

外出のなりをした総兵衛が同郷の魚吉に聞いた。

「魚吉、嵩上げ分の土をどうします」

「総兵衛様、心配ない」

と魚吉がとんとんと足で地面を叩《たた》いた。

「ああ、そうでしたな。地下から出る土がありましたな」

「新しい地下道は、こちらとお店の両方から掘るよ」

　と魚吉が答えた。

　地下道で掘り出した土を普請場の嵩上げ分に使う心積もりは魚吉の頭の中には初めからあったのであろう。とそこへ、

「総兵衛様」

　と隆五郎が姿を見せて、

「本日から普請場に筵《むしろ》を垂らして囲いを造ります。さすれば魚吉さん方の作業が楽にもなり、はかが行きましょうからな」

と言った。こちらも魚吉の基礎の普請を先に進めるつもりで、二人が作業手順を緻密に話し合っていることが分かった。

　去年、久松町店の改築と新栄橋の架け替えで共同して働いた経験は、二人の頭分の間に深い信頼関係を育《はぐく》んでいた。

「子どもなんぞは普請場に関心を寄せるものです。ゆえに安全のために普請場を囲うという名目にございます」

「それはようございますな」

「総兵衛様、来一郎が相州に出かけて三日目ですが戻って参りませぬ。総兵衛様は、なんぞ倅に他の用事を命じられましたか」

隆五郎は倅の来一郎が戻ってこないことを気にした。

「他に格別になにか命じたことはありません。ですが、得心の行くまで調べてこよと言うておりますでな、日数を要しておるのでしょう」

「それにしても暢気《のんき》すぎる」

「棟梁もイマサカ号を見れば分かります、富沢町の町並みほどの長さの船と思うて下され。船造りも和国とは大いに違います。来一郎はそこいら辺りに興味を惹《ひ》かれておるのではありませんか」

「それにしてものんびりし過ぎております」

「今夕辺りに戻ってきましょう」

総兵衛が応じたところに手代の天松が、

「大番頭さんからお供をせよと仰《おお》せつかりました」

と姿を見せ、

「隆五郎棟梁、魚吉の頭、ご機嫌はいかがですか」

と如才なく声を掛けた。

「おお、手代さん、ずいぶんと張り切っておられますな。なんぞいいことがありましたかえ」

「棟梁、仕事というもの、根気よく地道に繰り返すものにございます。ゆえに出来るだけ笑顔で務めに取り組もうと考えを変えました」

「そりゃ、えれえ。その年で達観しなすったね、総兵衛様のお供をしっかりと頼むぜ」

隆五郎にからかわれた天松が、

「お褒めの言葉恐縮でございます」

と礼を述べ、総兵衛がにやりと笑って、

「あとはよろしく頼みます」

と言い残すと入堀沿いの河岸道《かしみち》に足を向けた。その後に背に小さな風呂敷包《ふろしき》みを負った天松が続いた。

「手代の天松さん、えらく殊勝だな。おれの冗談をまともに受け止めやがった」

と隆五郎が独り言を言ったが、魚吉には未だその呟きは理解できなかったようで、黙って主従の背を見送った。

「総兵衛様、春らしい穏やかな日和《ひより》、気持ちようございます」

天松が早速総兵衛に話しかけた。

「いかにも長閑《のどか》な春日和です」

「駕籠《かご》を雇いますか」

「いえ、徒歩《かち》で参ります。そなたが乗りたければ頼みなされ」

千鳥橋の袂《たもと》に駕籠屋が客を待っていた。

「奉公人の身分で駕籠を使うなど滅相もない」

天松の声を聞いた駕籠屋が、

「手代さんよ、うちは構わないぜ」

と合いの手を入れた。

「冗談はなしです」

駕籠屋に応じた天松が長身の総兵衛の足の運びに黙って従った。総兵衛はゆったりと歩いているようで、歩幅が広いせいか早足だった。若い天松も追いかけていくのに必死だ。

「総兵衛様、こたびは真《まこと》に有難うございました」

手代の言葉に総兵衛が振り見た。

「いえ、総兵衛様の御用旅に天松を指名なされたと大番頭さんに最前耳打ちされました。この天松、総兵衛様の京行きから外されましたゆえ、いささか総兵衛様のご機嫌を損ねたかと案じておりました。で、旅はどちらに向われるのでございますな」

天松がべらべらと喋《しゃべ》った。

光蔵に総兵衛の供を仰せつかり、興奮している風だった。

「さて、どちらに参りましょうな」

「えっ、どちらと申されても奉公人の私が決めるわけには参りません。下調べも要りましょう。お聞かせ下さい」

「その折に話します」

「調べものは要りませんか」

「旅に慣れた同行者がおります」

「えっ、総兵衛様と私だけではございませんので」

話しながらも家並を抜けて、いつしか柳原土手に出ていた。すると目敏《めざと》く柳原土手の世話方の浩蔵が主従に目を止めて、

「総兵衛様よ、浅草の東仲町と西仲町の連中がよ、宜しくと挨拶《あいさつ》に来たぜ。喜んでいたな、連中」

「それはようございました」

「また一段と賑《にぎ》やかな『古着大市』になりますぜ」

「そうありたいものです」

総兵衛は柳原土手から神田川を和泉《いずみ》橋で渡り、北に向けて町家を進んだ。

「根岸をお訪ねでしたか」

「はい。旅に出る前にご挨拶に参ります」

「その旅でございます、同行とはだれでございますか。足手まといになるような人間ではございますまいな」

「いいえ、世慣れた上に旅慣れた者で、頼りになります」

「大黒屋にそのような奉公人がおりましたか」

「いくらもおります」

「だれにございますか」

「忠吉です」

「ひえっ」

天松がしゃっくりのような驚きの声を洩《も》らした。

「忠吉ではいけませぬか。なかなか機転が利《き》いた小僧さんではありませんか。それにそなたとは格別に親しい」

「ふえっ、おこもの忠吉が同行者とは驚きました。で、行き先を教えて下さいまし」

「足の向くまま気の向くままに初めての経験をさせて貰います」

「初めての経験とはなんでございましょう。物見遊山《ゆさん》でございましたら、忠吉はいささか下品かと」

「物見遊山ではありません。三人とも背中に古着を担ぎ、商いに出ます。古着屋の主《あるじ》のくせに、この総兵衛、商いの基となる担ぎ商いを経験したことがありません。天松、そなた、ありますか」

「ご冗談を、私、鳶沢《とびさわ》村を出て以来、富沢町の大黒屋勤めです」

「それはいけません。天松、忠吉、それに私、一文の利、一文の損を肌で感じるための商い旅です」

総兵衛の言葉に天松が愕然《がくぜん》とした。

「た、魂消《たまげ》ました」

「止《や》めますか」

「い、いいえ、お供をさせて頂きます」

「三人のなりは担ぎ商いのそれに変えます。どれほどの荷を店から仕入れて、どれだけの利が出るか、三人で競い合うことになります」

想像だにしなかった総兵衛の言葉だったようで、天松はしばらく黙って従ってきた。心なしか肩が下がり、足取りも重かった。だが、下谷車坂町の寺町に入った辺りで気を取り直したか、

「よし、頑張るぞ。おこもの忠吉なんぞに負けてなるものか」

と自らに気合いを入れ直し、言い聞かせた。

根岸の坊城邸を総兵衛は訪ねた。

用件を聞いた麻子がしばし沈思し、総兵衛に、

「浅草新町の主どのを総兵衛様はご存じと聞きましたえ」

「いえ、どなた様にございましょう」

総兵衛は咄嗟《とっさ》に誰のことか思いつかなかった。

「関八州を支配されるのんはなにも幕府ばかりではありまへんのどす。幕府は表の世間を、そして浅草新町の主どのが裏の世間を支配されておられますのどす。うちが紹介状を認めます。出かけられる前にお独りで浅草新町のお頭を訪ねていかれまし」

と麻子が総兵衛に勧め、直ぐに文机《ふづくえ》に座った。

総兵衛は、「裏の世間」と聞いて浅草新町のお頭とは九代目浅草弾左衛門のことかと気付かされた。

この日、総兵衛は一刻《いっとき》（二時間）ほど根岸の坊城邸にいた。そして、まだ日が高い内に麻子と桜子が門前まで出て、

「総兵衛様、行ってらっしゃいまし」

「旅は気が晴れますよってにな」

親子の言葉に見送られた総兵衛が、

「春の『古着大市』の本式の仕度までには必ず戻って参ります。留守を宜しゅうお願い申します」

「うちも行きとうございますえ」

と桜子が言い出し、

「桜子様には担ぎ商いは似合いません」

と天松が思わず口を挟んだ。

「そうやろか、女衆《おなごし》のほうが売込みは上手どすえ。うちは京の呉服屋仕込みの奉公人どした。天松はん、代わってくれへんか」

と願い、天松が、

「そう致したきところですが、主の命は絶対です」

と不承不承答えたものだ。

夕刻前の七つ（四時頃）過ぎに富沢町に戻った総兵衛と天松は、店に入る前に旧伊勢屋明地の普請場を訪ねた。すると来一郎がいて、隆五郎と話をしていた。

「手代さん、旅の仕度をしておきなされ」

「いつ出立でございますか」

「いつでも出られるようにです」

「えっ、いつでもですか。それは大変だ」

と天松が店へと先に戻って行った。

総兵衛は普請場に歩み寄り、

「戻りましたか」

「つい最前、権造さんの船で佃島の船着き場に着いたところです。ただ今親父《おやじ》に話しているところですが、深浦の静かな海を見ずして総兵衛様のお部屋を造るなど烏滸《おこ》がましいことでした。格別な機会を作って頂き、有難うございました」

来一郎が丁寧に礼を述べた。

「最初から考えを改めまして絵図面を引きます」

「イマサカ号はどうでした」

「ど肝を抜かれました。あれを見ると千石船は猪牙舟《ちょきぶね》同然、まるで子どもの玩具《おもちゃ》です。あの帆船を造る船大工方の仕事ぶりに頭が下がります」

と答えた来一郎が、

「親父、深浦は必ず見たほうがいい。むろん江戸の大工の腕が悪いとか、そういうんじゃない。船でも館《やかた》でも大きくてな、頑丈で精密にできておる。考えが違うのだ、それを見ただけでもためになった」

と棟梁である隆五郎に熱を込めて言った。

「総兵衛様、倅の話を聞くだにわっしの仕事が大黒屋さんの役に立っておるのか、心配になってきました。近々、私も深浦に参ってはなりませぬか。いえ、わざわざ荷運び頭の権造さんの手を煩《わずら》わせはしません。ついでの船に乗せて頂きたいのでございますよ」

総兵衛は、魚吉が糸を張り、石組みの仕度に入っているのを見た。

「棟梁、大番頭さんに話しておきます。倅どのと交代で深浦を見てきなされ。

申すまでもなく異国の造り方がすべてよいというわけではありません。違いを棟梁の眼で見てくれればよい」

隆五郎が来一郎を見た。

「親父、こちらはおれがいればよかろう。魚吉さんの手伝いをしながら、総兵衛様の部屋の絵図面を描く、親父が戻ったころには下絵ができておるようにする」

倅の言葉に隆五郎が頷《うなず》いた。

その夕方、本庄義親が大黒屋を訪ねてきた。供は腹心の高松文左衛門と岩城省吾の二人だけだ。

離れ屋には本庄だけが通った。

「総兵衛、そなたの書状をもらい、そなたが江戸を離れる前に会《お》うておきたかった。ゆえに下城の行列からわれら三人が抜けて、われらを見張る者の眼を晦《くら》ました、その自信がある」

本庄の言葉を聞いた総兵衛が茶を運んできたおりんに眼で合図した。それだけで、おりんは総兵衛の意を察し、茶菓を供すると直ぐにその場から下がり、大黒屋の周りを監視する「眼」があるかどうか、信一郎に告げて調べさせることにした。

「影様はそなたに八州を見よと命を与えられたか」

影様の用事を総兵衛はすでに本庄義親に宛《あ》てて書き送っていた。ゆえになぜ総兵衛が江戸を離れるか、本庄は命の一部を承知していた。

「はい」

「どれほどの日数、八州見廻りに予定しておるな」

「春の『古着大市』が迫っております。長くて一月、出来ることなれば二十日ほどでと思うております。むろん八州すべてに足を踏み入れることは叶《かな》いますまい。養蚕・生糸で金が動いているという上州を中心に歩いてこようかと存じます」

しばし本庄が間を空け、糺《ただ》した。

「影様の命はそれだけか」

「本庄様、関東取締出役《かんとうとりしまりしゅつやく》の長のお役目に就くお心積りでございますか」

過日の総兵衛の本庄邸訪問では、義親の口から総兵衛に告げられなかった話だ。

「影様がその役名も申されたか」

後に八州廻りと呼ばれる役職は、幕閣内では、

「関東取締出役」

という名で決まっている、と影様が総兵衛に告げていた。

「新たなる組織の長の有力な候補の一人に本庄義親様の名が挙がっておられると申されました」

これらのことは総兵衛の胸の中だけにあったことだ。

「影様の意は奈辺《なへん》にあるのだ。そもそも新たな職を監督するのは勘定奉行公事方《くじかた》と聞いておる」

「本庄様とうちが親しい交わりを為《な》してきたのは、城中で周知のこと。ゆえに本庄義親様が新たなる関東取締出役の差配になられた折は、本庄様と距離をおくようにとの命にございました」

影様九条文女は総兵衛に、鳶沢一族が関八州を取り締まる長との付き合いも、

またその手先になって鳶沢一族が動くことも禁ずると厳命された。

鳶沢一族は、徳川幕府に万が一の危機が出来した折に動くべき組織、八州の厄介ごとには首を突っ込むなとの命であった。影様は、本庄義親が八州を取り締まる長に就けば、必ずや鳶沢一族に助勢を頼むと考えていたのだ。

「そなた、どう答えたな」

「大目付首席の本庄義親様なれば必ずや賢明なご判断をなさるはずと申し上げました」

「総兵衛、そなた、関東取締出役は、どのようなかたちであれ、わしが受けぬほうがよいと申すか」

「さようなご判断は本庄様ご一人だけがなされるべきこと」

「われら、宮仕えじゃぞ。上様の沙汰《さた》と老中方に命じられればお断りできぬわ」

「すでにご内示がございましたか」

「いや、この半月内に決まるとの噂《うわさ》がある」

「ならば、手はないこともございますまい」

「どういうことか」

「しばらくの間、本庄の殿様が謹慎の形をとられればよろしいのでは」

「謹慎」は公儀の裁きによる軽い刑罰の一つだが、それを自らの判断で己に科す体を装えばよい、と言った。

「うむ、わしが謹慎をな」

「いささかご不快ではございましょうが、しばらくご辛抱願えませぬか」

総兵衛の言葉に本庄義親が頷いた。

大目付本庄義親らが大黒屋を出たあと、監視の眼が動いた。その監視の「眼」を鳶沢一族が密《ひそ》やかに尾行していった。

大黒屋への監視の「眼」が消えたあと、総兵衛の離れ座敷に光蔵と信一郎が呼ばれた。

影様の命により、大目付首席本庄義親を、本来の役職に傷がつかぬまま、関東取締出役の長に就けぬようにする策を考えよと総兵衛が腹心の二人に命じた。

「影様の内意は、われらが関東取締出役とは関わらぬよう釘《くぎ》を刺されたと思えばよろしゅうございますか」

信一郎が質した。

「まずそんなところか」

「本庄の殿様が今のお役目のまま、関東取締出役の長には就けさせぬ策でございますな」

光蔵が首を捻《ひね》って考えた。

「さてどうしたものか」

信一郎が総兵衛を見た。

「もう一つの影様の命、八州を見物に行く旅、いつ出立なされますな」

「本庄義親様が新しいお役目の候補から外れることが決まってから旅に出ようか」

「となると急がねばなりませぬな」

光蔵が腕組みして思案に耽《ふけ》った。

四

天松は、甲斐、信玄、さくらの散歩の折に離れ屋の前まで犬たちを連れてきて、

「これ、総兵衛様の邪魔になります。離れ屋に許しもなく近づいてはなりません」

などと飼い犬たちに事寄せて、わざと総兵衛が天松に声を掛けるのを待つ様子があった。

総兵衛はその様子をちらりと見て、縁側まで出てきて三頭の犬たちの頭を撫《な》でたが、天松の願いは応《こた》えられなかった。

天松は、いつ旅に出るか、その命を待っていた。

忠吉は総兵衛から未《ま》だ知らされてないのか、天松に会ってもなにも言わなかった。

一方光蔵は、『古着大市』の開催について、大黒屋と古くから付き合いのある読売屋の一軒、通二丁目裏の『世相あれこれ』の老練な書き手、嗅《か》ぎ鼻の守太郎を大黒屋に呼んで、

「知恵を借りたい」

と相談に及んだ。

守太郎は、これまで『古着大市』の企てを高く評価し、その発案者と実行者の総兵衛を、

「富沢町に商才ありて江戸の景気が持ち直し」

などと何度も後押しする記事を書いてくれていた。

光蔵は、こたびの『古着大市』は江戸じゅうの古着商いが大同団結して開催することなどを話して、守太郎に読売に改めて書いてくれることを願った。

「いよいよ富沢町、いや、大黒屋の力が強まりますな」

「いえ、うちの力ではございませんぞ。時世が進むにつれて何事にも贅沢《ぜいたく》になりましてな、古着なんて江戸っ子が着られるかと呉服屋さんで新ものを誂《あつら》えるお客様が増えております。このままでは古着屋は、一軒二軒と潰《つぶ》れていくのは目に見えております。そこでうちの旦那があのような催しを企てなされたのです。いわば苦肉の策です」

「大番頭さん、そう聞いておきましょうかな」

守太郎が光蔵の話を軽く受け流した。

しばし二人の間に沈黙があった。守太郎は光蔵が、別件で何か話を抱えておりながら、どう切り出したものか、迷う様子に気づいて、

「大番頭さん、『古着大市』が近づいたらまた寄せてもらいますよ」

とあっさりと立ち去る素ぶりを見せると、

「ぜひお願い申します」

と応じた光蔵が、それでもなんとか引き止めようと言葉を継いだ。

「守太郎さんと私の付き合いはかれこれと四十年以上ですな」

「そうなりますか、お互いが駆け出し時代からの顔見知りですからな」

と応じた守太郎が光蔵の腹を読むようにじろりと見て、誘いをかけた。

「大番頭さん、なんぞ他に話がありそうな」

「ございます」

と即答した光蔵だが、直ぐには話を切り出せない表情を見せた。

「大黒屋の大番頭さんとしたことが珍しいね、承知のようにうちは人を貶《おと》しめるような類《たぐい》の話だけは書きません。それで長年信用を得てきました。そんなことは光蔵さんは百も承知だ」

うーむ、と光蔵が唸《うな》った。

「いささか事情がございましてな」

海千山千の二人が顔を見合わせた。

「話を聞かせて下さいな。その上でダメなものはダメと答えて、あとはわっしの腹に収めておく。それでどうですね」

そこまで言われて光蔵は覚悟を決めた。

「大目付首席本庄義親様が、今のお役はそのままで、これ以上他のお役に就かぬようにする、そんな読売は工夫できませんか」

「なんですって、大目付は幕閣の要職ですよ。読売屋風情《ふぜい》などが触れられるご仁ではございませんぜ。そんなことを一行でも書けばわっしの首が飛ぶ」

「だから、本庄様の名は出さずになんとなく世間にそう思わせてくれればよいのです」

「大黒屋と四軒町の本庄様とは長年の親戚《しんせき》付き合いでしたな、直に申し上げればいいでしょう、本庄の殿様は道理が分かったお方だ。それをなぜそんなことを考えなさった。すべて話してくれませんか、大番頭さん」

「やっぱりその先を話さなければダメですか」

「そりゃダメだ」

光蔵は『世相あれこれ』の守太郎の知恵を借りようと思いついた時以来、守太郎が銭金で動く男ではないことを考え、最後はある程度のことを話すのは致し方ないかと、総兵衛と信一郎に相談していた。総兵衛は、

「そなたに任せます」

と長年の付き合いという守太郎に、ある程度内情を告げることを許した。

「守太郎さん、関八州が荒れていることは承知ですね」

突然光蔵の口調が早くなり、話柄《わへい》が転じられた。

「読売屋だ、毎日のように在所から帳外れ者、無宿者が江戸に流れ込んできて悪さを起こす。やつらがあとにしてきた関八州はさらに治安が悪い。長脇差《ながどす》を腰にぶち込み、徒党を組んで米屋や質屋を襲うようなことが横行している、なんて話はとっくに承知だ」

「ご公儀もほとほと困っておられます」

守太郎には光蔵が言いたいことが未だ読めなかった。

「大番頭さん、わっしの耳にもお上が火付盗賊改《あらため》のような関八州廻りの役職を考えておられると入ってるがね」

「さすがに嗅ぎ鼻の守太郎さんだね、そこまで承知か」

「待てよ。大目付の本庄様の名もその頭に取沙汰されているんじゃなかったか」

「うちでは本庄の殿様がそちらに持っていかれるのは、よいことではないと考えておりますのさ。だから、一時《いっとき》本庄様が自ら謹慎されていると世間に思わせるような騒ぎをこさえ上げて、この役職が決まるまでやり過ごしたいのでございますよ」

「ということは本庄様もこの話ご存じで」

光蔵がこっくりと頷いた。

「ふう―ん、驚いたね。役目に就きたいから持ち上げてくれって頼みはないわけじゃない。だが、謹慎させて役職に就けるのを避けろという話は初めてですよ」

「本庄の殿様は厳正中立なお方ゆえ、大名方の一部には大目付首席を融通の利く別のどなたかにと願っておられる方もないではございません。そんな筋の話とは違いますでな、守太郎さん」

「本庄様の身分はそのままで自らを謹慎させ、事が終われば何事もなかったように大目付の役目に戻る、ね。こりゃ、意外と難しゅうございますな」

「だから、なんとなく大目付首席本庄様ではないかと臭《にお》わせる程度で名前は出さない、そんな読売を願えませんか」

「大黒屋さんとうちの仲だ。やって上げたいが今一つ工夫が付きませんな」

と腕組した守太郎が、

「仕込みがいるな、何日か日にちが掛かりますよ。それでもはっきりと約定《やくじょう》はできない」

「難しいのは承知です。そちらの読売に合わせて、うちも動きますでな」

光蔵が用意していた五十両を包んだ袱紗《ふくさ》を、すいっと守太郎の前に差し出した。

「うちは銭金では動かない」

「だが、何事も人を動かすには物入りです」

古狐《ふるぎつね》と古狸《ふるだぬき》が睨み合った。

「当然のことながら大番頭さんは、わっしにすべてを話したわけではない」

「はい。ですが、おまえさんの足を引っ張るような真似《まね》だけは致しません」

「よし、工夫してみます。工夫が着き次第、文で逐一こちらに仕掛けの手順を届けさせます」

「それでようございます。だが、春の『古着大市』も迫っています。あまり悠長にはしておれません」

光蔵の念押しに守太郎が頷き、五十両の包みを摑《つか》むと懐《ふところ》に入れた。

この日、総兵衛は独り行く先も告げずに富沢町から姿を消した。それはおよそ二刻（四時間）の間であった。


数日後、読売屋の守太郎から光蔵に使いが来て、書状を届けた。それを読んだ光蔵が、

「ほうほう、本庄様の奥方様に芝神明社で催されている宮芝居見物に行ってくれですと、守太郎さんはなにを考えられましたかな」

と信一郎に書状を渡し、読ませた。

「明日の夕暮れですと、芝でなにがあるのでしょうか」

と信一郎も首を捻った。

「守太郎さんに任せたのです。四軒町にこの旨《むね》伝えましょうか」

「大番頭さん、奥方様になにかあってはいけません。私とおりん、それに田之助、天松らも芝居見物をなして、奥方様の身を密かにお守りしましょうか」

「それがよいでしょう」

光蔵は守太郎の企ての意味が分からないながら、その旨を総兵衛に伝えた。

「芝居見物ですか。大身旗本の奥方が宮芝居を見物しても触れには触りますまいな、大番頭さん」

「大奥の御女中衆も宿下がりの折は、芝居見物に行かれます。格別に法度《はっと》や触れに差しさわりがあるとも思えませんが」

光蔵の問いに総兵衛も首を捻った。

すべての仕度を終えたこの夜、信一郎らは本庄義親の動きを監視する侍たちを見張っていた。すでに信一郎らは、本庄を見張る者たちが勘定奉行公事方石川忠房に関わりがあることを摑んでいた。

石川もまた関八州を取り締まる新たな役職関東取締出役の長就任を願っている一人だった。

勘定奉行は、諸国の郡代、代官などを監督し、収税、年貢《ねんぐ》の出納、関八州の幕府領内の領民の訴訟などを扱う職掌だ。

だが、八代将軍吉宗は享保《きょうほう》六年（一七二一）に勝手方と公事方に分け、勝手方は収税、禄米《ろくまい》の支給、旗本所領地の分割、貨幣の鋳造などを扱い、公事方は幕領の訴訟を扱うとした。

石川は勝手方から公事方の勘定奉行に代わったばかりだ。租税を扱う役目と訴えなどの公事方とでは、

「実入り」

が違った。

そこで石川は新しい職掌、関八州の幕領、私領、寺社仏閣を監督する関東取締出役の長に就くことを強く望んでいるという。石川は上州を始めとした関八

州が養蚕・生糸の飼育と販売で大金が動いていることを勘定奉行勝手方として承知していたのだ。

当然、関東取締出役がこの金の動きに大きな関わりを持つことを、そして、その監督権を手にする関東取締出役の長の差配次第でいかようにもなることを石川は察していた。

一方この新しい役を兼ねそうな有力候補が大目付首席本庄義親であることも承知していた。

そこで本庄義親と富沢町惣代《そうだい》格の大黒屋総兵衛が親戚同様に親しいことに目をつけ、両者を離反させることを画策し、手代らを使い、両者の付き合いを見張らせていたのだ。だが、その監視は素人《しろうと》同然の粗雑なものだった。

信一郎は、光蔵に報告すると、

「この際です、一気に片付けませぬか」

と願った。

「ほうほう、本庄の殿様の屋敷やうちを見張るのは勘定奉行の石川様の手下でしたか。八州を差配するほうが勘定奉行公事方より実入りはいいと考えられ、本庄様とうちの関わりを探索して、脅しの材料にでも使われようとしておりますかな」

「まあ、そのようなところかと存じます」

「黙っておればその職、石川様に差し上げてもよいのですがな。うちや本庄の殿様の周りをうろつかれるのも目障《めざわ》りです」

「大番頭さん、大した連中とも思えませんが、総兵衛様が旅に出られる前にそのものたちの肝を冷やしておきましょう」

「そうですな、あまり手荒なことはせずちょっと脅せば事が足りましょう」

「私が差配して今晩にも動きます」

大番頭と一番番頭の間で話が成った。


その夜、四軒町の大目付本庄義親邸外で、信一郎に率いられた手代の猫の九輔、新羅《しらぎ》次郎、三郎兄弟と、甲斐と信玄を連れた天松が見張りの者を監視していた。雌犬のさくらは富沢町の留守番を任されていた。

本庄邸のある四軒町は、御堀の鎌倉河岸と神田川昌平橋のちょうど中間に位

置していた。信一郎らは、筋違《すじかい》橋御門と昌平橋の間の神田川右岸に船をつけて
すでに人の往来の少ない武家地に入り込んでいた。

この夜、本庄義親は評定所の談義で帰宅が遅れていた。そのように総兵衛が
願って帰宅を遅くしてもらったのだ。

四つ（午後十時）の時鐘が四軒町に響いてきた。

さらに四半刻（三十分）も過ぎたか。

「今夜は下城が遅いではないか」

「なんぞ城中であったか。いや、どこかに立ち寄ったか」

「行列を組んで立ち寄ることもあるまい」

本庄邸を望む町家の三河町新道の八百屋の軒下の暗がりに潜む面々が会話す
る声が、信一郎らの耳に風に乗って伝わってきた。

風向き次第では小声も遠くまで聞えることも知らず、見張りについていた。

おそらく見張りの狙《ねら》いがなにか全く理解していないと思えた。見張りについて
いたのは四人で、いつもの顔ぶれだ。

「よし、九輔、天松、そなたらに先鋒《せんぽう》を任せようか」

信一郎が甲斐犬の扱いに慣れた二人に命じた。まず四人の力量を見極めようと信一郎は考えた。

「畏《かしこ》まりました」

猫の九輔が背に負っていた銀色の仮面を顔につけ、天松も見倣《みなら》った。

この銀色の仮面は信一郎らが異国交易で求めてきたものだ。

ベネチアなる水の都の祭礼に被《かぶ》る仮面とかで、銀色に塗られた表情は無表情で夜の暗がりの中では不気味だった。

九輔も天松も忍び衣に仮面をつけて、

「甲斐、信玄、行きますぞ」

と同行を命じた。

生き物の扱いが上手な九輔の躾《しつけ》を受けて、甲斐も信玄も命令を忠実に守ることができた。

軒下の暗がりの四人の一人が煙草《たばこ》を吸っていた。見張りが煙草を吸うなど言語道断だが、見張りのいろはのいの字も承知していない連中だった。

そより

と忍び衣に仮面の二人と甲斐犬が姿を見せた。

その気配に気づいた一人が、ごくり、と喉《のど》を鳴らした。

「な、なんだ、その方ら」

声が震えていた。

「怪しい奴《やつ》めら」

と煙草吸いが煙管《きせる》を突き出した。すると、

「ううううっ」

と低い唸り声で甲斐と信玄が威嚇《いかく》した。

「い、犬を連れておるぞ」

と震え声で言った。

その時、信一郎、新羅次郎、三郎らが加わった。この三人も忍び衣に仮面姿で、次郎と三郎兄弟は手に弩《ど》を携えていた。

五人と犬二頭に囲まれた四人は、もはや言葉もない。

信一郎の低い声が命じた。

「その方らの主に伝えよ。大人しくしておれば関東取締出役、手に入らぬでもないとな。相分かったか」

しばし無言のあと、煙管を持つ侍ががくがくと頷いた。

「ならば去《い》ね」

四人が這《ほ》う這《ほ》うの体で八百屋の軒下から逃げ出した。

その直後に本庄義親一行が帰邸した。


二日後のことだ。

江戸じゅうを興奮の坩堝《るつぼ》に陥《おとしい》れる騒ぎが読売『世相あれこれ』を飾った。

いわく、

「町火消め組の辰五郎、相撲取り四ッ車大八、芝神明の芝居小屋にて大乱闘！」

と大見出しが躍り、続いて、

「事は前日に遡《さかのぼ》り、芝神明境内にて催されおりし宮相撲の木戸を、め組頭取倅《せがれ》辰五郎が、木戸銭を払わず入らんとしたゆえ相撲取り九竜山これを咎《とが》めだて致したに発端ありしという。

さらにこの夜両者、宮芝居にて再び顔を合わせ、大喧嘩《おおげんか》になりしところへ互いの助勢駆けつけ、九竜山弟子四ッ車、刀を抜きて振り回し、対するめ組の辰五郎ら、半鐘を鳴らし仲間呼び集め、芝居見物の客を巻き込みて大騒ぎ、大立ち回りとなりしものなり。

騒ぎは町奉行所与力・同心らの手によりて取り鎮《しず》められしが、双方に多数怪我人出来《けがにんしゅったい》、お縄になりし者もありしという。

さあて、この場に居合わせし武家方内儀、騒ぎに巻き込まれ怪我を負うたとか負わぬとか、うわさあれども真相定かならず。

一方、さる筋によれば、幕閣のさるお方、病を理由にしばし職務を離れたといわれしが、この一件に絡《から》みてか否かもまた定かならず。

ともあれ、相撲も芝居も楽しみなり。

悪《あ》しきは大勢の見物人の前にて刀抜き、鳶口《とびぐち》振り翳《かざ》して喧嘩狼藉《ろうぜき》を働きし力士と火消の者たちなり。町奉行所のさる筋によれば、火消め組に厳しき沙汰あるべしとのこと、続報をお待ちくだされと願うは、読売『世相あれこれ』の守太郎に御座候《ござそうろう》」

この読売を手に光蔵が複雑な顔をしていた。

「ちと騒ぎが大きくなり過ぎましたかな」

「大番頭さん、守太郎さんの考えはなかなかのものでしたが、まさか火消と力士があれほど本気を出すとは、想像できませんでしたか」

信一郎もいささか困惑げに言った。

「守太郎さんがいずれ報告に来ましょうが、なにがしか見舞金を出さねばなりませんかな」

と光蔵が言い、

「ともかく本庄様がしばし御用を離れておられるうちに事が決まるとよいのですがな」

と願いを呟《つぶや》いた。

四軒町の本庄邸の奥で主夫婦が茶を喫していた。

「おまえ様、かような刻限からのんびりと茶を喫するなど久しくございませんでしたな」

「役職が多忙ゆえな、芝居見物にも行かれなかったわ」

「芝居より火消と相撲取りの大喧嘩が見ものでございました。それに大黒屋の一番番頭さんやらおりんさんらが私を取り囲んで、安全な桟敷《さじき》に連れ出してくれました」

「大黒屋に手抜かりはなかろう。総兵衛の寄越した書状によれば、奥の芝居見物の一件は、大番頭が読売屋と画策した話とか、大黒屋と付き合うておると退屈せぬわ」

「総兵衛様は今頃、どこを旅してお出《い》ででございましょうな」

「上州には入っておろう」

と道中奉行を兼帯する大目付首席が言い、庭の上に広がる空を見た。

第三章　三人旅

一

富沢町に『世相あれこれ』の書き手の守太郎が訪ねてきた。光蔵《みつぞう》は、いつにも増して厳しい守太郎の顔を見ると、黙って店座敷に招き上げた。

「大番頭さん、大いなる計算違いをした。め組の頭取の倅《せがれ》も相撲の九竜山もまさかあれほど本気を出して大喧嘩《おおげんか》をするとは思わなかった」

「えらく派手なことになりましたな」

光蔵も渋い顔をした。

「いやさ、相撲の木戸を辰五郎さんが木戸銭を払わず押し通るのも、口喧嘩するのも打ち合わせてのことだ。芝居小屋で口争いをするのも事前に相談したことだ。だが、芝居小屋の見物人に煽《あお》られて、つい両者とも興奮してしまった。そこへ九竜山の助勢に駆けつけた四ッ車大八が刀を抜いたのが騒ぎに火をつけた。大八め、本気でめ組の富士松さんに斬《き》りつけた。相撲とりは並みの人間じゃない、そいつが本気で斬りつけたもんだから、血を見た双方とも引くに引けなくなったところに芝居の客が加わって、大立ち回りの大騒ぎだ」

と一気に説明した守太郎がしばし沈黙し、

「昨夜、斬られた富士松さんが死んじまった」

と深刻な顔で言った。

「えらいことです」

「へえ」

守太郎もしょんぼりしている。

「まさか町奉行所を巻き込む大騒ぎになるとは思ってもいませんでした」

「火消も相撲も血の気が多いや、そいつをね、考えないわけじゃなかったが」

と悔いた守太郎は、

「九竜山は江戸払い、なぜか富士松を斬った大八にはお構いなしだそうだ。一方、火消の辰五郎と半鐘を鳴らして仲間を呼び寄せた長吉は中追放、さらに喧嘩に加わった百六十人余の火消人足に罰金五十貫という厳しい沙汰《さた》が出ることになった」

と言い足した。

読売屋の守太郎は、町奉行所の内部に話を漏らしてくれる同心らを何人か抱えていた。本来、読売屋は幕府によって監督される上下関係の間柄だ。だが、それは表向き、時に阿吽《あうん》の呼吸で両者は持ちつ持たれつの関係で、情報発信を読売屋が受け持つ。

「め組に厳しゅうございますな」

「当然のことながら火事でもないのに半鐘を鳴らして仲間を呼び集めた一件を奉行所は重く見ておられる」

ふうっ、と光蔵は大きな息を吐いた。そして、

「守太郎さん、亡《な》くなった富士松さんのご遺族への見舞金となく、め組の罰金はうちが出します。ことが落ち着いた折にあなたの手から、め組の頭取にそっと渡してくれませんか」

守太郎はしばし黙っていたが、

「助かります」

と呟《つぶや》き、光蔵に頭を下げた。そして、

「大番頭さん、こいつはうちが勝手に仕掛けたことだ」

と言った。

大黒屋がこの騒ぎの裏に絡《から》んでいることは、決して口外しないと明言した。

「それだけは宜《よろ》しく願いますよ」

と釘《くぎ》を刺した光蔵に守太郎が、

「困ったことに読売の売れ行きがえらくよくてね。なんだか、め組に悪いことを押しつけてうちだけが儲《もう》けた感じですよ」

と複雑な顔をしてさらに言い足した。

「世間には目敏《めざと》い人間がいるもんですね、大番頭さん」

「どうしなさった」

「この相撲と火消の喧嘩を早芝居にするって話が出ているそうでしてね、芝居の人間もさ、転んでもただでは起きませんよ」

「相撲も火消も命を張った粋《いき》と伊達《だて》の商売です。役者はそろっていますがね、なにしろ一人死人が出た話です。芝居にすれば大当たり間違いなしですが、直ぐに興行ができますかね」

光蔵が首を捻《ひね》った。

だが、この騒ぎは後々芝居にかけられ、当たり狂言となる。

光蔵は、守太郎に用意していた金子を託《ことづ》けた。守太郎が、

「えらい金を大黒屋に使わせてしまったね。その代わりと言っちゃなんだが、春の『古着大市』は力を入れて読売に書くからね」

と応じて守太郎が店座敷を出ていった。

一人店座敷に残った光蔵のもとへおりんが茶を運んできて、

「おや、読売屋の守太郎さんはもうお戻りで」

と言うところに信一郎が姿を見せた。

「大番頭さん、えらく守太郎さんの顔が冴《さ》えませんでした」

「め組に厳しい罰が下るそうです」

光蔵が守太郎から聞いた話を二人に告げた。

「火消に死人が出ましたか。相撲取り、火消と役者が揃《そろ》い、宮芝居どころじゃない本気の大立ち回りでしたからね、町奉行所もこれくらいのお灸《きゅう》は双方に据えないと、威信に関わる話でしょう」

信一郎が言い、

「大番頭さん、四軒町は、関東取締出役の長の候補から名が落ちたという話が城中から聞こえてきましたよ」

「とはいえ、大目付首席まで免職になるようでは困ります」

とおりんがそのことを気にした。

「おりん、幕閣の中で本庄の殿様ほど有能にして家斉《いえなり》様の信頼の厚いお方はおられません。また、こたびのことも表向きは病に事寄せて自ら謹慎を申し出られ、受理されております、本庄様になんぞ悪い話があるとは思えません。こちらの一件が落ち着くまで待って大目付首席の御用に復帰なされましょう」

光蔵の話に二人が頷《うなず》いた。

「総兵衛様方はどちらをお廻りでございましょうか」

おりんが関八州見物に出た総兵衛らの行方を気にした。

「さあて、上州のどの辺りを商いしておられますかな」

こたびの関八州行きに際して、

「陰警護は要らぬ」

と総兵衛は光蔵らに命じていた。

「供が天松と忠吉だけではいささか不安にございますがな」

という光蔵に総兵衛が、

「私どもは古着の担《かつ》ぎ商いに出るのです。陰警護などついたら可笑《おか》しいでしょう」

と厳命した。

「大番頭さん、このところ北郷陰吉《きたごうかげよし》の父《とっ》つぁんの姿が長屋にないのにお気づきですか」

光蔵の顔色を読んだように信一郎が尋ねた。

「えっ、総兵衛様はなんぞ陰吉さんに用事を頼んで出かけられましたか」

「いえ、陰吉さんの独断で密《ひそ》かに総兵衛様の商い旅に随行されているのではありませんか。長屋の佇《たたず》まいがそれなりに片付いて旅仕度で出かけた様子でございます」

「おや、陰吉さんにしてやられましたか」

光蔵が呟き、

「うちも何人か陰供を出すべきでしたかな」

と総兵衛に陰供をつけなかった判断を悔いた風に言った。

「いえ、総兵衛様のお申しつけに逆らうわけにはいきますまい。陰吉さんが従っているのです。なんぞあれば知らせがございましょう」

信一郎が言い、おりんが賛意を示した。

「大番頭さん、それより総兵衛様の留守の間に秋に出る交易船団の荷集めの目途をつけておきたいものです。京のじゅらく屋さんの他に茶屋清方様が新たに荷を出されるのです、詰めの手配をしておいたほうがよくはございませんか」

ただ今の大黒屋には大きな二つの懸案が迫っていた。春の『古着大市』と秋に出立する二回めの交易船団の荷集めだ。

「そうですね、総兵衛様が八州から戻られるのを待たず、すぐにも大黒丸を若《わか》狭《さ》と金沢に廻し、荷集めを始めておくことが肝心ではありませんか」

「信一郎、それは結構な考えですな。ですが京のじゅらく屋さんと茶屋方の預り荷、それに金沢の御蔵屋さんの荷となれば大黒丸一隻では積み切れぬやも知れませんな」

光蔵が案じた。

「ならば大黒丸に深浦丸か相模丸を従わせましょうか。そのためにも京にだけでも先にだれぞを向かわせて二店の荷がどれほどになるか、早めに見極めておきませぬか」

「その方が安心ですな。だれを京に上らせますか」

光蔵が一番番頭に尋ねた。

「三番番頭の雄三郎は、こたびの交易で異人がどのようなものを喜んで買い求めるか、肌で感じて知っております。ゆえに雄三郎に見習い番頭の市蔵をつけて早々に京に出立させますか」

光蔵と信一郎の間で交易の荷集めの手順が具体的に纏《まと》まった。

だが、交易船団の件では二人の前にもう一つの大きな懸案が横たわっていた。

「異国交易は、危険も伴いますが利が大きゅうございます。ただ初めての交易がうまくいったからといって、次もうまくいくとは限りません。ともかく交易の長をだれにすればよいのか、それが決まっておらぬのが不安といえば不安」

光蔵がそのことを指摘した。

「総兵衛様が参られることはございませんか」

おりんが大黒屋の留守を預かる二人に尋ねた。

「それが出来れば一番よいのですが、こたびの影様の御用次第では、総兵衛様は江戸を離れることは無理かもしれません」

信一郎の言葉には、ある覚悟があった。

第一回の交易では名目上の交易の長は、鳶沢《とびさわ》一族の長老の一人で琉球《りゅうきゅう》出店の店主の仲蔵《なかぞう》であった。だが、実際に長を務めたのは仲蔵と林梅香《はやしばいこう》らに助けられた信一郎であった。

仲蔵にもう一度長期の異国交易をというのは年齢から考えても無理な話だ。それに異国をよく知る林梅香とて、二度続けての務めは厳しいだろう。

操船方では、イマサカ号の具円伴之助《ぐえんばんのすけ》船長《かぴたん》、副船長と航海方を兼ねた千恵蔵は変わらなかったが、大黒丸の金武陣七《きんじんしち》船長は今秋の二度目の交易のために琉球に寄った折、船を下りることになっており、副船長兼舵方《かじかた》の幸地達高《こうちたっこう》が船長を引き継ぐ。達高の後釜は未定だが陣容はそれなりに揃っていた。ただ、交易船団の長がだれか、総兵衛は表明することなく八州廻りの旅に出た。

万が一の場合は、信一郎は自らがもう一度長を務める覚悟を内心で決めていた。

おりんは、総兵衛から旅より戻った折に信一郎とおりんの祝言《しゅうげん》の日取りを明らかにすると言われていた。だが、二人が所帯を持っても、直ぐに別れて暮らすことになると、信一郎の気持ちを察して考えていた。

鳶沢一族の陣容が厚くなり、支配下の人数が増えたとはいえ、交易船団の長を務められるのは、総兵衛か信一郎しかいまいと、おりんも考えていた。

表の顔の大黒屋の主《あるじ》としても、裏の貌《かお》の鳶沢一族の頭領としても、一年近くも江戸を総兵衛本人が空けることは難しかった。

となれば残るは信一郎だけだ。

その折はその折のことだと、おりんも自らの気持ちを固めていた。男も女も鳶沢一族の一員であるかぎり、総兵衛の命は絶対だった。

総兵衛、天松、忠吉の一行三人は、継《つ》ぎ接《は》ぎだらけの古着に身を包み、総兵衛と忠吉はそれぞれ大きさの違う風呂敷《ふろしき》包みを背に負っていた。また天松は、古びた竹籠《たけかご》を負い、その中に丁寧に折り畳んだ商いの品が積み重ねられていた。だが、その竹籠には、弩《ど》が一挺《ちょう》と、総兵衛の三池典太光世《みいけでんたみつよ》が布に包まれて古着の間に隠されていた。そして懐《ふところ》には綾縄《あやなわ》小僧の得意の道具、鉤《かぎ》の手の付いた麻縄が入っていた。

一方、忠吉は前帯に投げ針を何本も差し込んでいた。天松の隠し技、長い指の間に二寸五分（約七・六センチ）の投げ針を隠し持ち、危機に陥ったときに、だらりと垂らしていた両手を、

ひょい

と前方に振り上げると、針が相手の顔などを急襲して機先を制することができた。天松は、鳶沢一族の一員になった忠吉に、

「忠吉、おまえも一族の人間に加わったからには危機に落ちたときに反撃する隠し技を持っていたほうがいい」

と隠し針の投げ方を伝授し、忠吉は深浦にいる折に暇を見ては独習してきた。天松は腕も指も長かった。ゆえに楽に二寸五分の投げ針を指の間に隠すことができた。

だが、ちびの忠吉の指では針先が指の間から見えた。そこで長さを一寸七分(約五センチ)に短くして、丸針を平たくした投げ針を深浦の鍛冶屋《かじや》でこさえてもらったのだ。

総兵衛は風呂敷包みだけで道中差も携帯していなかった。

この主従三人は、二年前、日光へ道中していた。

家斉の日光代参に命じられた御側衆本郷康秀《おそばしゅうほんごうやすひで》の一行を尾行しての旅だった。本郷は先代の影様であり、薩摩《さつま》と組んで鳶沢一族に敵対したゆえに影様の役目を果たしていないと判断した総兵衛が、日光東照宮の奥宮拝殿で始末することになった。

あの折は、諸国を旅するのが初めての総兵衛に老練な担ぎ商いの百蔵《ひゃくぞう》父つぁんと小僧時代の天松が従っており、それに旅の途中からおこものちゅう吉が加わることになった。

もはや道中の指南役の百蔵は富沢町にいなかった。あの道中を終えたあと、体を壊し自ら願って鳶沢村の家族の下に戻ったのだ。

日光への旅では、総兵衛は大黒屋の若旦那《わかだんな》を隠すことはなかった。だが、こんどは古着商いの原点ともいえる担ぎ商いに扮《ふん》していた。そのなりは百蔵父つぁんから教えられたものだった。

三人それぞれに日光へ旅をした記憶は鮮明にあった。

「総兵衛様よ、天松さんといっしょに旅するのは久しぶりだな」

板橋宿外れの戸田の渡しの一番船を待つ間に忠吉が総兵衛に小声で話しかけた。その声に喜びが溢《あふ》れていた。

「これ、忠吉、なんという言葉遣いです。旅に出ようと主従は変わりません。丁寧な言葉を使いなされ」

天松が注意した。

「そりゃ、おかしいぜ、天松兄い」

「なにがおかしいですか」

「担ぎ商いに主もなにもあるものか、総兵衛兄いも天松兄いもただの担ぎ商いだぜ。江戸から古着を仕入れてよ、一枚一文でも高く売ろうというしがない担ぎ商いが、大店の主だ、手代だ、小僧だと言い始めたらよ、直ぐに正体がばれちまうじゃないか」

忠吉が天松に文句をつけた。

「いかにもさようでしたな。ならば、私は担ぎ商いの兄貴分の総兵衛、天松も忠吉も弟分の担ぎ商いです」

「総兵衛様、それがいい。だがよ、ちいとばかり言葉が丁寧すぎるな。もちっとくだけた物言いにならないか」

「くだけた物言いね、では、こうしましょう。私どもは実の兄弟の担ぎ商い、私が、いえ、おれが長兄の総兵衛、弟の天松兄いに末弟の忠吉ではどうですね」

「おお、実の兄弟ならば丁寧な言葉遣いは要らないもんな。よし、天松兄いよ、それでいくぜ」

忠吉が俄然《がぜん》張り切り、天松は苦い顔をしたが総兵衛の命では致し方ない。

兄弟の担ぎ商いになりきった三人は、蕨宿《わらび》で最初の朝餉《あさげ》を食し、浦和、大宮と旅して、江戸から九里四丁（約三六キロ）の上尾宿で最初の宿をとった。

むろん風呂付、膳《ぜん》付の旅籠《はたご》ではない、蚤虱《のみしらみ》がいそうな木賃宿だ。

さらに桶川《おけがわ》、鴻巣《こうのす》、熊谷《くまがや》と足慣らしにゆったりとした歩みで、二夜めを深谷宿で過ごし、本庄宿を昼前に過ぎて神流川《かんながわ》で武蔵《むさし》国と上野《こうずけ》国の境を越えた。

「いよいよ商い旅が始まるからね、弟たちよ、しっかりと売るんだよ」

総兵衛の言葉遣いは未《ま》だぎこちない。

小便だといって神流川の河原に走って行った忠吉が総兵衛らに、また河原の葦原《あしはら》の中から突然姿を見せて追いついたとき、言った。

「総兵衛兄い、売るのもいいがおれたち本気で担ぎ商いをする気か。他に用事があるんじゃないか」

「忠吉、長い小便でしたね」

「総兵衛兄い、そんなこと聞いてねえよ。担ぎ商いの真似《まね》をするにはわけがあるだろうが、と言っているんだよ」

「忠吉、言葉が過ぎる」

天松が注意した。

「天松兄い、おれたちは兄弟の担ぎ商いだぜ。言葉に気をつけるのは兄いたちだよ」

天松がさらに言い掛けたのを総兵衛が制し、

「天松、忠吉、悪かった。話せるところを話しておこうか。こたびの道中は関八州の様子を私たちの、いえ、おれたちの眼で確かめることなんだよ。だから、どんなことでもいい、馬方が漏らす一語、百姓衆の不満、賭場《とば》の騒ぎ、渡世人の行状、娘が江戸に売られていくのはなぜか、田畑を手放して百姓衆が逃散《ちょうさん》する因はどこにあるのか、なんでも知るのがおれたちの務めです」

「ふーん、妙な旅もあったもんだな」

「忠吉、三人三様の動き方、見方で関八州を旅して回ることが務めなんだよ。分かったか」

「分かったような、分からないような。だいいちよ、総兵衛兄さ、関八州たって広かろうじゃねえか。十日や二十日で見て回るのは無理だぜ」

「いかにもさようです。だから、三人で手分けすることもありましょうな。まあ、こたびの旅で幾分でも関八州のただ今が摑《つか》めればよい、そのくらいの気持ちで道中をしましょうか」

「ほら、また大黒屋の主言葉になった」

「すまない」

「すまねえ、だ」

「すまねえ、忠吉。意外と言葉を崩すのは難しいな、いや、難しいぜ」

「まあ、いきなり担ぎ商いの言葉遣いだって言ったって、総兵衛兄さと天松兄さには難しかろうな。まあ、三人のときにゃ、いつもの口調でいいぜ。他人がいるときはよ、おれに任せな」

「弟よ、頼む」

総兵衛が願い、天松もぺこりと忠吉に頭を下げた。

なにしろ忠吉は物心ついて以来のおこもだ。湯島天神の床下に捨てられていたのを、その近所の住人の世話や親切で生き抜いてきた古強者《ふるつわもの》だ。地べたからの目線で物事を理解し、喋《しゃべ》るのは二人より長《た》けていた。

「総兵衛兄さ、おれたちに仲間がいるのか、四人めの別行組がいるのか」

「いえ、それはおりません。かたく陰供をつけることを禁じてきましたからね」

「おかしい」

「だれぞ私たちの他に知り合いがこの街道におりますか」

「ああ、北郷陰吉の父つぁんがよ、おれたちの四、五丁あとをつけてくるぜ」

「なに、陰吉が私どものあとをね。なんぞ嗅《か》ぎつけましたかな」

総兵衛が呟いた。

「陰吉は、身分制度のきびしい島津薩摩藩の外城者《とじょうもん》の出、密偵として忠吉と同じように独りで生きてきた人間です。一族の者にはない勘が働きましたかな」

「呼んでこようか」

「陰吉はそなたが認めたことに気付いていますか」

「いや、それはねえと思う。河原の枯れ葦を潜って、兄さ方に追いついたからよ」

「では、当分陰吉父つぁんは、別行させておきましょうか」

二人の話を聞いていた天松が、

「今宵《こよい》はどこに泊まりますか」

「高崎城下をと考えています。あとどれほどですか、天松」

「三里（約一二キロ）とは残っておりません」

「七つ前（午後四時頃）には着きそうですね」

「総兵衛様、いや、総兵衛兄さん、今宵の宿でも蚤や虱に悩まされますか」

天松が総兵衛に尋ねた。だが、総兵衛から返事は戻ってこなかった。

忠吉だけがけたけたと笑い、総兵衛と天松は独りあとから来る北郷陰吉の気持ちを慮《おもんぱか》りながらも、黙々と中山道《なかせんどう》をまず倉賀野《くらがの》宿へと歩き出した。

二

中山道高崎宿は、江戸から二十六里十五丁（約一〇六キロ）、譜代大名松平右京亮《うきょうのすけ》八万二千石の城下町だ。

高崎藩は、天正十八年（一五九〇）八月の徳川家康の関東入国とともに上野国群馬郡、碓氷《うすい》郡、片岡郡の十二万石が井伊直政《いいなおまさ》に与えられ、慶長三年（一五九八）に直政が高崎に入封して立藩された中山道要衝の譜代藩であった。

以来、井伊家から酒井家、戸田家、藤井家、安藤家、大河内系の松平家、間《まな》部《べ》家と移り代わり、享保二年（一七一七）二月に再び松平輝貞《てるさだ》が入封してようやく落ち着き、以後、幕末までの百五十年間、大河内松平氏が領有するところとなった。

総兵衛ら三人が高崎城下に入った当時、大河内松平家五代目右京亮輝延《てるのぶ》の治世下にあった。

大河内松平家初代輝貞は高崎城下の整備に熱心で、高崎は中山道の、「小京都」

と呼ばれ、何度もの火事に見舞われたにも拘《かか》わらず、その度復興して賑《にぎ》わいを取り戻していた。

碓氷川を合流する烏川《からすがわ》の左岸に発達した城下は、総兵衛らの目にも、活気のある町並みと思われた。

宿屋も大黒屋九兵衛、越後屋源兵衛、山口屋浜蔵など老舗《しにせ》の大きな旅籠が軒を連ねていた。

総兵衛は大どころの旅籠をさけ、担ぎ商いが気張った程度の中程度のたばこ屋正右衛門方に宿泊することにした。

宿の女衆《おなごし》が三人の風体を見、背の荷を見て、

「ささっ、荷はここにおいてな、裏の小川で足を洗うべえよ。荷は男衆《おとこし》が部屋に上げるでな」

と裏庭へと案内しようとした。だが、天松が、

「姉さん、大事な商いの品だ。わっしらで部屋に上げるよ」

と言い、

「そうかいそうかい、ならば好きにしなせえ」

と軽くいなした女衆が土間の奥を指した。

総兵衛らは烏川に流れ込む小川の冷たい水で手足と、破れ笠《がさ》の紐《ひも》を解いて顔を洗い、それぞれ荷を手に玄関土間に戻った。

最前応対した女衆が初めて総兵衛らの顔を見て、

「あれっ」

と驚きの声を上げた。

「おめえさんら、えらく若いだな、それに男前だ」

「姉さんよ、わっしらは兄弟の古着商いだ。上州の景気がいいと江戸で聞いた

んでよ、ひと稼ぎしにきたんだよ。扱いがよければ二、三日草鞋《わらじ》を脱ぐぜ」

忠吉が総兵衛に教えられた言葉を告げた。

「なに、おめえら兄弟ってか。兄さは品がある、中の弟はまあまあの顔立ちだ。末の弟はこましゃくれた餓鬼だべ。おめえだけ腹違いか」

「ちえっ、姉さんに見抜かれちゃしようがねえ。おりゃ、父つぁんがおめえみたいな不細工な女子《おなご》に生ませた腹違いだ」

「この餓鬼、口も悪いが根性もねじ曲ってるだ」

女衆が忠吉の顔を睨《にら》みつけたが、忠吉は平気の平左だ。

「まあ、姉さん、そういうねえ。兄さが宿代は前払いしていいってんだ。三人一部屋にしてくんな」

忠吉がさらに注文をつけ、天松が心得顔で、姉さんに心づけをそっと渡した。

「ふーん、弟はどうしょうもねえが、兄さ二人はまとものようだ。今なら角部屋が空いているだ。宿代前払いってほんとだね」

「姉さん、弟の口の悪さは許して下さいな。兄の私たちも忠吉の口には閉口しているんですから。宿代は宿帖《やどちょう》を書く折にお渡しします」

「さすがに長兄だ。だがよ、上州で担ぎ商いするにはおめえさんの言葉は丁寧過ぎるだ。まあ、末の弟くらいでちょうどいいかもしれねえな」

姉さんが総兵衛らを街道に面した部屋に案内した。

窓には太い格子戸《こうしど》が嵌《はま》り、まるで牢《ろう》座敷に入れられたようだが、街道の様子も見え、風も光も入ってきた。

「姉さん、兄さと弟をまず湯に入れてやってくれないか」

天松が願うと最前の心づけが利《き》いたか、あいよ、と二つ返事で答え、

「おめえはいっしょに入らねえだか」

「おれは明日から商いする荷の整理をするんだ、姉さん」

「うちじゃ、いっしょのほうが助かるがな」

と言いながらも総兵衛と忠吉を湯殿に案内していった。

天松は、刀や弩や総兵衛の持ち金が古着に隠されているために荷物番に残ったのだ。

総兵衛と忠吉が江戸以来の湯で、まずかぶり湯を使い、先客の二人に忠吉がまるで渡世人のような口調で、

「どちらさんもご免なすって」

と湯船にさっさと浸《つ》かり、

「兄さもさっさと入れよ」

と誘った。

「えらく口が悪い弟を持ったもんだな。さっき女衆《おんなし》の話し声が聞こえたが、親《お》父様《じさま》が外で拵《こしら》えた腹違いの弟か」

常連らしい客がそう尋ねた。どうやら彼らも行商人のようだった。

「そういうことでございます」

「おお、兄さは言葉遣いを心得てござるな」

「へえ、父親が放蕩《ほうとう》して店を潰《つぶ》しました。お店があったころのことは次弟と私しか知りません。忠吉はお店が人手に渡り、私どもが担ぎ商いになったあと、借家に連れてこられたのです。それで言葉もこの通りです」

「どおりでな、兄さも苦労だな」

旅慣れた相客が得心した。

「お二人も商い旅ですか」

「ああ、おれたちは越中富山の薬売りだ。もっとも越中を騙《かた》る江戸もんだ」

行商人があっさりと正体を明かした。

「おまえさん方はなんの商売だ」

「古着にございます。もっとも親父の商売は太物屋でした」

「古着屋か、富沢町じゃないな、仕入れは柳原土手か」

「さすがに江戸のお方ですね、お見通しだ」

「上州辺りで古着商いしようと柳原土手で仕入れてくるようじゃ素人《しろうと》だな。上州は馬鹿《ばか》にしたもんじゃない、銭回りがいいぜ」

「城下をちらりと見ましたが、なかなか繁華でございますな」

「そりゃそうだ。松平様の御領地はよ、なんたって煙草とお蚕の国だ。米は越後に比べ、出来が悪いがよ、なにせ煙草と生糸という直ぐに銭金になる宝を持っているんだ。柳原土手のひょろびりの木綿ものじゃだれも見向きもしないぜ」

「噂《うわさ》には聞いておりましたが、それほど金回りがようございますか」

「ああ、いい。だがな、古着屋さん、その銭目当ての押込み、かっぱらい、強盗も多い。おめえら三人兄弟だからよ、襲う者もいめえが気をつけな」

薬の行商人二人が湯から上がって行った。

「兄さ、湯に入ったらよ、昨日の木賃宿でたかりやがった虱のあとが痒《かゆ》いな」

忠吉が湯船の中でぼりぼりと掻《か》いた。

「忠吉、掻いてはいけません、いよいよ酷《ひど》くなります」

分かった、と掻くのを止《や》めた忠吉が、

「おりゃ、もうさっぱりした。天松兄さと代わるぜ」

と湯船から上がり、手拭《てぬぐ》いで体を拭いながら、

「今晩はいくらなんでも蚤虱はいめえ」

と独り言を洩《も》らし、姿を消した。

総兵衛は、独りになって湯船で足を延ばし、坊城麻子《ぼうじょうあさこ》に会うように勧められた、

「浅草新町のお頭」

のことを思い出していた。

「麻子様、『浅草新町のお頭』とは浅草弾左衛門《だんざえもん》様でございますね」

「そうどす」

「弾左衛門様ならば麻子様、昨年『古着大市』の厠《かわや》の一件で知恵をお借りしました」

「そうどしたな。ただ、弾左衛門様は昨年中に九代目から十代目に代替りされましたんどす。旅に出る前に新しい新町のお頭に是非挨拶《あいさつ》しはるんがよろしおす」

「弾左衛門様は代替りされたのでございますか」

総兵衛は昨年『古着大市』の厠の一件で初めて九代目浅草弾左衛門に挨拶するために、

「囲内《かこいうち》」

と呼ばれる浅草新町の屋敷を訪ねていた。

だが、その折は挨拶に留まり、厠の件で車善七《くるまぜんしち》に力を借りるため、新町を直ぐに辞去していた。

麻子は、「新町のお頭」の別の顔を改めて思い出させてくれた。

異国育ちの総兵衛は昨年まで知らなかったが、長吏、非人、猿飼《さるかい》などの三身分を支配するのが長吏頭、浅草弾左衛門であった。

弾左衛門は代々、江戸を含めた関八州に加えて伊豆、駿河《するが》、甲斐、陸奥《むつ》四国の一部を支配していると麻子も説明した。

総兵衛が弾左衛門に面会を求めた当時、彼が支配する戸数は七千七百二十余軒に達していた。これらの人々から、

「絆綱《はづな》銭・家別銀・小屋役銀・職場年貢《ねんぐ》銀」

と称する収税の権利を持ち、支配下の者に対する独自な裁判権も有していた。また町奉行所などで沙汰《さた》を受けた支配下の者たちの刑の処刑は弾左衛門が行なった。

坊城麻子の説明を受けて総兵衛は、浅草新町を独り訪ねることにした。まず書状を届け、浅草弾左衛門に面会の許しを得た。

十代目弾左衛門は、この時、二十六歳の若さであり、総兵衛とほぼ同じ年齢であった。だが、関八州その他の裏世間を支配する十代目は、総兵衛よりはるかに老成して見えた。

総兵衛の訪問を笑みの顔で迎え、持参した異国の遠眼鏡、天眼鏡、更紗《サラサ》、唐《とう》

桟《ざん》などの土産を殊《こと》の外喜んでくれた。

「総兵衛さん、『古着大市』も開催ごとに賑やかになっておるようで喜ばしいことです」

「車善七さんには引き続きお世話をかけており、有難いことでございます」

総兵衛は、浅草弾左衛門に、実の兄か、師匠に対するような素直な気持ちで接した。

「なんのことがありましょう。それより大黒屋さんは、異国との交易を見事に成功なされたようで祝着至極《しゅうちゃくしごく》です」

すでに弾左衛門は大黒屋十代目の出自を見抜いており、異国交易に従事していることもどこの筋からか察していた。

「恐れ入ります」

弾左衛門はプロイセン製の天眼鏡を掌《てのひら》に翳《かざ》してみて、

「おお、これは皺《しわ》の一本一本までよう見える」

と大喜びした。

弾左衛門と総兵衛は、初対面であったが短い面談の中で、二人ともが隠れた

出自を持ち、世間に知られていない、

「使命」

と、

「力」

を所持していることを互いに理解し合った。

だが、もちろん総兵衛が浅草弾左衛門の貌《かお》をすべて把握できたとは言えなかった。

その一つとして、京の朝廷に通じる中納言《ちゅうなごん》家が実家の坊城麻子と、十代目長吏頭の浅草弾左衛門にどのような縁があるのか、総兵衛は未だ理解できなかった。

麻子はそんな総兵衛に、

「八州と近国に限って申しますえ。幕府が関八州を支配しているのんは、半分どす。あとの残りの半分は、新町のお頭の言葉次第で右にも左にも動かされておるんどす。紙一枚にも表と裏があるのと同じどす。この関八州を昼間収めているのが公儀としましたら、夜の関八州を支配しているのんは、浅草弾左衛門様どす。公儀と弾左衛門様の持つ力は紙の表裏どす。総兵衛はん、このことを忘れてはあきまへん。影様もそのことを承知ゆえ、総兵衛はんに関八州を見てきなはれと命じはったんと違いますやろか」

と忠言したのだ。

「総兵衛さん、文には関八州を旅するとありましたが、なんぞ格別な御用がおありですかな」

弾左衛門のほうから総兵衛の訪問の真《まこと》の理由を糺《ただ》した。

総兵衛は、影様の存在は別にして、幕府が関八州全域を網羅する新たな警備組織を企てていることをどう思うかと単刀直入に聞いた。

「総兵衛さん、関東取締出役は、江戸府内にて強権を揮《ふる》う火付盗賊改《あらため》のような組織とか、聞き及んでおります。江戸の治安を守るためには、大目付、目付、寺社奉行、さらには江戸町奉行所とすでにいくつもの役人衆がおられます。それでも公儀は、火付盗賊改を造られた。その結果、江戸の治安が少しでもよくなりましたかな」

「さてそれは」

異国育ちの総兵衛が軽々しく答えられる問いではなかった。

「今さら総兵衛さんに説明する要はありますまい。関八州というても幕領もあれば私領もある。なんぞ起こっても国境を越えれば、確かに悪事を働いた者は逃げ果《おお》せましょう。なれど関八州全域を取り締まるには、莫大《ばくだい》な費えと労力が要ります。ただ今の幕府にその余裕がありますかな。かたちばかり新しく作った組織の役人にその権限を与えたところで、新たなる腐敗が生じるだけではありませんかな」

浅草弾左衛門は、今の幕府の財政状態から考えて冷静な答えを導き出していた。

「弾左衛門様はすでにご推察と思いますが、私は異国生まれの人間です」

「大黒屋六代目の血が流れるあなたは、大黒屋さんの表の顔にとっても陰の貌《かお》にとっても救いの神となったと思います」

総兵衛の言葉に弾左衛門は、こう応じた。

総兵衛はその言葉に反駁《はんばく》することなく頷き、語を継いだ。

「この国のことを知らずして大きな荷を負わされた浅慮者ゆえ、正直にお尋ね致します。宜しゅうございますか」

「なんなりと」

「ただ今の関八州の半分を支配し、統率しているのは浅草弾左衛門様とその組織とお聞き致しました。関東取締出役が機能し始めたとき、弾左衛門様が支配される場にまで関東取締出役が手を突っ込んでくる懸念《けねん》はございませんか」

「大いにあります」

「どうなさるおつもりにございますか」

「様子を見ておる、とお答えしておきましょう。関東取締出役が動き始めた折、対策は考えます」

弾左衛門の答えは明快だった。そして、すでにこの新しい警備組織の影響を想定して、それなりの考えは出してあると総兵衛には推測された。

「総兵衛さん、あなた自らが関八州廻りを望まれましたか」

「未だ知らぬことばかりゆえ自らの足で歩き、眼で確かめようと思いました」

弾左衛門の問いに総兵衛はこう答えるしかなかった。

「あなたの立場ではそう答えるしかありますすまいな」

弾左衛門が笑い、

「関八州というてもそれなりに広い。異国に生まれ、大海原を自在に航海してこの地に辿《たど》り着いたあなたから見れば、和国の関八州など庭のようなものかもしれませぬが、ただ当てもなく歩いたのでは、ざっと見廻るにも半年や一年は掛かりましょう。またあるいは肝心なことを見落とすかもしれませぬ。総兵衛さん、この弾左衛門がいくつか書状を認《したた》めます。その者たちに会うてみませぬか」

「有難うございます」

総兵衛は頭を下げた。

一刻《いっとき》（二時間）ほど待った総兵衛に三通の書状が渡された。

「総兵衛さん、次なる交易船はいつ出立しますな」

「この秋を考えております。ゆえにただ今こちらから運ぶ荷を集めている最中です。弾左衛門様になんぞ異国に売るべき品がございますか」

「総兵衛さん、人間には分《ぶん》があります。私どもに許されているのは、革の精製加工や灯心を作って売るなど限られたものにすぎません。大黒屋さんの船に積んで異国へ持っていくような品ではありません」

と言い切った弾左衛門が、

「こたびの交易にはあなた自らが参られますかな」

と問い返した。

「身は一つでございます。やるべきことが沢山ございますので、なんとも」

「気持ちはよう分かります。ですがな、総兵衛さん、あなたが十代目に就いてわずか三年足らず、やはりまず足元を固めなされ」

弾左衛門の忠言を総兵衛は、しばし思案し、

「ご忠言有難くお聞きしました」

と答えていた。

「よけいな節介じゃと笑うてくだされよ。一日も早く坊城桜子様を嫁に貰《もら》いなされ」

「はい。その心積もりでおります。ですが、うちには私どもより先に祝言を上げねばならぬ者がおります」

「一番番頭の信一郎さんとおりんさんでしたな」

「はい」

「年からいけば総兵衛さんと桜子様より先ですな」

弾左衛門が得心した。

この浅草弾左衛門訪問により、漠然としていた関八州行きに目途が立った。

その最初の訪問先が高崎だった。

うーむ
と総兵衛は長湯になったことにようやく気付いた。

天松はどうしたか、と考えているると脱衣場に人の気配がした。

「総兵衛様、随分と長湯にございましたな」

二人の他にいないと考えたか、天松の声がした。

「つい物思いに耽《ふけ》っておりました。そなたもなかなか湯に来ませんでしたな」

「忠吉が部屋に戻ったのと交代にちょいと外に出てみました」

「陰吉父つぁんがどこに泊まったか、確かめに行きましたか」

「はい。どうやらこのたばこ屋の斜め前の旅籠に草鞋を脱いだようです」

「こちらがここに泊まっていることを承知しておるのですね」

「はい。こちらの女衆に三人組の古着屋は泊まっているかと尋ねた者がおりましたそうです。風体年恰好《としかっこう》から言って、まず北郷陰吉の父つぁんに間違いございません」

「どうしたものか」

「明日から陰吉さんを呼んで、いっしょに旅を致しますか」

いいえ、と総兵衛が天松の問いに応じて、

「明日に高崎を発《た》つかどうか分かりません」

と語を継いだ。

「商い次第ですか」

「天松、忠吉といっしょに高崎城下で商いをしながら高崎繁盛《はんじょう》の実態を確かめてきなされ」

「総兵衛様は、どうなされます」

「私も商いをしながら時を見て人を訪ねます」

「えっ、訪ねる人がございますので」

総兵衛は頷くと、長風呂を上がった。

三

翌日、女衆に送られて三人は旅籠を出た。それぞれの風呂敷包みや竹籠の荷は、旅をしている間の半分に減らされ、三池典太や弩は厳重に布に包み、

「大事な品物ゆえ」

と言って帳場に預けた。

「用心のいいことだ。しっかりと商いをしてきなせえよ」

女衆は二日分の宿代を払った総兵衛らを機嫌よく送り出した。

中山道と三国《みくに》街道の分岐点、高崎城下は元々鎌倉街道の和田駅の置かれた旧地で、和田氏が支配してきた。

徳川家康の関東入国とともに関東北辺の防備を固めるために徳川四天王のひとり井伊直政が入封した。何代か譜代大名が代わり、下野《しもつけ》国壬生《みぶ》から大河内(松平)輝貞が五万二千石で移封《いほう》し、いったんは間部に代わったが再び輝貞が高崎藩主になって大河内松平氏の支配が定まった。

輝貞の父信興《のぶおき》は、

「知恵伊豆」

と呼ばれた松平信綱《のぶつな》の五男で、四代将軍家綱時代に小姓から出世し、若年寄、大坂城代、京都所司代を務めた人物だ。

初代の輝貞の治世は前後四十八年も続き、高崎藩藩政の基礎を固めた。

高崎城は和田氏の城の跡地に築城された。

その地は南東を流れる烏川と碓氷川の合流部を自然の要害として利用し、その左岸崖上《がけうえ》に立てられた平城《ひらじろ》だ。崖上の平地に深い堀と高い土塁をめぐらせて本丸とし、四隅に二層の隅櫓《すみやぐら》を配し、西土居の上に三層の櫓を立てて、天守閣とした。本丸を取り囲んで、二の丸、その外に三の丸を配して、上級・中級の武家屋敷を設けた。

武家屋敷に通じる門は、大手門、東門、南門、子《ね》ノ門、赤坂門の五つであった。

輝貞時代から高崎は中山道の宿場として賑わいを見せ、領内の倉賀野から分岐する日光例幣使《れいへいし》街道は京都とつながりを持ち、公卿《くげ》の一団の日光社参の道筋

にあたったために朝廷とも、

「つながり」

が生じた。

だが、一方で空っ風が吹き下ろす火山灰地の上州は、米作りには決して恵まれた土地ではなかった。米が基本作物の江戸時代にあって高崎藩は、決して財政に恵まれた藩とはいえなかった。

当代の輝延は、安永四年（一七七五）閏《うるう》十二月生まれ、三十歳の若さながらすでに奏者番、寺社奉行を務めていた。

そんな高崎城の大手門前に長身の男が下城する武家方を待っていた。着流しに羽織を重ねていたが、そのなりは精々お店の手代程度の木綿ものであった。傍らには風呂敷包みがあった。

男はむろん総兵衛だ。

総兵衛が待っていたのは高崎藩の上士の一人にして、町奉行の深作新左衛門であった。

高崎藩は江戸幕府と同じように南北両奉行所の月番制度をとっていた。それだけ町奉行所の御用が繁多といえた。

深作は南町奉行を務め、非番月のこの日は領地廻りに出かけていた。

春の陽射《ひざ》しが西に傾いていく。

やがて城下町から陣笠《じんがさ》を被《かぶ》った馬上の武家が留役、同心ら配下の者を連れて姿を見せた。城内の屋敷に戻る南町奉行深作の風采《ふうさい》と、陣笠の丸に三つ鱗《うろこ》の紋で総兵衛はそれと確かめた。

総兵衛は、その場に片膝《かたひざ》をつき、一行を待ち受けた。

陣笠の深作が総兵衛に視線をやった。

「南町お奉行深作様とお見受け致します」

馬の手綱を引く小者が主の顔を窺《うかが》った。

たちまち留役、同心らが総兵衛に駆け寄り、

「何奴《なにやつ》か」

と誰何《すいか》した。

「江戸より参った者にございます。お奉行様に書状をお読み頂きたくお待ちしておりました」

「なんぞの訴えなればお月番の折、役所に参れ」

同心の一人が一喝し、刀の柄《つか》に手をかけて威嚇《いかく》した。

深作は平然とした態度の若者の顔を見て、

(はて、この者の顔は)

と訝《いぶか》しく感じ、

「わしに書状じゃと、だれよりの書状か」

「お受け取り頂けますならばお分かりになりましょう」

と総兵衛が答え、

「宇野、こやつを打ちのめせ」

と上司の留役が落ち着き払った総兵衛の態度に腹を立てたか、同心に命じた。

「待て」

と制止した深作が、小者に書状を受け取るように命じた。

総兵衛の手から浅草弾左衛門の書状が鞍上《あんじょう》の深作に渡り、宛名《あてな》が、

「高崎藩南町奉行深作新左衛門様」

と達筆で認められ、裏を返すと、

「江戸浅草新町主」

とだけあった。

深作の顔色が変わった。

「その方の名は」

「大黒屋総兵衛と申します」

「なに、大黒屋とな。富沢町惣代《そうだい》の大黒屋主か」

「はい」

総兵衛の返答に、

「書状は屋敷にて披《ひら》く。総兵衛、身どもに従え」

と即座に命じた。

供の者の間に驚きが走ったが、風呂敷包みを手にした総兵衛は落ち着き払っていた。

深作は高崎藩の数少ない上士の家系であり、城代家老、家老、年寄に次ぐ町奉行の要職を務めていた。

その深作が初対面と思える町人を大手門内の屋敷に連れていこうとしていた。

そんな配下の疑念を、

「よいのだ」

と深作の一言が払った。


四半刻（三十分）後、総兵衛は深作家の書院にいた。

深作は屋敷に戻ると普段着にゆっくりと着替えながら、富沢町の惣代格の大黒屋総兵衛に関する知識を思い出していた。

富沢町の大黒屋の主には二つの顔があるとの風聞は、江戸藩邸詰めになった然《しか》るべき藩上席の者ならば承知のことだった。

深作は一年も前、江戸に御用で滞在したとき、大黒屋が主導して催した『古着大市』の賑わいを見ていた。若い十代目はなかなかの商才の主と深作は感心した覚えがあった。

一方で江戸の古着商を束ねる大黒屋は、神君家康様以来の、

「影旗本」

の貌を持つとの噂を半信半疑ながら気にかけてもいた。

なにより大黒屋の代々の主が大目付本庄家と親しい交わりがあることは大名家の上士ならば当然留意すべき事柄だった。

大目付は、大名を監督糾弾する権限を持ち、その親交の相手が「影旗本」を務める者というのだ。

その者が大目付本庄の書状ではなく、長吏頭浅草弾左衛門の紹介状を手に深作に面会を求めてきた。

総兵衛を待たせた書院に深作が入ると、二十三、四と思える大黒屋総兵衛は、悠然として庭先に差し込む西日を見ていた。

「大黒屋、そのほう、浅草弾左衛門と親交があるか」

手にはすでに読んだと思われる書状があった。

「いえ、親しい付き合いは未だございません。昨年、先代の弾左衛門様に一度、こたびの件で当代の十代目様と面会致したのみにございます」

総兵衛は『古着大市』開催の折、厠の問題で弾左衛門の知恵を借りた話をした。その折が初対面であったとも付け加えた。

「そなたはなくとも大黒屋は長年弾左衛門との付き合いはあろうな」

「ございます。ただしこたびの弾左衛門様への口利きは南蛮骨董商《こっとうしょう》 坊城麻子様にございました。関八州を知るには浅草弾左衛門様にお会いせよとの忠言でございました」

「ほう、そなた、中納言坊城家の江戸の女主《おんなあるじ》を承知か」

「はい」とだけ総兵衛が答えた。

しばし座に沈黙の間があったあと、

「大黒屋、わしに面会を求めた理由《わけ》は如何《いかん》」

「一に関八州の情勢をわが眼で確かめるためにございます」

「古着屋が関八州の情勢を知りたいと申すか」

「ご時世が進むにつれ、何事も贅沢《ぜいたく》になって参ります。昔どおりの古着商いでは生きてはいけませぬ」

「それで『古着大市』のような人寄せを為しての大商いを考えたか」

「あれもその一つの策にございます」

「他に謂《いわ》れがあっての高崎訪問か」

浅草弾左衛門の書信にどのようなことが認めてあるのか、総兵衛は知らなかった。深作との面会の事由について弾左衛門が記しているかも知れなかったし、ただ人物紹介に留まっているかも知れなかった。

深作は総兵衛の口から説明させようとしていた。

「お奉行様、御公儀が関八州全域を取り締まる新たな組織を企てておられることはご承知でございますな」

「ほう、古着屋がさようなことに関心を抱くか。大黒屋総兵衛は一介の古着屋に非《あら》ず、陰の貌を持つと風聞に聞くが、その裏の貌が質《ただ》しおるか」

「お奉行様、そうお考えになっても差支えございません」

「またあっさりと裏の貌を認めたものよのう」

「広がった噂は否定しようと肯定しようと独り歩きを始めるもの。ならば大黒屋総兵衛、せいぜいその噂利用させて頂きます」

「居直りおるか。で、公儀の設けられる組織についてそなたが関心を抱くのはなぜか」

「とあるお方の命にございます」

「とあるお方のう、身許《みもと》までは明かすまいな」

深作の問いに総兵衛は笑みで応《こた》えた。

「なにが知りたい」

「まず関東取締出役が本式に動き始めたとき、譜代大名家高崎藩に差しさわりが生じませぬか。新しき組織は江戸の火付盗賊改が如《ごと》き権限を持ち、幕領、大名領、寺社領と自在に手を伸ばすとか。松平様にてこれまで培《つちか》ってこられた治安の組織と抵触致しませぬか」

ふうっ、と深作が息を吐いた。

「大黒屋、いや、総兵衛と呼ぼうか。そなた、それを知ってどうする気だ」

「最前、さるお方の命と申し上げました」

と答えた総兵衛は、深作に手の内を見せぬかぎり話が進まぬと考えた。浅草弾左衛門は深作の人柄を承知して総兵衛を紹介したのだ。

「私めに親しい幕閣のお方がございます。大目付首席本庄義親《よしちか》様にございます。大黒屋と本庄家は百年来の親戚《しんせき》同様の付き合いにございます。この本庄様が関東取締出役の長の候補の一人に名があげられておられますそうな。本庄様にとってこのお役目がよきことか悪《あ》しきことか、いささか案じております」

「古着屋が幕閣の人事にまで首を突っ込みおるか。そなたの持つ力、わしが想像する以上のもののようだな。ならば尋ねる。関八州を取り締まる役職、そなたらの敵か味方か」

「お奉行様、同じ問いをお返し致します。関東取締出役、高崎藩にとって福の神にございますか、疫病神《やくびょうがみ》にございますか」

深作がしばし黙考した。

「譜代大名高崎藩には高崎藩の法度《はっと》があり、定法がある。なぜこの時世に火付盗賊改が如《ごと》き関東取締出役の藩内勝手立ち入りを許し、その指図を受けねばならぬのか」

深作の言葉には激しい憤《いきどお》りがあった。

「お奉行様、上州に限らず関八州には『村掟《むらおきて》』なるものが存在し、その慣わしに従い、村長《むらおさ》たちが処罰を決めて裁き、公儀や大名領の役人方には届けを出さぬ風習がありましたとか」

「あった。だが、その慣わしも時世が進むにつれて『村掟』を無視し、田畑で働くことより、帳外れ者、無宿者になって世間を渡り歩き、遊興に溺《おぼ》れる者が増えておる。上州のみならず関八州全域が昔の姿を失っておる。今日も領地内の見廻りにでたのは、それを確かめるためだ」

「ゆえに幕府では公儀法度の強化を求めて、関東取締出役を設けられるのでございますな」

「総兵衛、関八州というても広い。ただ今公儀が考えておいでの、八人の役人を任じ、二人一組で巡回させようという程度のものでは到底物の役に立たぬ」

総兵衛にとって初めて聞く情報だった。

「わずか八人で関八州を見廻らせるのでございますか」

「巨大な権限を四組八人に与えたとき、どのようなことが起こると思うな」

「さてそれは」

「上州に桑栽培が入ってきたのは大昔のことだ。だがな、桑の葉を蚕に食わせて生糸を作るようになったのは百年ほど前のことだ」

突然深作が話柄《わへい》を転じた。

「上州の養蚕はそれほど古いのでございますか」

「古いといえば古い」

深作はしばし瞑目《めいもく》して考えを整理するようであったが、やがて両眼を見開いた。

上州山田郡桐生《きりゅう》の織元の生糸が京に出荷されたのは元禄五年（一六九二）というから、百十二、三年前のことだと深作が付け加えた。それが生糸や絹の上《のぼ》せ荷《に》が段々と増えて、京から問屋の手代が買い付けに来るようになったのは、宝永年間（一七〇四〜一〇）であったという。

まず桐生の北二里（約八キロ）ほどの大間々《おおまま》に四・六の日に六斎市《ろくさいいち》が始まった。ここには上せ荷を買う絹買が三十人ほど毎度来て買っていった。

その結果、桐生は、上州一の機業地になり、その内、京の西陣の大火で職を離れた職人を迎え入れて、西陣仕込みの高機《たかばた》で織り始めた。それをきっかけに上州一円の藤岡、富岡、高崎、足利《あしかが》、伊勢崎辺りに養蚕、生糸、絹織が生業として広がって行った。

「高崎は中絹の評価を得て、野州の足利や上州の伊勢崎は次絹《なみぎぬ》でな、かように上州一円に生糸生産、絹織物が盛んになっていくにつれて、金回りがよくなった。ために風紀が乱れ、遊興に走るのは致し方のない仕儀かもしれぬ。それまで米が満足に穫れなかったこの上州では、男は博奕《ばくち》に夢中になり、長脇差《ながどす》を差した遊び人が増えて行く。幕府では、このような風紀の悪さを取り締まるために関東取締出役を設けられるという」

「お奉行様からただ今伺いましたが、たった八人四組の役人ではなんとも手の打ちようがございますまい」

「ないな。だが、はっきりしていることがある。上州の生糸・絹から上がる金銭が関東取締出役の権限を緩めるお目こぼし金に使われることだ」

「多額の賂《まいない》で関東取締出役を腐敗させると申されますか」

「総兵衛、すでにその動きはある。ゆえに弾左衛門がそなたを高崎に参るよう誘《いざな》ったのではないか」

深作が総兵衛を見た。

「動きはあると申されましたが、未だ関東取締出役は決まっておりますまい」

「公《おおやけ》には決まっていまい。じゃが、関八州の地ではすでに八人の役人に従う手代、中間、小者、十手持ちに声が掛けられておる」

「もしかして勘定奉行公事方《くじかた》石川忠房様にございますか」

「いや、石川様の反応はいささか生ぬるいな」

と深作が言った。

「と申されますと」

勘定奉行は公事方勝手方合わせて四人いることを総兵衛は思い出していた。

「公事方松平信行様、当番目付の菅沼《すがぬま》壱左衛門様の手配の者が、すでに譜代大名のわが領内にも勝手気ままに入り込んでおる。この二人は、関八州で上がる金銭にいち早く目をつけてのことかと思う」

「お尋ね致します。大目付本庄義親様の息がかかった人間が高崎領を始め、関八州で動いている様子がございますか」

「そなた、大目付首席とは親しき間柄というたではないか」

「念のためでございます」

「本庄様関わりの者が暗躍していることは知らぬな」

「そのようなことはこれからもございますすまい」

「それが本庄様のお為《ため》かと思う」

総兵衛は本庄のために安堵《あんど》した。

「お奉行様、関東取締出役が高崎領内に出入りすることを高崎藩では見過ごしになさりますか」

総兵衛は最前質問し、答えを得ていない問いを改めて繰り返した。

「江戸でわが殿を始め、藩の重臣方が関八州の譜代大名領は関東取締出役の権限外とするよう動いておられる」

「御三家水戸様は関東取締出役の踏み込み外と聞いております」

「それに準じてなんとしてもわが藩もその者たちに足を踏み入れさせたくないものよ。最前も申したが金が動いている土地に絶大な権限を持った役人を巡回させたとき、どのようなことが起きるか、火を見るよりも明らかじゃでな」

と答えた深作が、

「われらより浅草弾左衛門の懐《ふところ》に新たな役人どもが手を突っ込むやもしれぬ。その折が見ものじゃな」

と言い足した。

「お奉行様、浅草弾左衛門様のお力、関八州とその一円に行き渡っていると聞きましたが」

「総兵衛、そなた、知らぬのか」

総兵衛は顔を横に振った。

「幕府の『法度』に抗《あらが》うことができるのは関東取締出役などではあるまい。浅草弾左衛門の真《まこと》の力を城中の幕閣の方々も承知しておられぬ」

「関東取締出役など歯牙《しが》にもかけぬお力をお持ちですか」

「総兵衛、そなたがどのような力を隠し持っておるか知らぬ。だが、事関八州に関しては公儀より心強い味方は弾左衛門だ、そなたも敵に回さず、せいぜい弾左衛門の力を借りることだ。そなたの本当の狙《ねら》いがなにか知らぬがな」

と深作が言い、総兵衛は頷《うなず》いた。

「総兵衛、一つそなたが訪れてためになる場所を教えておこう。烏川上流の川端に敬徳寺なる寺がある。一夜、訪ねてみよ」

「必ずや訪ねます」

「そなたには余計なことかも知れぬが、新しいお役の長に収まりたいご仁の松平様と菅沼様には気を付けることだ。そなたがわしと会《お》うたことはこのお二人のどちらかが、あるいはお二方ともすでに承知かもしれぬ」

「出来るだけ闇夜《やみよ》は歩かぬように気を付けることに致します」

ふっふっふ
と深作が笑った。

「それではそなたの役目が務まるまい」

いつの間にか春の宵が訪れていた。

「おお、これは長居を致しました。快くお屋敷にお招き頂き深謝申し上げます。江戸に参られた折は、富沢町にお出《い》で下さいまし。本日のお礼をさせて頂きます」

総兵衛は辞去の挨拶《あいさつ》をした。

「富沢町の『古着大市』はこの高崎でも評判の催しでな、ぜひもう一度見たいものよ。高崎の品をそなたの店で扱ってくれるならば、わしが城下の店に取り次いでもよいぞ」

高崎藩松平家上士南町奉行深作新左衛門が、武家らしからぬ磊落《らいらく》な口調で言った。

「その節はよろしくお願い申し上げます」

総兵衛は、頭を下げて深作の心遣いを謝し、辞去のために立ち上がった。

四

次の日、総兵衛、天松、忠吉の三人は、古着の担《かつ》ぎ商いに扮《ふん》しながら高崎城下を商いに回った。

前夜、天松と忠吉から城下での商いの報告を総兵衛は受けた。

城下では総兵衛らが用意してきた、着古した木綿ものでは客に見向きもされなかった。想定されたことではあったが、持参した古着を売り尽くすことが旅の真の狙いではない。ゆえに安い木綿ものが売れないこともまた上州高崎の景気を知ることになり、ある目的は達していた。

「さすがに譜代大名松平様のご城下ですね。こちらでは京から伝わった染付の絹ものを皆さんが承知しておられ、私どもが用意した品は、在所に持っていけと相手にもしてくれません」

天松が憤慨気味の口調で言った。

上州絹のうち、高崎の南に位置する藤岡・日野で産する良質な絹織物は日野

絹と呼ばれていた。その質は、

「たて・ぬき（糸）ともによく揃《そろ》いて加賀絹のつやのなきに、地性のよわきものとおもうべし。染付の表地にも用いらるるなり。その外、何にもこなしよき絹なり。中紅《ちゅうもみ》に染むるはこの絹なり。裏地に多く遣うなり。関東より練りて京に着す」

と当時の『絹糸重宝記』にあるように上州絹は、加賀絹の上質なつやはなくとも十分に京で通用する絹であったことが窺われる。

「兄さ、天松兄いは二枚ばかり売ったがよ、おりゃ一枚も売れなかったよ」

と忠吉もぼやいた。

「商いは始まったばかりです」

「それよりよ。娘たちが女衒《ぜげん》に連れられて江戸に行くのを何回も見たぜ。総兵衛兄さ、なんとかできないかね」

「こたびの旅は、関八州の実情を知ることです」

総兵衛は二人を諫《いさ》めた。

「兄さ、明日はよ、景気がいい城下を外れて在所に出るか」

忠吉の言葉に、

「それもいい考えですね。明日はまず城下でもういちど町家の内証具合を確かめたあと、城下外れの烏川上流を目指します」

「狙いがございますので」

天松が総兵衛に質《ただ》した。

「烏川の左岸に敬徳寺なる寺があるそうです。そこを夜に訪ねます」

「なにが寺にあるんだ」

忠吉が関心なさそうな顔付で聞いた。

「敬徳寺でなにが行なわれているか分かりません。ゆえに城下で然《しか》るべき人に尋ねて知りたいものです」

ふーん、と忠吉が返事をしたが、天松は黙したままなにか考えていた。

「天松、忠吉、明日はいったんここを引き払います」

総兵衛の言葉に天松が頷いた。

翌日の夕暮れ前、総兵衛らの姿は敬徳寺の墓地の一角にあった。すでに総兵衛らはこの寺で夜な夜な賭場《とば》が開かれていることを承知していた。

胴元は、高崎城下で口入屋を表看板にしているが、その実態は渡世人と十手持ちの二足の草鞋《わらじ》を履く榛名《はるな》の軍蔵という男だという。榛名の軍蔵の背後には大物が控えているというが、だれもその正体は知らなかった。ともかく高崎領内でも一、二を争う賭場で大勢の博奕好きが集まるという。

上州名物は、

「かかあ天下に空っ風」

と世間で評されてきた。それには謂《いわ》れがあった。

その昔、上州は米作に適さない火山灰地であった。それがどこでも育つ桑の葉を餌《えさ》にする蚕の生育が広まると、女たちがせっせと働き、米に代わる換金作物に育て上げた。さらに京から西陣の技術が伝わると、良質な上州絹が生産されるようになった。

上州に江戸の絹商人が集まり、あちらこちらで六斎市が立ち、養蚕農家に銭が入るようになると、男たちは養蚕や機織りを女衆《おなごし》に任せて、賭博に興じるようになった。

上州では女衆が働き、男たちは遊びに溺れた。当然、家の中では働き手の女衆の力が強くなった。

そんな上州の金回りのよさに目をつけ、稼いでいるのが、榛名の軍蔵のような渡世人の元締らだった。むろんこの賭場からも高崎藩のどこかにかそれなりのお目こぼし金が渡っているのは想像に難くない。

だが、南町奉行の深作が賭場を見せるためだけに総兵衛にその名を告げたとも思えなかった。

総兵衛ら三人は、敬徳寺の墓地にある寺男の小屋に日が高い内に潜り込んだ。

敬徳寺は、元々浄土真宗の末寺だったが、今や寺より賭場が本業になり、住職ら五人は近くの別の寺に移り住んでいた。

総兵衛らは墓地の隅に寺男の小屋が忘れられたようにあるのを確かめ、忍び込んだのだ。

天松は、古着の綿入れを何枚か渡す代わりに麦が混じったにぎり飯を近くの百姓の女衆に作らせていた。にぎり飯は味噌《みそ》をつけて焼いてある。ゆえにまだ寒さが残る春の上州では二日や三日はもちそうだった。

「総兵衛様よ、上州に博奕にきたのかよ」

「まあ、そんなところです、忠吉」

「賭場には子どものおれは入れねえぜ」

「だれがおまえを連れていくと言いました」

「えっ、おれだけここで留守番か」

「賭場を覗《のぞ》くのは私ともう一人」

総兵衛の言葉に天松が、「えっ、私も博奕をやるんですか」という顔で主を見た。

「天松と忠吉は、それぞれ賭場近くに潜んでいなされ」

「騒ぎが起こるのか」

忠吉が聞いた。

「騒ぎが起こらぬことを願います。ですが、万が一ということもあります」

忠吉がよし、という顔で、

「おりゃ、床下に忍び込む」

と言った。

「総兵衛様、もう一人と言われましたが、仲間がおられますので」

「北郷陰吉の父つぁんですよ。そろそろ私たちの前に姿を見せてもいい頃ではありませんか」

「ああ、そうか。城下のあちらこちらで敬徳寺のことを聞いて回ったもんな。当然陰吉の父つぁんは、おれたちの狙いが敬徳寺にありと気付くよな。で、客《きゃく》面《づら》して姿を見せるかね。父つぁん、賭場の遊び方、承知かねえ」

忠吉が案じた。

「いや、父つぁんより総兵衛兄さ、賭場に出入りしたことがあるのか」

「ありません」

「安南《アンナン》といったか、博奕はないのか」

「あります」

「やっぱり丁半博奕か」

「なんですね、丁半博奕とは」

「だからよ、壺《つぼ》の中によ、賽子《さいころ》二つ入れてよ、出た目が二とか四ならば丁だ。一と四ならばよ、割り切れない数だからよ、半目だ。その丁、半どっちかに客は銭を掛けるんだよ」

「忠吉、どこでそんなこと覚えました」

忠吉を天松が睨《にら》んだ。

「天松兄さ、おりゃ、湯島天神の床下育ちだぜ。たしか以前に小梅瓦町《こうめかわらちょう》でよ、おれが未《ま》だちゅう吉時代に悪人ばらにとっ捉《つかま》ったときよ、おれがあいつらを騙《だま》くらかして盆茣蓙《ぼんござ》を仕切っていた見事な手並みをよ、天松兄さは天井裏からその眼で見たんじゃないか」

忠吉の言葉に天松はうっかりとその光景を忘れていたことに気付かされた。黙り込んだ天松から総兵衛に視線を向けた忠吉が言った。

「あ、そうだ。おれが総兵衛兄さに付いていこうか。遊び方を教えてやるぜ」

「いえ、結構です。そなたを連れていくと、却《かえ》って怪しまれます。それより少しでも体を休めておきましょうか」

敬徳寺の墓地は烏川に面して広々としていたが、この数年、手入れされていない樹木が生い茂って本堂からは全く寺男の小屋は見えなかった。

囲炉裏《いろり》に火を熾《おこ》して鉄瓶で湯を沸かし、白湯《さゆ》とにぎり飯で夕餉《ゆうげ》代わりにした。

味噌が塗られて焼きにぎりになっているので菜がなくとも食せた。

外から囲炉裏の火が見えないようにして総兵衛ら三人は一刻半《いっときはん》（三時間）ほど仮眠をとった。

総兵衛が眼を覚ますと、天松の姿がなかった。

外はもはや真っ暗だ。

忠吉を起こすと、もう朝か、と寝ぼけたことを言い、

「そうか、ここは富沢町じゃないんだ」

と起き上った。

「総兵衛兄さ、やっぱり上州は江戸より寒いな」

忠吉がいうところに天松が戻ってきた。

「総兵衛様、寺の中に盆茣蓙が三つも設けてございまして、小判を懐に入れた旦那《だんな》衆からせいぜい一分か二朱ていどの銭しか持ってない客と、座る盆茣蓙が違うのですよ」

「盆茣蓙とはなんですね」

と問い返した総兵衛に忠吉が呆《あき》れ顔で説明した。だが、総兵衛には説明を聞

いても光景が浮かばなかった。さらに天松が言うには、旦那衆の賭場は本堂裏に設けてあり、並と小博奕の盆茣蓙が本堂前に分かれてあるという。

「百聞は一見に如《し》かずです。その場にいけば分かりましょう」

「分からなければ陰吉の父つぁんに聞くことです」

「えっ、もう父つぁんは来ているのか」

天松の言葉に忠吉が驚きの表情で聞いた。

「小銭を賭《か》ける盆茣蓙の中ほどで賽子の転がりを睨んでいます。懐にざくざく小判を持った旦那衆の盆茣蓙は、あと半刻もしないと始まらない様子です」

「ならばそのころに参りましょうか」


半刻後、まず忠吉が敬徳寺の床下に潜り込んだ。そして、弩《ど》と布に包んだ三池典太光世を背に負った天松が敬徳寺の本堂の天井裏に忍び込んでいった。

竹籠《たけかご》と風呂敷包みは寺男の小屋に残していった。

最後に火の始末をした総兵衛が寺男の小屋を出て、いったん烏川の土手道に出ると、敬徳寺の傾き掛けた山門を潜《くぐ》った。すると長脇差を差した男たちが総兵衛の前に立ち塞《ふさ》がった。

「初めての面《つら》だな」

と提灯《ちょうちん》の灯りで総兵衛の顔を確かめた兄貴分が言った。

「だれからこの賭場を聞いた」

「宿の女衆です」

「宿ってどこだ」

「たばこ屋ですよ」

「ちえっ、たばこ屋の女め、旅の者にまでべらべら話しやがるか。おめえ、銭は持っているんだろうな」

「商いの銭を」

「商いだと。なんの商いだ」

「古着の担ぎ商いです」

「大した懐具合じゃなさそうだ。博奕は勝ちばかりじゃねえ、商いの銭をすってんてんになって烏川に身投げなんてざまだって考えられるんだぜ」

「はい。商いの銭にすでに手を付けています。負ければ死ぬ覚悟できました」

「死ぬ覚悟だとよ、魂消《たまげ》たな。まあ、いいや、おめえの覚悟に免じて賭場に入れてやろう。小便博奕は入ってすぐの左側だ」

男が参道の先の灯りの零《こぼ》れる本堂を指した。

総兵衛が本堂の階段を上がろうとしたとき、敬徳寺の回廊に上客と思える旦那衆十数人を案内して女が姿を見せた。庫裡《くり》で酒でも飲んでいたのか、そんな様子だった。

総兵衛は脱ぎ掛けた草履をそのままに女を見上げた。

髪を纏《まと》めてきりりと結い上げた鉄火な顔付きの女だった。美形だ。

「いい女だろうが。壺振りのお紋《もん》さんだ。よだれを垂らしても古着屋なんぞの手の届かないお方だよ」

と総兵衛の後ろから潜み声がした。

総兵衛が振り向くと着流しの懐に匕首《あいくち》でも呑《の》んでいそうな精悍《せいかん》な顔立ちの男がいた。顔に見覚えがあった。高崎藩南町奉行深作の配下の一人だ。

「小博奕の盆茣蓙に座ることをようやく許された担ぎ商いのわっしには高根の花ですよ」

「奥の旦那衆の賭場が見たいのか」

と深作の家来が聞いたとき、回廊に賭場の用心棒と思える浪人者たちが姿を見せた。

総兵衛は、用心棒の一人に注意を向けた。

六尺三寸（約一九〇センチ）余の痩身《そうしん》から血の臭《にお》いが漂ってくる。他の面々が大小を携えているのに男は素手に見えた。だが、懐に飛び道具を隠していると総兵衛は見た。

なにより男は和人ではない。唐人とも思えない。李《り》氏が支配する朝鮮の人間かと思えた。

異人の血を引く総兵衛でなければ気付かない顔立ちだった。

「あの人物に関心があるのか」

深作の配下が小声で聞き、総兵衛が頷いた。

「和人ではございませんな」

「ほう、あやつ、無口と思うたが和人ではないのか」

本堂の階段前での二人の会話を聞き咎《とが》めた者がいた。榛名の軍蔵の子分だ。

「仁吉さんよ、回廊でよ、煙草《たばこ》を一服吸わせてくんな。盆茣蓙に座れば賽子の目に集中したいからよ」

「勝手にしな、丈助」

丈助と呼ばれた男と総兵衛は階段を上がり、本堂から漂う静かな熱気と興奮をよそに回廊の暗がりに寄った。

丈助が煙草入れから煙管《きせる》を出して刻みを詰めると、行灯《あんどん》の火に翳《かざ》して吸った。

そして、総兵衛のもとへ戻ってくると、
ふうっ
と煙を吐いた。

「上州の煙草だ、薩摩《さつま》ほど上物ではない」

と言った丈助が早口で名乗った。

「大黒屋総兵衛どの、わしは深作様支配下密偵同心香月《こうづき》丈之助、ここでは丈助だ」

「今宵《こよい》なんぞございますので」

「十手持ちの榛名の軍蔵め、近頃のぼせあがって鑑札を与えた奉行所をないがしろにしておる。今晩、手入れに入る。そなたらも捕らえられないようにしろ。捕らえられれば直ぐには牢《ろう》から出せぬでな」

と香月丈之助が言った。

「ためになるゆえ一夜、訪ねてみよ、と勧められたのは深作様にございます」

「ゆえに数日後に予定していた手入れを前倒しして今晩致す」

「礼を申さねばなりませぬか」

「上州でさような言葉遣いではお里が知れる」

「丈助さん、賭場に慣れておいでのようだ。案内願えませぬか」

「そなた、賭場は初めてか」

「はい」

「驚いたな。大黒屋総兵衛と申せば、江戸の裏世界で恐れられる人物と聞く。その者が賭場も知らぬか」

「ゆえに関八州見物に参りました」

よし、と煙管の灰を回廊の端で叩《たた》き落とした丈助が煙草入れに仕舞い、総兵衛を案内するように先に本堂に入った。

白い布を張った長い台の左右に客が並んでいた。本堂に入って右手の盆茣蓙には十六人ほどが席に着き、壺ふりの男の手付きをぎらぎら光る眼差《まなざ》しで見ていた。

壺ふりは、春とはいえまだ肌寒い荒れ寺の本堂で、上半身裸で腹に真っ白な晒木綿《さらしもめん》をきりりと巻いていた。

「丁半、揃いました」

と一座を眺めまわした壺ふりが、虚空《こくう》で右手の壺に賽子を二つ投げ入れ、

ばしり

と盆茣蓙の上に伏せた。流れるような動作には客の気持ちを惹《ひ》き付ける力がこもっていた。

すいっ

と壺を前後に動かして止めた。

寸毫《すんごう》の間があって壺が上げられた。

三のぞろ目だった。

ふうっ

と場に吐息が流れた。

「壺ふりはぞろ目の鎌吉って男でね、ぞろ目を自在に出せる技があるそうだ。だが、得意の手はいつも使うわけじゃない。勝負どころで使うきりで、客をそこそこに遊ばせる達人だ」

と丈助が言い、隣りの盆茣蓙に総兵衛を連れていった。

敬徳寺の賭場の中でいちばんしょぼい小便博奕の盆茣蓙で一人勝ちしている男がいた。

北郷陰吉の前には堆《うずたか》く駒札《こまふだ》八十枚余りが山積みされて、陰吉は満面の笑みで壺ふりに先を急がせていた。

「初めての客だな」

丈助が呟《つぶや》いた。

「博奕場では初めての客にまず勝たせる。慣れたところで取り返すというのが常道ではございませんか」

総兵衛の小声に丈助が、

「壺ふりの芳平の顔が苦虫を噛《か》み潰《つぶ》したようだ。あいつ、ツキかね、それとも腕がいいか。あの田舎の父つぁん面をこの辺りで見るのは初めてだ」

芳平は五十前の老いた壺ふりだった。長年勝負の場に身を置いた緊張から生じた皺《しわ》が顔に深く刻み付けられていた。

「こちらの賭け金はいくらでございますか」

「駒札一枚が百文だ。奥の院の壺ふりお紋の賭場は駒札一枚が一両だ」

小便博奕のおよそ四十倍の賭け札が旦那衆の賭場だという。さすがに絹と煙草景気にわく上州だった。

総兵衛らの眼の前で新たな勝負が着いたようで、また陰吉が勝ちを得たか駒札は百枚以上に増えていた。

客の何人かが無言で立った。

ツキのある相手の風向きが変わるのを待つ様子だった。

総兵衛が陰吉の前に座した。その行動は思いがけなかったようで、丈助が驚きの顔をした。

「壺ふりさん、ツキに付いている父つぁんと差しの勝負を願えませんか」

駒札を高く積み上げていた陰吉が新たな客の声を聞いて顔を上げ、一瞬驚きの気配を見せた。だが、直ぐにその感情は消した。

「客人、わしはツイてるだ。そんな相手に差しの勝負なんてよしなよしな」

「いえね、独り勝ちでは博奕は面白くもございませんよ。駒札は百二十数枚と見ました」

総兵衛は三両を懐の財布から出して盆茣蓙に置いた。

「よし、今宵の新入り二人の差しの一回勝負だ。どちらが勝とうと負けようと賭場の流れを変えるにはいい潮時かもしれねえな」

壺ふりの芳平が言い、姿勢を正して両手の壺と賽子を翳した。

どこからともなく時鐘の音が響いてきた。

九つ（零時）の時鐘だろう。

「新入りの客人、丁半どちらに掛けなさるね」

と芳平が総兵衛を見た。

「二五の半と見ました」

総兵衛の言葉に陰吉が、

「丁目続きだよ、壺ふりの父つぁん」

と受け、両者を見た芳平が、

「入ります」

と眼前で壺と賽子を持つ手を交錯させた瞬間に賽子が壺に消えて盆茣蓙に叩き付けられた。

満座の眼差しが壺に集まった。

芳平が壺を静かに上げた。

賽子の目は、二と五であった。

陰吉がなにか言いかけ、己を制し、

「負けた」

と敗北を宣言した。

敬徳寺の賭場は、この刻限からが本式だ。いつ果てるともなく続こうとしていた。

第四章 博奕《ばくち》と蚕

一

総兵衛は、手元に戻ってきた三両と陰吉《かげよし》の駒札《こまふだ》を集めると、壺《つぼ》ふりの芳平に気前よく一両を投げ返し、

「世話になりました」

と二両を懐《ふところ》に戻した。駒札を丁寧に積み上げると両手に抱え、立ち上がった。

「失礼しますよ」

だれもが総兵衛の勝負度胸と引き際《ぎわ》のよさを黙って見ていた。

総兵衛は、本堂の仏壇を背に傍らに銭箱を置き、駒札を並べて座る榛名《はるな》の軍蔵の前に行き、

「親分さん、駒札を金に換えて下さいまし」

と丁重に願った。傍らにいた用心棒らが総兵衛を注視していた。

「見かけねえ顔だな」

「へえ、古着の担《かつ》ぎ商いです」

「古着屋か、上州じゃまともな商いになるめえ」

「はい。それでついお店《たな》の金に手をつけてしまい、一か八かと親分さんの賭場《とば》にまいりました。お蔭《かげ》で烏川《からすがわ》に身を投げずに済みます」

「運がついているときはよ、行け行けドンドンが上州のやり方だぜ」

「ならば奥の院の上賭場を覗《のぞ》かせてもらい、私でもやれそうならそうさせてもらいます」

軍蔵の大きな目玉がぎょろりと見開かれて総兵衛を睨《にら》んだ。

「あっちの駒札に替えるか」

「いえ、いったん金に換えて下せえ。そうしないと落ち着きません」

軍蔵が傍らの代貸に向って顎《あご》をしゃくった。

代貸が総兵衛の差し出す駒札を勘定もせずに三両を投げ出した。膝《ひざ》の前に投げられた三両を摑《つか》んだ総兵衛が三枚のうち、二枚を両手に持って打ち合わせ、小判の音色を確かめた。

「てめえ、うちが偽《にせ》小判を使っているというのか」

「代貸さん、普段持ちなれない担ぎ商いの癖でしてね。見逃して下せえ」

と断った総兵衛は、もう一枚の音色を確かめた。

最前の二枚と違い、鈍い音がした。その一枚を代貸の膝の前に投げ返した。

「嫌な音だ。他の小判にして下さいな」

「なにっ」

と代貸が顔を真っ赤にして用心棒を見たが、軍蔵が、

「初めての面《つら》にしちゃ、なかなかの度胸だな。おれの本業を承知か」

「へえ、十手持ちと渡世人の二足の草鞋《わらじ》と聞いております」

「その度胸に免じて今宵は許す。まむし、他の一両に換えてやんな」

「さすがに上州の親分さんだ。賭場はゲンが大事ですよ、偽小判などつかまされたくはございません。これで気持ちよく遊べます」

総兵衛が代貸に手を差し出して催促した。銭箱から新たな一両が選び出され、

総兵衛の手に叩《たた》き付けるように載せられた。

「ご免なすって」

総兵衛が立ち上がり、大きな仏壇の陰の上賭場に向かった。その背に、

「野郎、ただの担ぎ商いじゃねえぞ。動きを見てみやがれ」

と軍蔵が、まむしと呼んだ代貸に注意する声が聞こえてきた。

どこからともなく丈助が現れ、

「そなた、賭場は初めてといわなかったか」

と囁《ささや》いた。

高崎藩南町奉行密偵同心の香月《こうづき》丈之助も総兵衛をどう扱ってよいか、いささか迷っている様子があった。

「初めてにございます。この賭場では偽小判を一見《いちげん》の客に掴ませるのは奉行所も承知のことですか」

「ああ、承知だ。軍蔵の野郎、すでに関東取締出役の案内人になったつもりでな、好き放題にしてやがる。あとで吠《ほ》え面を掻《か》かせてみせる」

言葉使いが丈助のそれに代わり、吐き捨てた。

「背後にいるのは、勘定奉行公事方《くじかた》の松平様ですか、それとも当番目付の菅沼様ですか」

「松平と手を結んでおる」

「異人の用心棒も軍蔵の手の者で」

「李《り》を異人とよう見抜いたな。長崎に御用をした折に松平信行が長崎から連れてきて、三月前から軍蔵の下においておる者だ」

「松平様はすでに新しいお役の関東取締出役に就いた気で布石を打っておられますか」

「その手配を着々と為《な》しておる。軍蔵が高崎藩をないがしろにし始めたのもそのせいだ」

丈助と総兵衛は仏壇の横を抜けて奥の院の上賭場に入った。

胸に晒《さら》しをきりりと巻いて片肌脱ぎの壺振りのお紋が白い肌を煌々《こうこう》とした箱《はこ》行灯《あんどん》の灯りに浮かばせていた。

お紋の背後に朝鮮人用心棒の李が控えていて、総兵衛らを見た。

勘定奉行公事方の松平が軍蔵の下に送り込んだ李は、総兵衛を見て、わずかに表情を変えた。それは総兵衛に異人の血が入っていることを察知した表情だった。

灯りのもとでよく見ると長い首に巻いた紅絹《もみ》が背に垂れていた。相変わらず片手は懐《ふところ》の中だ。

総兵衛は李から視線を逸《そ》らすと上賭場の客を眺めた。

こちらは絹物の羽織を着こんだ絹問屋の旦那《だんな》衆や宗匠頭巾《ずきん》を被《かぶ》って頭を隠している坊主《ぼうず》などが主な客だった。中に一人中年の女が混じっていた。さすがにかかあ天下と空っ風の上州だ、博奕場《ばくちば》に女客がいた。

丈助から上賭場の駒札は一枚一両と聞いたが、客の中には百枚二百枚と盆茣《ぼんご》蓙《ざ》の端に積んでいるものもいた。女の客も百数十両分の駒札を膝の前に置いていた。

陰吉が遊んでいた小博奕とは雰囲気がまるで違った。

その静かな気配は、未《ま》だ上賭場が盛り上がってないことを示していた。

用心棒の李が壺ふりのお紋の耳元になにか囁いた。するとお紋が総兵衛を見た。

「お客人、入りなさるか」

「わっしはとてもとてもこちらで遊ぶ金は持ち合わせていません。しばらく見物させて下さいまし」

「ならば突っ立ってないで座りな」

お紋が鉄火な口調で総兵衛に命じた。

「へえ」

総兵衛と丈助は、盆茣蓙を挟んで壺ふりのお紋と李の正面の客の背後に座った。その折、総兵衛はちらりと天井を見やった。

綾縄《あやなわ》小僧の天松が格天井《ごう》のどこかに潜んでいるはずだが、盆茣蓙を照らす箱行灯の灯りに邪魔をされて見えなかった。

「八つ（午前二時頃）も過ぎました。お客衆の眠気覚ましの壺振りをご覧に入れます。とは申せ、賽子《さいころ》に一切の仕掛けはございません」

と片手に握った賽子二つを、

「高崎屋の旦那、お調べを」

と総兵衛の前に座る客の前に転がし、高崎屋の旦那が賽子を摑んで掌《てのひら》で重さ

を量ったり、形を見たりして、最後には盆茣蓙の上に転がし、

「仕掛けはありませんな」

と上賭場の客たちに言った。

壺ふりのお紋が、ふうっ、と小さな息を吐いた。

客らがそれぞれに駒札を出して、丁半を宣告した。丁目のほうが駒札はやや多かった。

総兵衛は盆茣蓙にかけられた駒札の総額は三百両と見た。上州に大きな金が動いているというのは、榛名の軍蔵の賭場を覗いただけで分かった。

壺ふりお紋が客を見渡し、隅にいた宗匠頭巾が駒札を半の目にかけた。

「丁半揃《そろ》いました」

お紋の透き通った声が場に響いて、左手の賽子が虚空《こくう》高く投げられた。

客の視線が虚空を飛ぶ賽子を追うなか、逆手に壺を握ったお紋の右手が躍って落ちてきた賽子を宙で掬《すく》い取ると、逆手を順手に鮮やかに摑み返して盆茣蓙の真ん中に軽やかに振り下ろした。

見事な壺さばきだった。

この瞬間に忠吉は寺の床下にいた。

闇《やみ》の中に薄く一条の光が零《こぼ》れていた。そして、その傍らに棒の先に針のようなものを装着した道具を握った男が潜んでいた。

湯島天神で育ってきた忠吉にはその男が、大一番の時、賽子の目を丁から半へ、あるいは半から丁目へと変える棹師《さおし》だと分かった。だが、動く風はない。

床下に、

「ピンゾロの丁」

というお紋の声と同時に静かな溜息《ためいき》が伝わってきた。

榛名の軍蔵の上賭場がこの一番をきっかけに熱を帯びてきた。

八つを回った時分、一度の賭け札の総額が五、六百両になり、客の中には勝負から下りる者もいた。

壺ふりのお紋の顔も片肌脱ぎの肩も紅潮して賭場特有の緊迫に色気を添えていた。

このところ半目が続いていた。丁目にかけ続けていた客に焦《あせ》りと苛立《いらだ》ちが見えた。そのために丁方だけで駒札が七百両は超えていた。半方に賭《か》けたのは三百両ほどだ。

「お客人――」

と壺ふりのお紋が総兵衛に目を向けた。

「半目に景気をつけておくれよ」

「私の持ち金はお店の金を含めて十両ぽっちですよ」

「半目の景気づけですよ、許そうじゃありませんか」

とお紋が客の了解をとり、総兵衛は客の間から手を伸ばして十両を盆茣蓙の端に置いた。

「丁半博奕は、運否天賦《うんぷてんぷ》次第、入ります」

お紋の声が響き、盆茣蓙の上に白い手が躍って伏せられた。

忠吉は、棹師の男が盆茣蓙に開けられた穴から針の先のようなもので賽子の目を変えようとするのを見た。

忠吉は立場も忘れて、

「きたねえぞ、インチキ賭博をするねえ!」

と大声で叫んでいた。と同時に棹師の男の振り向いた顔に向かって指の間に挟んだ投げ針を飛ばしていた。

「あ、痛たた」

棹師が顔の痛みに身を捩《よ》じらせた。

賭場が凍り付いた。

総兵衛は忠吉の声と気付いていた。

「お紋姐《ねえ》さん、この賭場には仕掛けがございますので」

と総兵衛がお紋を睨み、

「この金、引き下げさせてもらいますよ」

と十両を摑んで立ち上がろうとした。

「賭場荒らしだ！」

総兵衛の動きを見張っていた代貸のまむしが長脇差《ながどす》を抜きながら、インチキ賭博を総兵衛のせいにして誤魔化《ごまか》そうとした。

忠吉は慌《あわ》てて床下から逃げ出した。

壺ふりのお紋の顔には勝負を邪魔された悔しさがありありとあった。

李が動いたのはその瞬間だ。

懐の片手が抜き出され、総兵衛に黙って向けられた。

イギリスの首都ロンドンで製作されたフリントロック式上下二連短筒だ、と総兵衛は見た。

傍らで丈助が悲鳴を洩《も》らした。

総兵衛の耳は格天井の一角の空気が動いたのを察知していた。

いきなりびゅーんと音がして鉤《かぎ》の手《て》のついた麻縄に括《くく》られた三池《みいけ》典太《でんた》光世《みつよ》が総兵衛の眼前に飛んできた。

天松が格天井を一枚めくり、そこから綾縄に括った三池典太を投げたのだ。

総兵衛は三池典太を摑むと麻縄をするりと解き、す早く腰に差し落とした。

「てめえ、古着の担ぎ商いだなんて抜かしやがって、何者だ」

代貸のまむしが総兵衛に叫んだ。

李が仕草だけで総兵衛に腰に差した刀を捨てろと促した。

総兵衛が、

「止《や》めておかれよ」

と低く言うと天井の一角を指し示した。

李が箱行灯の灯りの向こう、格天井を見上げた。

そこには天松が弩《ど》を構えて李に狙《ねら》いを付けていた。

お国言葉で李が罵《ののし》った。

総兵衛は、十両と鉤縄を懐に突っ込むと、改めて李を見た。

「唐人、撃ちねえ、撃たねえか」

まむしが長脇差を翳《かざ》して李に迫った。

李が引き金にかけた指に再び力を入れようとした。

総兵衛の口から唐人語が発せられた。長崎から連れてこられた李ならば唐人語が分かると見たのだ。その言葉を聞いた李が動きを止めた。

「そなたにはまた会う機会もあろう」

と総兵衛が和語で李に言い掛けたとき、外から大声がした。

「手入れだぞ!」

という声に、

「高崎藩南北町奉行所の手入れである、神妙に致せ!」

と南町奉行深作新左衛門の凛然《りんぜん》とした声が響いた。

賭場が大混乱に落ちた。

「丈助さん、退《ひ》け時だ！」

総兵衛は李を眼で牽制《けんせい》すると後ずさりに、逃げ惑う客に紛れ込んだ。すると丈助が、

「こっちだ」

と本堂の裏手に総兵衛を連れていった。建物を出るとそこに北郷《きたごう》陰吉がいた。

「総兵衛様、すまねえ」

と陰吉が現場に間に合わなかったことを詫《わ》びた。

「詫びるのはあとです。そなたはこの高崎に残り、この後始末を見てきなされ」

「総兵衛様方はどうするね」

「倉賀野《くらがの》宿の旅籠《はたご》を探しなされ、二、三日は逗留《とうりゅう》します」

と陰吉に命じた総兵衛は陰吉に最前博奕で巻き上げた三両を戻した。

「総兵衛様、博奕も強いな」

「そのようなことはどうでもいいことです」

と陰吉に言った総兵衛は、

「香月丈之助様、うちの者です。榛名の軍蔵ら一味の後始末をこの者に教えてやってくれませぬか」

と願うと、

「大黒屋総兵衛とは何者だ」

香月丈之助が総兵衛の願いには答えず反問した。

「江戸の古着問屋の主《あるじ》にございますよ。香月様とはどうやら長い付き合いになりそうです」

と高崎藩南町奉行所密偵同心に言い残した総兵衛は、本堂の大捕物をよそに闇に紛れて敬徳寺の墓地の寺男の小屋へと向かった。


夜明け前、高崎城下から一里十九丁（約六キロ）の倉賀野河岸《がし》に総兵衛ら三人の姿があった。

倉賀野は利根川舟運の最上流部にあたり、倉賀野河岸は交通の要衝の地として、人の往来も物流も盛んだった。

総兵衛が寺男の小屋に戻ったとき、天松も忠吉もすでに旅仕度で総兵衛の帰りを待っていた。

「総兵衛様、忠吉め、総兵衛様の危険も顧みず、勝手に大声を上げるなんて不届き千万だと、きつく叱《しか》ったところでございます。お許し下さい」

真っ赤に顔を紅潮させた天松が忠吉に代わって詫びた。

忠吉は、いつもの元気はどこへやら、しょんぼりとしていた。

天松にだいぶ叱られた気配だった。

「まあ、見ねばならないものは見ました。忠吉の声が高崎藩の手入れのきっかけになったと思えば忠吉もいくらかは役に立ったということでしょうか」

「総兵衛様、すまねえ。何百両も賭けられた賭場でよ、あんなインチキは許せないと思ったんだ」

「忠吉、役目を忘れておるようでは、おこも根性が抜けませせぬな」

と天松にまた叱られた。

寺男の小屋の外から人声がしてきた。

「私どもも逃げどきです」

総兵衛らが小屋から烏川に出ると、ちょうどそこに小舟が舫《もや》ってあった。傍らの杭《くい》に、

「倉賀野宿まで借り受けます、船の借り賃はここに置いておきます」

と一分金を包んだ文を書き残して一行は川を下った。

漁《いさ》り舟と思《おぼ》しき小舟に身をゆだねて倉賀野河岸まで辿《たど》り着いた時には白々と夜が明け始めていた。

すでに下り荷を積んだ船が何艘《そう》も河岸を離れていこうとしていた。

「総兵衛様、次はどこに参りますので」

「北郷の父《とっ》つぁんがこの宿場に後から来ます。その折に次なる目的地を教えます」

と答えた総兵衛が、

「どこぞで朝餉《あさげ》を食しましょうか」

「総兵衛様、おれがお詫び代わりによ、美味《うま》いめし屋を探してこよう、しばらく待っててくんな」

忠吉が烏川の河畔に並ぶめし屋を探しに走っていった。

「あいつ、足手まといになるようならば、倉賀野から船に乗せて江戸に送り返しましょうか」

天松が総兵衛にお伺いを立てた。

「手代さん、忠吉が一族に加わって未だ日が浅いのです。しばらく大目に見てやりなされ」

「はっ、はい」

天松が答えたところに忠吉が走り戻ってきた。

「有りましたよ。船頭のだれに聞いても一押しのめし屋だ。煮物にした蒟蒻《こんにゃく》に蒟蒻の白和《しらあ》え、田楽にした蒟蒻もあるぞ」

「忠吉、蒟蒻づくしのめし屋ですか。もう少し魚なんぞ食べさせるめし屋はなかったのですか」

「兄い、文句をいうんじゃないよ。上州名物はかかあ天下と空っ風、蒟蒻芋の他になしって女衆《おなごし》に言われたぜ」

天松が愕然《がくぜん》とした。

「天松兄いは蒟蒻がきらいか」

「あの黒っぽい食いものは嫌いです」

と天松がはっきりと言い、総兵衛の顔を見て、

「いえ、他になにか食いものがあればと思ったんです」

と言い訳した。

「名物ならば試してみましょうか」

総兵衛の言葉に天松も承知するしかない。だが、蒟蒻の白和えも田楽もそれなりに美味《おい》しかったし、豆腐とねぎの味噌汁《みそしる》が絶品だった。

「総兵衛様、これからどうするよ」

忠吉が満腹の腹を押さえながら総兵衛に聞いた。

「どこぞに旅籠をとってしばらく休みましょうか。昨夜はちょっと仮眠しただけでしたからね」

「そのあとは」

「忠吉、なんぞ用事がありますか」

「いやさ、昨夜のしくじりを取り返さないと天松兄さのこっち見る眼がけわしいや」

　忠吉の返事に天松が苦い顔をし、総兵衛が笑った。

「ここで北郷陰吉の父つぁんと合流します。父つぁんには昨夜の始末を調べよと命じてございます」

「ふーん、何日かここにいることになるのか」

「そうなるかも知れません。その間にそなたらに調べてもらいたいことがあります」

「なんだ、おれ一人で足りることか」

「いえ、二人して仲良くやりなされ」

「なんの調べでございましょう」

　天松が総兵衛に聞いた。

「ご覧のとおり、倉賀野河岸は江戸との舟運で賑《にぎ》わっておりますな。この河岸からなにが積まれて、帰り船にはどのような品を積んでくるか調べるのです。もしうちで扱える品があれば、こたびの旅で知り合いになっておきたいものです」

　総兵衛の頭には、生糸や絹物があった。

「畏《かしこ》まりました」

と天松が承知した。

総兵衛らは烏川の流れを見ることのできる旅籠堀口屋義左衛門方に投宿することにして、

「江戸富沢町　大黒屋」

と書かれた破れ笠《がさ》を二階の部屋の窓に掛けた。北郷陰吉のためだ。

二

江戸の富沢町の大黒屋の店座敷に、この日、春の『古着大市』の世話方が集った。開催の度に増えて行く客の混雑をどうするか、一軒の店に客が集中するのをどう分散させるかなど、安全面や客の適度な分散対策を改めて協議し合った。

光蔵《みつぞう》は市を開催するごとに段々慣れてきて手抜きになる、そのことが一番怖かった。

「これまでうまくいったから」

という慢心がなにより怖《おそろ》しかった。

そこで南北両町奉行所に一層の警備の強化を願うとともに、富沢町、柳原土手の要員も増やして、入堀に落ちたり、客が転倒したりしないような策を執るようしつこいくらいに世話方に願った。

「大番頭さん、なんぞ気になることがありなさるか」

柳原土手の浩蔵《こうぞう》が尋ねた。

「いや、格別になにかということはございません。ですが、とかく人が集まる催しには、押したり押されたりして女子どもが転んで怪我《けが》をすることもありましょう。また年寄りなどで人の熱気に当てられて気分が悪くなる人も出てきましょう。そのようなことは一人が訴えると、次々に伝播《でんぱ》していき、収拾がつかなくなるものです、念には念を入れてお客様をお迎えせねば長続きしませんでな」

光蔵の言葉に皆がどうしたのだという顔をした。

「大番頭さん、この前の春の大市は医者を頼んで気分の悪くなった客に対応したよな」

浩蔵が、前年は富沢町を留守にしていた信一郎に、古着大市の間、栄橋下の船に医師を待機させたことを説明した。

「それはよい知恵でしたね」

信一郎がなにか思い付いたことがあったような顔をして答えた。

「一番番頭さん、二月に白酒を売り出すときの豊島屋さんの真似《まね》をして医者を待機させました。ですが、あの折は急に医者探しをしたものだから、年寄り医者と見習いばかりで咄嗟《とっさ》の機転が利《き》きませんでしたな、まあ大した病人が出なかったから大事にはなりませんでしたがな。大市には年々歳々客が増えているのです、今回はそれなりの医術の経験があって敏速な対応ができる若い医者に、そうですな、五人ほどに声をかけておきたい」

光蔵が一座の者に言った。

「医者を五人も雇うとなると物入りですな」

一徳屋が費えのことを気にした。

「確かに物入りですが、出店の売り上げの一部を必要な費えとして集めれば、その程度はなんとかなりましょう。なにがあっても年二回開催の『古着大市』

の継続が途絶えることがあってはいけません。医師については町奉行所に相談し、牢《ろう》医師などを願うという手もございましょう。もし頼りになる医師五人ほどを待機させることに皆さんが賛成ならば、私、近々に豊島屋さんに伺《うかが》って相談して参ります」

信一郎がなにか考えがあるような顔で言った。

「それがいい」

光蔵が承諾したので、世話方たちは新たな医師探しを実行に移すことにした。

この日の集いの最後に村松町、芝日蔭町《ひかげちょう》、浅草の東仲町と西仲町の代表がこれまでの『古着大市』の世話方と初めて顔合わせした。

「富沢町、柳原土手の世話人様方、わっしら新入りですが宜《よろ》しくお付き合いのほどを願います」

と挨拶《あいさつ》して頭を深々と下げ、この日の集いは終った。

雑談になったとき、

「惣代《そうだい》の姿が見えませぬな」

と富沢町の世話方万屋松右衛門が言い出した。

「上州に六斎市の見物に行っております」

と光蔵が答えた。

「なに、上州絹の仕入れに行かれましたか」

「いえね、関八州の中でも上野《こうずけ》の高崎、桐生《きりゅう》、伊勢崎で開かれる生糸や絹物の商いが近頃益々《ますます》盛んというので、後学のために総兵衛自らの考えで見物に行ったのでございますよ」

「しかし、上州絹はもはや三井越後屋さんなどがあちらに出店を出して買い求めておられますぞ。それに私どもは古着商いですよ。お上が新ものを扱うのを許されますかな」

「いえ、お上より呉服屋が許しますまい」

世話方たちが危惧《きぐ》の顔で言い合った。

「皆さん、総兵衛は買い付けに参ったわけではございませんでな。金と人が集まる六斎市がどう運営されているか。そんな六斎市に古着屋が入り込む余地があるかどうか、そんなことを考えて御用旅に出られたのです」

「十代目は若いが商い熱心ですな。江戸相手に古着商いをするだけではのうて、上州に進出しますか」

「かようなご時世です。これまでどおりの商いをしていては、うちの『古着大市』も先細りになりますでな」

「いかにもいかにも。新たに芝日蔭町などのお仲間が増えたところで、春の『古着大市』はこれまで以上に大きな花火を打ち上げますか」

世話人の一人が言い、集いは解散した。

大黒屋の店座敷に残ったのは光蔵と信一郎だ。

「おりんの姿が見えませぬな」

「大番頭さん、お忘れですか。久松町店に桜子様がお出《い》でになっております。そこでおりんさんを始め、うちの女衆と打ち合わせをしておられます」

「おお、そうでした。つい失念しておりました」

と光蔵が言い、信一郎が、

「どんな具合か覗いて参ります。それにしても医師を待機させたとはよいお考えでございました」

立ち上がりかけた信一郎が光蔵に言い、上げかけた腰を下ろした。

「大番頭さん、新たな医者探しには別の理由もございます」

「ほう、なんですな」

「次なる交易船団の出立までに若い医師を見付けよと、総兵衛様から命がございました。異国交易は長丁場の航海です、船中では新鮮な野菜などがどうしても不足します。そうすると病人が出がちになります。そこで総兵衛様は船団に医師を一人乗船させることを考えておられます」

「おお、そこまで考えておられたか」

「異国の大きな帆船には医師が乗っておることがままあるそうです。医師探しをやるならば、おお、そうだ、古着大市と同時に交易船団に乗り込んでくれる医師を探せばよいと思ったのです」

「医師を異国へ送り込むことは私どもの秘密を知られることになる」

「ゆえに人物をとくと見極めねばなりません」

信一郎の言葉に光蔵が不安げな顔をした。

信一郎が新栄橋を渡り、久松町出店に入っていくと、二番番頭の参次郎が、

「二階座敷から笑い声が絶えません」

と信一郎に笑いかけた。

「まだ集いは続いておりますか」

「もう古着大市の話は済んだと思うのですがな」

参次郎が上を見た。

「ちょいと顔を出して参ります」

古着大市の際には、上客のお茶出しを始め、女衆もあれこれと雑用があった。ゆえにおりんの提案で坊城桜子の出席を仰ぎ、集いを為すことになったのだ。

「ご免下され」

と階段から声を掛けた信一郎の耳に、

「おや、噂《うわさ》をすれば影どすえ」

と桜子が応じた。

その場には桜子、おりんの他に大黒屋の女中頭のふみ、総兵衛と桜子の京への旅に鳶沢《とびさわ》村から同行したしげ、それに深浦から富沢町に移った砂村葉の三人がいた。

「なんぞ噂がございましたか」

「総兵衛様が旅から戻らはりましたら、信一郎はんとおりんはんの祝言《しゅうげん》やな、と皆で話していたとこどす」

「桜子様、交易から戻って見たら、なんとなくそのような手はずになっておりましたが、未だおりんさんとはじっくりと話し合《お》うておりません」

信一郎が困惑の体で言った。

「おや、信一郎はんはおりんはんとの祝言を望んでおられまへんのどすか」

「いえ、そんなわけでは決してございません。ただ」

「ただ、どうなされましたん」

信一郎は、しばし思い悩む風であった。おりんがなにか言い掛けた。それを制して信一郎が言った。

「おりんさん、勘違いしないで頂きたいのです。私が考えておることは秋の交易船団をだれが率いていくかということです。桜子様、総兵衛様は大黒屋の長として今しばらく富沢町に腰を据えておられることになるとはお思いになりませんか。総兵衛様が十か月から一年、この時節に江戸を空けることは大変難しゅうございましょう。一方、最初の交易の長を務めた私の父も二度続けての交易は年から考えて難しゅうございます。異国の交易航海は年寄りには過酷です。といって異国を知らぬ二番番頭の参次郎にも荷が重うございます。異国交易の経験のあるのはこの私だけです」

実質的な交易の長は信一郎が林梅香《はやしばいこう》らの助けを受けて務めていた。

「うちも信一郎はんしかおらへんと思うておりましたんどす」

桜子の返事は明快だった。

「所帯を持っても直ぐに異国へと出ることになります、おりんさん」

「総兵衛様の命なれば致し方ございません」

とおりんが言った。

「信一郎はん、おりんはん、うちに考えがおます。総兵衛様が旅から戻られたらお願いしてみます。任せておくれやす」

と桜子が胸をぽんぽんと叩き、

「それにしても総兵衛様方、どこにおられるんどす」

と表情を曇らせた。

「桜子様、お伺いしてようございますか」

　砂村葉が聞いた。

「うちに秘密はおへんえ、なんなりと」

「総兵衛様と桜子様の祝言のお約束はございますので」

　葉の大胆な問いにおりんが、

「これ、葉、いくら桜子様のお言葉とはいえ僭越《せんえつ》です」

「おりんはん、かましまへん。うちがなんなりとと許したんどす。けどな、その問い、おりんはん方にはいささか差し障《さわ》りがあるのんと違いますやろか。うちは一族の女ではおへん」

「桜子様、お言葉でございますが大黒屋と坊城家は血を超えた百年余の付き合いにございます。家族同然の間柄でございます」

　信一郎が三人の女の会話に割って入った。

「信一郎はん、安心しましたえ」

　と微笑《ほほえ》んだ桜子が、

「お葉はん、うちはどないなことがあっても必ず総兵衛様の嫁になります」

葉に向けられた桜子の返事は明快だった。

しげは、京への旅に同行しているだけに二人の親交を肌で感じていた。

一方、砂村葉は、過酷な人身御供《ごくう》を経験したあと、鳶沢一族に助け出され、深浦に送られ心の傷を癒《いや》す時期を過ごしたゆえに、しげほど総兵衛と桜子の親密ぶりを知らなかった。

「桜子様、お気持ちを聞かせていただきまして有難うございました。お二人ならばきっとお似合いの夫婦《めおと》になられます」

「お礼を言わんならんのはうちの方どすえ、おおきに」

と答えた桜子は、葉が総兵衛に思慕の念を感じていることを察していた。だが、そのことに気付かない振りをした。

「桜子様、その日が一日も早いことを私どもは熱望しております。ですが、総兵衛様は、余りにも多忙の身、次から次へと肩に荷が伸《の》し掛かっておられます。私とおりんさんの祝言より総兵衛様と桜子様の祝言が一族にとってもっとも重き決断にございます」

「信一郎はん、分かってます。うちは未だ二十歳どす、待てます」

桜子の健気《けなげ》な言葉に信一郎が大きく頷《うなず》いた。

女たちの集いも解散した。

久松町店の二階座敷に桜子、おりん、そして信一郎が残された。

そのとき、信一郎は思い付いた。

「桜子様、坊城家ではどなたかお医師を知り合いではございませんか」

「お医師やて、どないしはりましたのん」

桜子の問いに信一郎が事情を説明した。

「うちより母上のほうがなんでも承知です。ご典医の加納《かのう》様とは母は親しゅうございます。蘭医の加納様ならば大勢の見習医師や門弟衆を抱えておられます」

「ならば麻子様にご相談申し上げます」

「うちといっしょに根岸に行きましょうえ」

と誘った桜子が、

「その前に信一郎はんとおりんはんの新居の出来具合を見せてくれはらしまへんどすか」

と願った。

富沢町の大黒屋裏の伊勢屋半右衛門の旧地三百余坪の一角に筵《むしろ》で囲いが出来ていた。

信一郎とおりんは、桜子を案内するかたちで筵の一枚をめくり、普請場《ふしんば》に入った。

すでに大銀杏《おおいちょう》と稲荷《いなり》社の祠《ほこら》と同じ地面の高さに石垣が組まれ、その敷地の一角に二間（約三・六メートル）四方、深さ十尺（約三メートル）余の穴が掘られていた。

石工頭の魚吉の配下の者たちがその穴の三方に石垣を組んでいた。むろん残る一つの土壁は、大黒屋から掘り抜かれてくる地下道へと繋《つな》がることになる。

掘り出された土は、二尺分嵩上《かさあ》げした敷地の盛り土として使われていた。

一方で土台の上に端根太が組まれ、隅柱などが立て始められていた。

こちらは大工の棟梁隆五郎《とうりょうりゅうごろう》、来一郎《きいちろう》親子が黙々と弟子たちを使って柱を立てていた。

「おや、皆さん、おそろいでお出ましですかえ」

隆五郎が言った。

「一日見ぬと作業がだいぶはかどっていますね」

「一番番頭さんとおりんさんに満足のゆく家を建てねば、総兵衛様に叱《しか》られますでな」

と笑った隆五郎は深浦の船隠しの静かな海と総兵衛館の見物から戻り、改めて大黒屋の裏の貌《かお》、鳶沢一族の威勢に驚いた様子であった。そのとき、隆五郎は光蔵と信一郎に、

「言葉もございませんや」

と正直に驚きを隠そうとはしなかった。

「わっしが出入りを許されている大黒屋さんの力を浅はかにも見誤っておりました。来一郎から船隠しと異国の帆船の大きさは聞いてはおりましたが、あんな大規模な船隠しが江戸の内海の喉首《のどくび》を抑えるようにあって、イマサカ号が静かに巨体を浮かべているのを見た瞬間、わっしは小便をちびらすほどに仰天しましたぜ。わっしは大黒屋さんの一族の端に加えてもらったことを、改めて誇

りに思います」

しみじみと感想を洩《も》らしたものだ。

そのせいがあってか、隆五郎の信一郎とおりんの新居づくりには一段と熱が入っているように見えた。

「一番番頭さん、あと二日もすれば上棟式が催されます。それまでに総兵衛様は富沢町にお戻りでしょうかな」

「棟梁、それは無理でございましょう。その折は総兵衛様の代理として桜子様、ご出席願えませんか」

先に来ていて隆五郎に返事をした光蔵が、視線を桜子に向けて願ったものだ。

「おめでたい席どす。必ず総兵衛様の代わりとして母といっしょにうちも出させてもらいますえ」

桜子がなんのてらいもなく承知した。

桜子の鷹揚《おうよう》さは、儀礼的な遠慮など決して口にせぬところに表われる。すでに桜子は大黒屋総兵衛の未来の嫁としての言動が身に備わっていた。

それが信一郎やおりんを安心させ、頼もしくも思わせるところであった。

「楽しみです」

と信一郎が答え、

「桜子様、その折、総兵衛様の部屋をご検分頂けますか」

と来一郎が桜子に願った。

「茶室の隣に異国の文机《ふづくえ》と椅子《いす》が入りましたんか」

「深浦から親父《おやじ》が持ち帰った家具を入れてございます。あとは細かい細工が二、三残っておるだけで、こちらの棟上げまでには完成しております」

「来一郎はん、あちらの出来上がりの検分は総兵衛様がお戻りになるまで待ちましょうえ。主はんが最初に検分するのんが筋と違いますやろか。うちはそのときにいっしょに見せてもらいます」

桜子が答えて、

「いかにもそうでした」

と来一郎も承知した。

新居工事見物のあと、信一郎は光蔵に断わったうえで、桜子を根岸まで送って行った。

その信一郎が富沢町に戻ってきたのは大黒屋が店仕舞したあとの刻限だった。

大戸を下ろした店では光蔵らが売り上げ帳面を確かめたり、後片付けしたりしていた。

「ご苦労でしたな。お医師の件、麻子様はどう申されました」

「話を聞かれた麻子様が、明日にも私を連れて加納様のお屋敷に伺うと決まりました」

「それはなんとも素早いことです」

「大番頭さん、私で事が足りましょうか。総兵衛様の不在の折、代役はやはり大番頭さんが宜《よろ》しいのではありませんか」

しばし黙考した光蔵が、

「いえ、これはそなたの務めです。事が富沢町の『古着大市』のことだけなれば私でも務まりましょう。ですが、秋の交易船に医師を一人乗せる話となると、異国を承知のそなたでなければ済みますまい」

光蔵の返答に信一郎も得心した。

「加納玄伯《げんぱく》先生への土産に、交易から持ち帰った珍らしいものは何か残っておりませんかな」

光蔵が御典医への手土産を気にした。

「道々考えてきましたが、打って付けの品がとってあります」

「ほう、なんでしょうな」

「イギリスなる国で造られた最新の聴診器と手術道具一式を残しておりました」

「それはよい。加納様では代々の跡継ぎが長崎に蘭学の修業に行かれると聞いております。蘭方の医師ならばきっと喜んでくれましょう」

と光蔵が言った。

そのとき、おりんが店に姿を見せて、

「夕餉の仕度が出来ております」

と光蔵に声をかけ、おや、戻っておられましたか、と信一郎を見た。

「おりんさん、大番頭さんにご報告することがあります。私どもはしばらくあとにして下さい」

と願うとおりんが、

「ならば、大番頭さんと一番番頭さんの膳《ぜん》は店座敷に運ばせます」

と応じた。

二人がおりんに呼ばれて店座敷に行ってみると、二人の膳に燗酒《かんざけ》がつけられていた。

「おや、酒ですか」

と光蔵がにんまりとした。

光蔵は、酒が強いというわけではないが、酒を飲む雰囲気が大好きだった。

だが、このところ総兵衛が留守ということで酒を飲んでいなかった。そのことを気にかけていたおりんが二人の膳を店座敷に運んだのをよいことに酒を付けたのだ。

おりんに酌をされた光蔵が一杯めの酒を口にして、

「麻子様からなんぞ別の話がありましたか」

と信一郎の顔を見た。

「どうやら関東取締出役の管轄《かんかつ》は勘定奉行の支配下ということになりますそう

な。初代の長は、勘定奉行公事方松平信行様と同職の石川忠房様の二人に絞られたそうにございます」

「ということは大目付本庄の殿様がそのお役を兼帯なさることはない、と」

「はい」

しばしの間があって、

「安心しました」

と光蔵が洩らした。影様の命に応《こた》えられたからだ。

二日後、富沢町の大黒屋の裏手敷地内の新居の上棟式が、主不在のままに行われた。坊城麻子、桜子を招き、光蔵ら主だった奉公人が集まって内々に催された。

三

蚕を育て絹糸のもととなる繭《まゆ》をとることを養蚕という。

養蚕は中国の黄河や揚子《ようす》江《こう》流域で五、六千年前から野生のクワコを人の手で育てるようになったのが始まりといわれる。

最初は宮廷内だけで秘密裡に養蚕がおこなわれていた。だが、紀元前千年くらいになると普通の農家に養蚕をさせるようになったが、造られた絹はすべて宮廷が取り上げて、

「絹は宮廷の占有物」

ということに変わりはなかった。

それが紀元前二百年ほどの漢の時代に西域との交易が始まり、絹は異民族を支配するための褒賞《ほうしょう》として政治の道具として使われ、中近東からローマへと広まっていった。この絹を運ぶ街道が、

「絹の道《シルク・ロード》」

と呼ばれ、東西交流が盛んになるきっかけの一つとなった。

和国に養蚕の技術が伝わったのは中国が西域交易を始めたと同じ紀元前二百年ごろのことであったという。

稲作といっしょに絹造りの基となる養蚕が中国から渡来者たちによって伝えられた。さらに四百年後に百済《くだら》から蚕種が、さらに後年、養蚕と絹織物を作る

技術が伝わってきた。

奈良時代には、陸奥《むつ》、蝦夷《えぞ》を除く日本各地で養蚕が行なわれ、産地ごとに等級が決められて、税として朝廷に差し出されていた。

平安時代になると中国文化の影響も薄れて、衣裳《いしょう》にも和風が生まれ、独自の紋様の絹織物が作られるようになった。さらに鎌倉時代、武家階級が台頭してくると質素を旨とする衣服が主流になって、いったんは京中心の織物は衰退した。一方で京を離れた在所に絹織物の技術が広がっていくきっかけにもなった。

室町・桃山時代に中国から糸に撚《よ》りをかけた撚糸《ねんし》が伝わり、西陣織が生まれ、再び京が絹織物を主導していくことになった。京縮緬《ちりめん》、丹後縮緬が誕生し、能装束のように実用性を離れた豪奢《ごうしゃ》なものも造られた。

徳川幕府が江戸に都を移すと、武家方優位の身分制の一環として武士以外の身分の者が絹ものを着用することが禁じられた。一方で能装束、儀礼に使われる小袖《こそで》などの上質な絹織物は手厚く保護されていく。

武家方に独占された絹織物の需要は中国からの生糸の輸入を増大させた。生糸にも二種類あった。一つは白繭から繰りとった白糸、もう一つは、黄繭からとった黄糸であった。

膨大な白糸、黄糸の輸入の中には、安南《アンナン》産の黄糸もあった。

これらの糸が最も多く舶来したのは万治二年（一六五九）で、中国船が二十四万五千斤《きん》余、オランダ船が十六万千七百斤余、合わせて年間四十万斤を超える舶来糸が輸入された。

このために和国が支払う国産の銅は莫大《ばくだい》なもので、輸入糸に頼らず国産の生糸を用いる施策に転じざるを得なくなった。それは同時に幕領や各藩に財政の立て直し、下級武士の暮らしの改善を目指す目的もあって、養蚕を奨励するようになったのだ。

そんなわけで京の西陣織の技法も全国に広がり、金沢の友禅染め、山形の米沢織、茨城の結城紬《ゆうきつむぎ》、仙台の仙台平《ひら》など多様な絹織物を生み出すことになった。

総兵衛らの前で桑葉を稚蚕《おさなかいこ》が音を立てながら食べていた。総兵衛らは蚕が繭を作るために夢中で食べる様子にただ魅入られていた。

総兵衛は、安南の養蚕の光景を思い出していた。安南王朝の領地内にも養蚕を業となす農民がいた。総兵衛は十三、四の折にその養蚕農家を見物していた。薩摩の出の陰吉も密偵として諸国を旅していたゆえ、初めてではなかった。だが、天松と忠吉は、蚕がひたすら桑葉を食べる光景を見るのは初めてのことで、忠吉は、

「おかしな話じゃな。毛虫のようなものから絹ができるのか」

と洩らした。

蚕の世話をする老婆《ろうば》がにやりと笑った。

「小僧、こっちにくるだ」

ここは渡良瀬《わたらせ》川の流れを望む桐生外れの養蚕農家のだだっ広い屋根裏部屋だ。藁葺《わらぶ》きの垂木《たるき》も藁も黒くくすんだ部屋で蚕が飼われていた。

老婆が四人を屋根裏部屋の別の場所に連れていった。最前より大きな蚕は同じように桑葉を食べていたが、その体は透き通った感じに変わり、口の下の、吐糸口《としこう》から糸を吐き出し、繭を作っていた。

「おお、これが絹になるのか、婆《ばあ》さん」

「これ、忠吉、言葉には気をつけなされ」

天松が注意した。

「だってよ、おれなんぞは絹物なんて死ぬまで縁がないぜ、それにしてもおかしいな。この蚕が吐き出すものがどうして反物になるんだ」

歯が抜けた口を大きく開けて老婆がまた笑った。

「小僧、繭をしらないだか。ええか、十日分ほど繭を貯《た》めたところでお蚕さんから頂戴《ちょうだい》するだ。そんでな、丸ごと煮てよ、乾かしてよ、繭から繰糸を紡《つむ》いで生糸を造るだよ、おめえら古着屋は、洗いざらしの木綿ばかりでよ、絹物は扱わんのだか。無理もねえべ、死ぬまでお蚕さんに世話になっても、この婆《ばば》もお蚕さんから造った絹のべべに袖《そで》通すことはなかんべよ。この小僧は正直だ」

と忠吉を褒めた。

「天松、お婆様に絹物ではございませんが、木綿の古着を何組か見物料に差し上げて下され」

総兵衛が天松に命じた。

倉賀野に三日余り滞在して、江戸に向かう舟運で年貢米《ねんぐまい》の他に大豆、煙草《たばこ》、繭玉、生糸などが運ばれることを総兵衛らは知った。そして、戻り船では塩、茶、干鰯《ほしか》などが運ばれてくることも分かった。

陰吉も総兵衛らの泊まる旅籠《はたご》に合流してきた。そのとき、旅籠には総兵衛一人だった。陰吉が、

「香月丈之助様からの書状を預かってきましたよ」

と高崎藩南町奉行所の密偵同心からの文を差し出した。

「香月様の文はあとで読みます」

総兵衛が言い、陰吉の報告を受けることにした。

「あの未明の手入れで榛名の軍蔵一味と客はとっ捕まったがな、総兵衛様よ、李翔玉《りしょうぎょく》という異人の用心棒と二人の手下は、逃げ果《おお》せた。香月様の話じゃ、すでに江戸の勘定奉行公事方の松平様から、軍蔵は新たなる役目の案内方ゆえ、解き放ちをという指図がきておるそうだ。譜代大名高崎藩を虚仮《こけ》にするのも甚だしいと怒っておられたぞ」

「でしょうな」

と応じた総兵衛は、

「あの朝鮮人、李翔玉という名か。あのままでは終わるまい。われらの前に必ずや立ち塞《ふさ》がってくるような気がする」

「あやつ、異人の短筒を持っておったな」

「フリントロック式の上下二連短筒ゆえ、二発は撃てる」

「軍蔵の家の蔵の中で短筒の稽古《けいこ》をして、その手入れをするのが道楽だったそうだ。五間（約九メートル）内に相手を呼び込めば、外すことはない腕前じゃというぞ、総兵衛様」

「天松に弩《ど》を持たせておいて助かった」

総兵衛の言葉に頷いた陰吉が、

「これからどうするか」

と尋ねた。

「上州の六斎市を見物しながら野州に向かいます。そなたも加わったことだ、明日には出立しようか」

「総兵衛様、わしは旅に加わってよいのか」

「もはやすでに加わっておるではないか」

ぺこりと白髪交じりの頭を下げた北郷陰吉が、

「総兵衛様のいない富沢町ではすることもないからな」

と言い訳めいた言葉を洩らした。

陰吉が加わった翌日、伊勢崎を経て桐生に辿《たど》り着き、養蚕農家を見物させてもらったところだ。

「うーん、こげえに何枚も綿入れを貰《もら》えるだかね。有難えこった」

養蚕を業とする婆様が総兵衛らに礼を述べ、

「小僧、手代さん、おめえらも絹物を一枚くらい持つ身分になるだね、もっとも気前のいい古着屋の担《かつ》ぎ商いの下では銭は残るまい」

と言い足したものだ。

「これからどうするね、総兵衛様よ」

忠吉が芽吹き始めたばかりの桑畑の前で総兵衛に聞いた。

「天松、下野《しもつけ》の足利《あしかが》はどちらの方向です」

「渡良瀬川の下流およそ三里半（約一四キロ）にございます」

「ならば今宵の宿は足利です」

総兵衛一行は渡良瀬川の流れ沿いに下流へと下って行った。

一里も下ったか。

「あれ」

と忠吉が訝《いぶか》しげな声を上げた。

「忠吉、きょろきょろするではありません」

と天松が注意した。

「なに、皆しておれたちを見張っている者がいることを承知なのか」

「昨日から尾行されています」

「それで蚕の婆様の家に立ち寄ったのか」

「いえ、それは別のことです」

と総兵衛が言い、

「どこぞで流れを渡らねばなりませぬな」

と呟《つぶや》いた。

下野国足利は、古くは天喜《てんぎ》年間（一〇五三～五八）に藤原秀郷《ひでさと》の子孫足利成行が両崖山《りょうがいやま》城を築き、一帯を領有していたという。だが、この豪族は後に平家とともに滅亡した。

時代は流れ、家康の関東入国とともに足利の領地は幕領となり代官支配になった。

寛永十年（一六三三）、下総《しもうさ》国古河《こが》の土井利勝の所領になったが、その後も譜代大名の所領地と幕領になることを繰り返したのち、宝永二年（一七〇五）、甲府領内に八千石を領していた西の丸御側衆《おそばしゅう》戸田忠利（忠時）が三千石加増され、下野国足利、河内、都賀《つが》三郡内に一万一千石を与えられて、足利に陣屋を構えて立藩し、落ち着くことになった。

忠利は甲府宰相徳川綱豊《つなとよ》（のちの家宣《いえのぶ》）の付家老として甲府以来家宣に従っていた人物だ。家宣が西の丸に入った時に御側衆を務めていたが高齢をもって致仕し、その功績により足利藩初代藩主となった。

総兵衛らが訪れたとき、五代戸田忠喬《ただたか》の治世下であった。

城はなく足利陣屋があるだけの小藩だ。

見るべきものは足利学校くらいと土地の人は口々に言った。

足利学校の創建年代は諸説あり、室町時代前期にいったん廃《すた》れたという。だが、永享《えいきょう》四年（一四三二）に上杉憲実《のりざね》が足利の領主になった折、衰退していた足利学校の再興に尽力し、鎌倉円覚寺の僧快元を能化《のうけ》に招き、蔵書を寄贈して学校の充実を図った。能化とは学校の長の意である。江戸時代には足利学校の長は、

「庠主《しょうしゅ》」

と呼ばれてきた。

上野国の高崎、伊勢崎、桐生に比べ、勉学に勤《いそ》しむ領内ではあったが、生糸販売の六斎市が立つほど盛んではなく、

「足利絹は次絹《なみぎぬ》なり」

との評価しかされていなかった。

総兵衛は、足利に足を踏み入れたとき、これまで訪ねた土地ほど生糸や絹の恩恵を受けていない感じがした。だが、落ち着いた佇《たたず》まいには風情《ふぜい》があった。

総兵衛らが宿泊した木賃宿のような旅籠には絹商人の姿はなく、泊り客も公

事に出てきた百姓衆や渡世人ばかりであった。

囲炉裏端《いろりばた》で遅い夕餉《ゆうげ》を黙々と摂《と》る総兵衛らにどぶろくを飲んでいた渡世人が、

「おめえさんら、古着商いだって、足利じゃ商いになるめえ」

と声を掛けた。

「商いになりませんかね。高崎や桐生じゃ、生糸景気で古着なんぞ買う者がいるものかと、あちらでも商いになりませんでした。この分では商いにならないままに江戸に引き上げることになります」

総兵衛がぼやいた。

「下野国は日光街道辺りなら商いになるかもしれねえな」

「足利ではだめですか」

「ここんところ打ち壊しの話は聞かねえが、その元気もねえと言うだけの話だ。学問じゃおまんまは食えめえ」

「困りましたな」

「兄さ、どうする」

と天松が総兵衛に聞いた。

「せっかく足利まで足を延ばしてきたんです。明日手分けして商いに出てみましょうか」

と応じた総兵衛が、

「上州ではお上が新しく関八州を取り締まるお役人を差し向けることが、大きな話題になっていましたがこちらはどうですね」

と総兵衛は話題を転じた。

「八州廻りか」

と渡世人が応じた。

「おや、そんな名前ですか」

「八州を巡っておれたちのような流れ者を苛《いじ》めようという魂胆だ。だれが言い出したか、まだ見もしねえ役人を八州廻りという名で呼んでいるな」

「賭場《とば》なんぞに手入れが入るのかね」

と貧しい夕餉を食した陰吉が話に加わった。

「ここいらの賭場ったって百姓の手慰みだ。そんなものを取り締まってどうするんだ。元の在所に帰れと言われても、田畑は荒れていらあ。元々米なんぞは穫れねえ土地にだれが戻るよ」

渡世人が嘆き、囲炉裏端にいた公事に足利に出てきたという百姓もうんうんと頷《うなず》いた。渡世人も元を糺《ただ》せば百姓と推測された。

「おめえら、陣屋になにを訴えにきたか知らねえが、訴えは通ったか」

渡世人が百姓衆に質《ただ》し、疲れた顔の百姓が顔を横に振った。

「だめだ、陣屋じゃ村で話して目途をつけろというだけだ。いよいよおらっちも見切りをつけるだか」

「おめえのところに娘はいねえか」

「おめえさんも百姓の出だろうが。娘なんぞとっくに女衒《ぜげん》が買っていってよ、村に残ったのは年寄りばかりだ」

「くそっ、明日は上州に行ってひと儲《もう》けだ」

渡世人が吐き捨てると、茶碗《ちゃわん》のどぶろくを飲み干した。

筵《むしろ》が敷かれた板敷に引き上げた総兵衛らは暗い気持ちになった。

「総兵衛様、上州に戻るか」

忠吉が言った。

「いえ、明日は予定どおりに天松と忠吉は組んで商いを続けなされ。陰吉はおまえさんの好きなように動きなされ。私らはただ古着商いに来たのではありません。関八州がどんなところか、景気がよいところも娘を遊郭に売らねばならないような暮らしも見ることが務めです」

総兵衛の言葉に三人が頷いた。

「総兵衛様よ、おらも独りで商いをやっちゃだめか。なにも天松兄さが嫌だとかいうわけじゃねえんだ。子ども一人のほうが大人は油断するんだよ、耳を働かせてあれこれと聞きこんでくるぜ」

忠吉が言い出した。

「忠吉、どうして二人じゃだめなんです」

と天松がさらに質した。

「まあ、今も言ったがよ、天松兄さの小言が嫌というわけじゃねえ。おりゃ、独りで生きてきた。相手もそんな臭《にお》いは嗅《か》ぎつけるんだ。するとつい油断してなんでも喋《しゃべ》るという寸法だ」

「それも一案です。どうします、天松」

「私だって忠吉と離れるならばどれほど楽ですか」

「いいでしょう」

総兵衛が天松と忠吉の組を解消した。その上で、

「昨日からの尾行者たちが必ずや私どもを狙《ねら》って姿を見せます。四人はばらばらに動きますが、私からあまり遠くに離れてはなりません。万が一の場合、直ぐに互いが駆けつけ、四人で対応するのです」

総兵衛が三人に注意し、筵の上に敷かれた貧しい夜具にくるまって眠りに就いた。

「ああ、また蚤《のみ》と虱《しらみ》に悩まされる夜だぞ」

忠吉が言ったが、その次の瞬間には眠り込んでいた。


江戸の富沢町でその夜の不寝番は、猫の九輔《きゅうすけ》だった。店の広土間に敷かれた筵に甲斐《かい》が丸まって眠りに就いていた。

九つ（零時）を過ぎた時分か、甲斐が不意に目を覚まして辺りの気配を窺《うかが》った。だが、九輔と眼を合わせると、また眠りに戻った。

半刻《はんとき》（一時間）後、再び甲斐が顔を上げて唸《うな》り声を上げようとしたのを九輔がしいっと止め、広土間の隅にある納戸《なんど》の戸を開くと、甲斐を連れて地下への隠し階段を下りていった。そして、富沢町の河岸道《かしみち》の下を抜けて新栄橋の隠し通路に入り込んだ。

九輔の手には小さな灯りと遠眼鏡があった。

灯りを床に置いて、下流に向いた隠し窓を開くと入堀の水面を覗《のぞ》いた。

入堀の下流から一艘《そう》の猪牙舟《ちょきぶね》が近づいてくるのが分かった。

乗っているのは二人だ。

九輔は今一度甲斐に静かにしておれと注意すると、灯りが外へ零《こぼ》れないようにして舟の動きを遠眼鏡で見守った。さらに船頭の顔を見た。頬被《ほおかぶ》りしていたがどこかで見た顔だった。

猪牙舟は橋の下に入り込んだ。そして、橋の下で止まった様子が感じられた。

橋下から、どぼん、と水音がして舟から物が投げ落とされ、なにかをしている気配が伝わってきた。

また舟の棹《さお》が水に突っ込まれる音がした。

九輔は隠し窓から、猪牙舟が舳先《へさき》を巡らせて、急ぎ大川方向へと下っていくのを見た。

「甲斐、来い」

と犬に呼びかけると、橋下の隠し通路から大黒屋の船隠しへと走った。そこには大小三艘の舟が係留されていたが、九輔は一番小さな小舟に甲斐を乗せ、棹を差すと船隠しから二重の扉を次々に押し開いて入堀に出た。

河岸道の常夜灯の灯りがわずかに橋下に届いていた。

橋杭《はしぐい》の一本になにかが括《くく》りつけられていた。

ざんばら髪の人間だ。

九輔は小舟を近づけて水に顔が浸《つ》かっている者はすでに死んでいることを確かめた。骸《むくろ》は橋杭にざっと縛られて流れていかないようにしてあった。

大黒屋の裏の貌《かお》を知る者がなにかの警告に骸を縛りつけていったのだ。

九輔は、骸はそのままにして船隠しに戻ると、船隠しの一角に垂れた紐《ひも》を上下に何度か引いた。すると大黒屋の二階座敷でじゃらじゃらと音がする仕組みで、微《かす》かな音が九輔の耳にも感じられた。

間をおかず四番番頭の重吉らがそれぞれ得物を手に船隠しに姿を見せた。

「なにがありました」

重吉が九輔に尋ねたとき、一番番頭の信一郎がきた。

「一番番頭さん、新栄橋下の橋杭に骸を一つ括りつけていった者がおります。二人組ですがその者たちは急ぎ大川へと逃げ去ってございます」

「よし、骸を船隠しに運んできなされ」

と信一郎が命じ、早速鳶沢一族の戦士に変わった面々が船を出して骸の回収に動いた。

骸が運ばれてきて、隠し水路の二重の扉が閉じられ、灯りが当てられた。

「ああ、担ぎ商いの良造さんだ」

と手代の早走りの田之助が声を上げた。

信一郎は無言のまま良造の心の臓が一突きにされて殺されていることを確かめた。

(鳶沢一族への挑戦だ)

と思った。

信一郎が九輔を見た。

「骸はうちへの挑戦です。だれが骸を置いていったか」

「一番番頭さん、二人組のうちの一人は、二年ほど前までうちにも出入りしていた荷船の船頭の春八《しゅんぱち》です」

と猫の九輔が答えた。

「よし、明朝一番に田之助を頭にして三人ほどで春八の行方を突き止め、うちに連れてきなされ」

と命じた。

四

その日の内に田之助を頭にした新羅《しらぎ》次郎、三郎兄弟、荷運び頭の権造《ごんぞう》の支配下の兵七らは、深川横川の菊川橋際《ぎわ》の煮売り酒場で酒を飲む春八と仲間一人を見付けていた。

未《ま》だ春の陽射《ひざ》しが残っていた。

田之助は、春八らが横川に停めた荷船に寝泊りしていることも承知していた。

顔の知られていない新羅兄弟を煮売り酒場の客として入れ、春八らの様子を見守ることにして、田之助は兵七の猪牙舟で待った。

時がゆるゆると過ぎて行き、深川横川一帯に宵闇《よいやみ》が訪れた。

すると三郎が舟に戻ってきて、

「田之助さん、あの二人、そろそろ出てきますよ」

「荷船に戻って寝る気配ですか」

「いえ、櫓下《やぐらした》とかいう岡場所に女を買いに行く相談をしていました。そこは歩いて行ける場所ですか」

新羅兄弟は加太《かぶと》峠で住み暮らしてきた柘植《つげ》衆の一族だ、未だ江戸の地理には十分慣れていなかった。

「徒歩《かち》ではありませんね、船を動かしましょう」

その船は田之助の猪牙舟から南に半丁（約五〇メートル）ほど寄った猿江橋に停められていた。春八と仲間の大きな男が河岸道に姿を見せ、自分たちの船に向かった。

しばらく間をおいて新羅次郎が猪牙舟に飛び込んできた。

春八らは田之助が予想したとおりに荷船の舫《もや》い綱を解き、横川を南に向かい始めた。兵七の猪牙舟があとを追った。

「田之助さん、間違いない。昨夜の仕事はあの二人の仕業だ、二人して得意げに話していましたからね。その上、荷売り酒場の親父《おやじ》に溜《た》まっていた付けを三朱ほど入れた。懐《ふところ》に小判の一、二枚は持っていそうな感じで、女郎を買いにいくそうです」

「女を抱かせるわけにはいきません」

「だがね、田之助さん、あの二人には人を殺すなんて大それた仕事は出来ないんじゃないでしょうかね」

新羅次郎の推量に田之助が頷いた。

「それと」

「なんですね」

「酒場の中でのことですが、おれたちの他にだれかがあいつらを見張っているような気配を感じたのですがね、客が多くて見分けられませんでした」

「嫌な感じですね」

田之助はそのことを考えに入れて行動することにした。

春八の船に提灯《ちょうちん》が灯《とも》された。ために尾行するのはそう難しいことではない。舳先に体を寝かせていた三郎が、

「おれたちの舟との間にもう一艘船が入り込んでいやがる」

その船に河岸道から一つの影が飛び込んできた。河岸道の常夜灯の灯りに縦縞《たてじま》の着流しというのが分かった。

「あいつだ、最前の酒場にいた野郎だ」

次郎が田之助に囁《ささや》いた。

着流しの男を乗せた船が一気に間合を詰めて前を行く荷船とたちまち並んだ。

横川の南の端、西側は深川吉永町の材木置場で、横川最後の大栄橋を潜《くぐ》ると正面は広大な木場が広がり、さらにその西側は長門《ながと》萩藩の蔵屋敷だ。急に人も船の気配もなくなった。

春八の声がした。

「どうしたんだ、また頼みごとか」

次の瞬間、いきなり着流しの男ともう一人が荷船に飛び移り、春八と仲間の

大男に襲いかかった。襲われた方が悲鳴を上げる暇もないほどの早業であっけなく始末された。

田之助らが動く間はなかった。

提灯の灯りが消され、春八の荷船は宵闇に包まれた。煮売り酒場で酒を飲んだ春八らの口が軽くなったのを確かめ、生かしておくと危ないと考えての凶行だったのか。それにしてもなんとも手際がよかった。

「くそっ、口を封じられた」

新羅三郎が小声で罵《のの》り、田之助を見た。

襲った船は船頭の他に三人が乗っていて、春八らに止《とど》めを刺すと財布でも抜いたか懐を探り、ためらわず二人の体を堀の流れに次々に投げ落とした。

「春八らの代わりにあやつらを捉まえます」

田之助は咄嗟《とっさ》に判断した。

予《かね》て用意していた弩を一挺《ちょう》摑《つか》むと、猪牙舟から河岸道へと跳んだ。舟に残った新羅兄弟も弩を隠し持って、船頭の兵七が一気に間合を詰めていった。

春八と仲間を始末した男たちが急接近する猪牙舟を振り返り、自分たちの船に跳び戻ると身構えた。その手には長脇差《ながどす》と匕首《あいくち》があった。殺しになれた連中だろう、動きに無駄がない。

猪牙舟が三人の乗る船の傍らに止まった。二艘いや、春八の荷船を入れて三艘の船が長門萩藩の蔵屋敷の北側の堀に並んでいた。

兵七の猪牙舟と殺し屋の船の間には三間（約五メートル）余の水面が広がっていた。

薄い月明かりだけが二艘の対決を見ていた。

田之助は深川吉永町の材木置き場を背にした河岸道から二艘の動きを見ていた。

「てめえら、なんだ」

低い声が新羅兄弟を誰何《すいか》した。その手には春八を刺殺した血に濡《ぬ》れた匕首があった。

「隠れ仕事を頼んでおいて口が軽いというので始末したか。加太峠の山賊でももう少し情けがあるな」

新羅次郎が言った。

「船頭、船を寄せねえ、こやつらも始末しよう」

慌《あわ》てた様子は全くない。成行きに怯《おび》えた様子の船頭が、それでも棹を操って船を寄せた。二艘の船の間は一間半に縮まった。

「止《や》めておけ」

次郎の声も平静だ。その手には弩が構えられ、匕首の男に狙いが定められていた。

なんだ、という顔で匕首の男が弩を見た。三郎ももう一人の長脇差の男の胸に弩の狙いをつけていた。

「構うことはねえ、船頭、船を猪牙にぶつけねえ」

と匕首の男が命じたとき、

「止めておいたほうが利口だ」

早走りの田之助の声が河岸道から響いた。

常夜灯の灯りを背にした田之助の手にも弩があった。

そのとき、匕首の男が、

「てめえら、大黒屋の奉公人か」

と気付いたように言った。

「うちが狙いのようだね」

「春八らをおれっちの他に見張っていた野郎どもがいたとはね。大黒屋の仕事は手早いとは聞いていたが驚いたぜ」

匕首の男の言葉に素早く反応したのは三人目の男だ。抜身を手にいきなり水面に身を躍らせ、猪牙舟に飛び込んでこようとした。

きいーん
と宵闇に硬質な弦音《つるおと》が響いて、田之助の弩から短矢が発射され虚空《こくう》に飛んだ
抜身の男の胸に突き立つと水面に落とした。

「やりやがったな」

匕首の男の顔に恐怖が初めて走った。

「匕首も長脇差も水に投げ込め。二挺の弩がそなたらを狙っていることを忘れるな。われらもそなたら同様に悪人ばらの口を塞《ふさ》ぐことに迷いはない」

田之助は話しながらも次の短矢を弩に装着する作業を続けた。

「くそっ」

匕首が堀に投げられ、仲間も長脇差を手から放《ほう》った。

「どうする気だ」

「この場で始末してもいい」

そのとき、男たちが乗る船の船頭がぐいっと水底に棹を突っ込み、小さな猪牙舟に舳先をぶつけてきた。だが、兵七も権造の下で船の扱いを叩《たた》きこまれた船頭だ。

棹で長門萩藩の蔵屋敷の石垣を突いて舟を横へと流した。ために二艘の船はぎりぎり、ぶつかるのを免れた。

その隙に匕首を捨てた男が足元からなにかを摑んでいきなり新羅三郎に向って投げた。鎖鎌《くさりがま》の分銅だった。

三郎は咄嗟に猪牙舟に尻餅《しりもち》をついた。その頭の上を分銅が飛び、男が右手の鎖を捻《ひね》った。

分銅が方向を転じて三郎の頭に向って飛んできた。

寝転がったまま放った新羅三郎の弩の短矢が鎖鎌を操る男の太腿《ふともも》に突きたった。

男の体がぐらりと揺れて水面に背中から転落していった。鎖鎌の分銅と弩から放たれた短矢、一瞬の差で三郎は無事だった。

水中から悲鳴が上がった。

鎖鎌を手にした男の声だった。

兵七が相手の船の船頭に棹の先を突き付け、

「馬鹿《ばか》な真似《まね》をすると、おまえさんもああなるぜ。棹を放しな」

と命じると船頭が慌てて棹を捨てた。

もう一人の男は船に立ったまま茫然《ぼうぜん》自失していた。

兵七の棹が水面で溺《おぼ》れかけた男の前に突き出され、

「まず鎖鎌を捨てるんだ。棹に摑まれ、命だけは助けてやろう」

と言った。

痛みを堪《こら》えた男が必死の形相で棹の先を摑んだ。

「ほれ、仲間をそっちの船に引き上げるんだよ」

新羅次郎が命じてようやく男が船に引き上げられた。短矢が太腿を突き抜けていた。

「ちくしょう、医者に連れていけ」

と男が泣言をわめき、勝負は終った。

総兵衛はこの日、足利学校の茅葺《かやぶき》の門を叩いて訪《おとな》いを告げた。その懐には浅草弾左衛門の書状があった。

文安四年（一四四七）に足利荘と足利学校に対し、上杉憲実は学規三か条を定めた。足利学校で教えるべき学問は、

「三註、四書、六経、列子、史記、文選《もんぜん》」

と限定し、仏教の経典などは寺院で習うべきと命じた。学問の場から仏教色を排したことが足利学校の特徴であった。

教育の基は「儒学」であったが、鎌倉円覚寺から招いた僧快元が「易経」に精通していたことから易学を学ぶ者が諸国から足利学校に多く集まった。

江戸時代に入ると、足利学校は百石の所領を寄進され、その代わりに年初めにはその年の吉凶を占う「年筮《ねんぜい》」を幕府に提出した。このように江戸初期から中期には足利近郊の人々が学ぶ「郷学」として繁栄を迎えた。

しかし、江戸時代の中期を過ぎると京都から伝えられた朱子学が幕府の官学となり、易学中心の足利学校の存在は薄れて行った。

だが、足利学校は、この界隈《かいわい》の里人の中にしっかりと根を下ろし、学校長たる「庠主」は敬愛されていた。

関八州の裏社会を統《す》べる浅草弾左衛門と二十五代庠主櫟里継胤《くぬぎさとつぐたね》がどのような交わりを持つのか知らなかったが、弾左衛門は総兵衛に紹介状を認めてくれた。

閉じられた門を何度叩いても中から応答はなかった。

「総兵衛様よ、こりゃ無理だ。中にはだれもいないぜ」

とこの日、総兵衛が伴うことを許した忠吉が言った。

浅草弾左衛門は総兵衛に、

「足利学校のことをあなたのお国にて聞いたことはありませんか」

と尋ねたものだ。

「弾左衛門様、恥ずかしながら知りませんでした」

「人の受け売りですがな、きりしたん・ばてれんにフランシスコ・ザビエルなる人物がおられたそうな」

「ザビエル様なれば承知しております」

「そのお方がな、ローマに書き送った書状に『足利学校は日本国最大にしてもっとも有名な大学校《アカデミア》』と紹介されておるそうですぞ」

「存じませんでした」

弾左衛門によって総兵衛は関八州にそのような学問の総本山があることを知らされたのだ。

「おまえさんら、なにしているだ」

と通りかかった老婆が総兵衛に聞いた。

「お婆《ばば》、庠主の櫟里様にお会いしたくて江戸より参ったものです」

「ふーん、江戸の者な、どうみても担ぎ商いだべ。庠主様に物を売りつけるでねえ」

「いえ、決して物を売りつけるような真似は致しません」

総兵衛の言葉の真偽を確かめるように見ていたお婆が、

「表に回るだ、ここは裏門だ」

と教えてくれた。

お婆に礼を述べた総兵衛と忠吉は、学校の敷地をぐるりと取り囲んだ塀に沿って回り込むと、立派な屋根門が見えた。そこの両開きの門は大きく開かれていた。屋根の軒下に、

「学校」

と書かれた扁額《へんがく》が長い風雪に晒《さら》されてあった。

庭掃除をしていた男衆に用件を伝えると、

「孔子廟《びょう》におられるだ」

と寺の本堂と見紛《みまが》う建物を指した。

庠主櫟里継胤は、広々とした堂宇の一角で書物を読んでいた。

「総兵衛様が会いたいのはあの爺《じい》さんかね、あれでものの役に立つかね」

忠吉が痩《や》せた老師を見た。

じろり、と老師が総兵衛らを見た。なかなかの眼光だった。

「何者か」

「江戸の古着屋にございます」

「古着屋じゃと」

「浅草弾左衛門様の添え状を持参しております」

「なに、珍しいことを為したものじゃな、あの人物の添え状を持つそなたは何者か」

「江戸富沢町の大黒屋総兵衛と申します」

「なに、大黒屋とな、これはこれは、珍しいどころではないわ。小僧はその辺において、上がりなされ」

と老師の許しが出た。

総兵衛は忠吉を階段下に残すと弾左衛門の添え状だけを手に堂に上がった。

その挙動を見ていた老師が、

「おぬし、異人の血が混じっておるか」

と尋ねたものだ。

総兵衛は頷くとまず添え状を差し出した。

「拝読しよう」

封を披《ひら》いた老師は、長い時を掛けて弾左衛門の書状を読んだ。

「古着屋の主が八州探訪か」

「はい」

「表の稼業《かぎょう》ではなさそうな」

「とも言い切れません」

　と応じた総兵衛は十代目総兵衛の座に就いた経緯から古着屋稼業がこのままでは先細りになる展望を語り、異国商いにも手を出していることを説明した。

「弾左衛門さんの文に認《したた》めてあったが、そなた、なかなかの人物じゃな。幕府など歯牙《しが》にもかけておらぬところがよい」

　と総兵衛を認める発言をした。

「弾左衛門さんは用件はそなたの口から聞けと言うておるが、この年寄りになにが聞きたい」

「幕府が新たに関八州を巡察する関東取締出役、この界隈ではただ八州廻りと呼ばれる役人の組織について、庠主様のお考えをお聞かせ下さい」

「あの話か。関八州から逃散者《ちょうさんもの》が相次ぐわけを解消せずして、役人を増やしたところで、腹黒い連中の懐を肥やすばかり、なんの役にも立つまい。いや、そればかりか百害が生じような」

と言い切った。

総兵衛は応えない。

「そうではないか。江戸の後背地の関八州は、幕府を支える大事な土地じゃぞ。幕府はその土地の民百姓すら満足に養いきれぬ。弾左衛門さん方が背後から支えてこられたが、それすらもはや限りがある。そんな関八州に数人の小役人を巡回させて、なんの役に立つ。総兵衛、そなたなら関八州を知らずともその理は察せられよう」

「老師、己の眼で見るのと、江戸にて想像するのでは大きな違いがございましょう」

「浅草弾左衛門さんは裏の貌をお持ちじゃ。そなたも表と裏の二つの貌を持っておるそうな。多忙な身で関八州探訪がようできたものよ」

弾左衛門の添え状に総兵衛の正体のどこまで記されているか、総兵衛は想像するしかない。だが、老師がすべてを承知の上で語っていると思い定めて応対することが大事と思った。

「公儀が決められたこと、出来ることとなれば有効な組織に育ってほしゅうございます。そのためには、すでに猟官に走っている役人らがただ己の利欲を求めてのことなれば」

「始末するというか」

「その要ありと判断した折にはそうさせて頂きます」

しばらく総兵衛の顔を見ていた足利学校庠主の櫟里継胤が、

「幕府にも人を見る目を持つ者が残っておるようじゃな」

と言った。

「まあ、足利学校の老学徒の考えなどなんの役にも立つまい。年寄りの話相手をしばらく務めていけ」

と総兵衛に命じ、総兵衛が頷いた。

その視界の先の回廊で小僧忠吉がこくりこくりと居眠りを始めていた。

第五章　捉《とら》われ人

一

富沢町の大黒屋の口の字型に建てられた黒漆喰総二階造りの亥《い》の方角の地下にその部屋はあった。

この方角の二階からは、信一郎とおりんの普請《ふしん》中の新居が見えるであろう。だが、地下は、ひんやりとして窓もなく、一見蔵の内部に思えた。

八畳ほどの広さの部屋に一人の男が転がされて、医師の治療を受けていた。

弩《ど》の短矢に太腿《ふともも》を射抜かれた男を手際《てぎわ》よく治療しているのは、御典医にして蘭方医の加納玄伯《かのうげんぱく》の倅《せがれ》、自らも蘭方医、それも外科が専門という加納恭一郎《きょういちろう》であった。

深川の木場で二人の男と船頭の三人を捉《とら》えた田之助らは一つの骸《むくろ》を相手方の船に乗せて、富沢町の船隠しに戻ってきた。田之助らから報告を聞いた信一郎は、短矢を抜いて消毒し、止血をした。

すでに朝を迎えていた。

そこで御典医加納玄伯の屋敷に使いを走らせると、怪我《けが》の具合を聞いた玄伯が倅の恭一郎に、

「そなたが治療に当たりなされ」

と命じた。

過日のことだ。

信一郎は坊城麻子《ぼうじょうあさこ》に同道されて、神田川筋違橋《すじかいばし》の北側、神田花房町にある加納玄伯邸兼診療所を訪問した。

一年に二度催される『古着大市』の期間中、入堀に停めた船に若い医師五人ほどに詰めて頂くことができるかどうかと相談すると、

「坊城麻子様の口利《き》き、なんじょうあって断われましょう。まして大黒屋さん

の主導する『古着大市』の賑《にぎ》わいは聞いておりますでな。柳原土手の連中にもうちの患者がおりますが、『大黒屋さんには足を向けて寝られない』と感謝しております。お若い十代目と聞いておりますが、なかなかの遣《や》り手ですな」

と玄伯は快く引き受けてくれた。

信一郎が手土産にと差し出したイギリス製の聴診器と手術道具一式には、同席した恭一郎が目を輝かせて喜んだ。

「麻子様、たった三日間の見習い医師の治療の代わりには過ぎたる頂戴物《ちょうだいもの》ですな。いえ、大黒屋さんがただの古着屋ではない噂《うわさ》は、かねがね城中で聞いております。麻子様、なんぞ私どもに他に頼み事がございますので」

きらきらとした眼差しで手術道具を食い入るように見る恭一郎をよそに玄伯が尋ねたものだ。

「玄伯先生、ただ今主《あるじ》の総兵衛様は江戸を留守しておりますのや。本来ならば総兵衛様が参るところ、一番番頭さんが私に同道してこられました」

麻子がその問いに応じる前に大黒屋主の不在のことを説明し、

「信一郎はん、その聴診器と手術用具をどちらで手に入れられたか、お話しにならしまへんか」

と信一郎に本音を明かせと命じていた。

信一郎は、まさかいきなりかような話になるとは考えもしなかったが、咄嗟《とっさ》に判断した。麻子が、大黒屋に、いや、鳶沢一族にとって悪《あ》しき仕儀となるようなことを為《な》すはずもない。またそれは加納玄伯との深い信頼関係があっての言葉だと思ったからだ。

「加納玄伯先生、申し上げます。その道具、手に入れたのは長崎口ではございません。私が異国にて異人から直《じか》に購《あがな》いました」

長崎口とは、唯一《ゆいいつ》異国との交易が許された長崎を通じて入ってくる品物を指した。

玄伯も恭一郎もまさかこんな答えに接しようとは考えていなかったようで、驚きの表情で信一郎を見た。

「一人で参られたわけではございますまい」

「はい、大黒屋の所有帆船二隻《せき》で異国交易に訪れた昨年のことでございました」

座に一瞬沈黙が訪れた。

江戸府内でかような話が平然と語られることはまずない。その驚きから立ち直った玄伯が呟《つぶや》くように言った。

「大黒屋さんには色々な噂がございますが、やはり裏の貌《かお》をお持ちでしたか」

「玄伯先生、恭一郎様、大黒屋はいかにも別の貌を持っておられますんや。けどな、儲《もう》けのためだけと違います。家康公以来の影旗本と、うちの口から申し上げときます。先生の申されるとおりこたびの訪問、『古着大市』だけのことやおへん」

「麻子様、いえ、信一郎さんと言われたか、われら親子にどのような願い事がございますのか、忌憚《きたん》なきところをお聞かせくだされ」

「玄伯先生、恭一郎様、お聞きになられた上でお断りすると申されては真に困る話でございます」

「坊城麻子様とは腹を割ってのお付き合いの間柄、その麻子様が同席しての談判です。麻子様が加納家を困らせるようなことはございますまい」

「玄伯先生、桜子はゆくゆくは総兵衛様の嫁になることが決まっておりますんや」

麻子が話柄《わへい》を不意に転じて坊城家と大黒屋の緊密なつながりを語った。

「それはめでたい」

と玄伯が応じた。

「めでたい話はさておき、ともかくお話をお聞きしましょうかな」

そこまで麻子と玄伯が話す以上、信一郎も腹を割るしかない。

「大黒屋では、この秋にも二回めの異国交易に出立致します。その折、船団に同行するお医師を探しております」

昨年異国交易を経験した信一郎が交易の規模や日数、訪れた国々のこと、船の暮らしをざっと告げた。その上でこたびはぜひとも医師を同乗させたいという総兵衛からの命があったことを告げた。

「わが家にとって極めて関心のある話です。父上、私が参ってはなりませぬか」

信一郎の話を聞いた恭一郎が即座に答え、言い継いだ。

「長崎での医学の勉強には限界がございます。異国に行けて、異人医師から直接医術を学べるのならば、加納家にとっても有意義な話ではございませんか、父上」

長崎に遊学していただけに若い恭一郎の反応は早かった。倅の反応を見た玄伯がしばし黙考沈思して、ゆっくりと頷《うなず》いた。

「有難うございます。恭一郎様はきっと総兵衛と話が合うと思います」

「江戸に戻られた折にぜひお会いしたい」

そんな話が成っていた。

そこへ得体の知れぬ怪我人が富沢町に運び込まれたのだ。

神田川の筋違橋の北詰めにある加納邸に信一郎が出向くと、恭一郎が怪我人の状態を聞き、医療道具を自ら下げて、信一郎が乗ってきた大黒屋の船に同乗してきたのだ。

怪我人を地下の部屋で見た恭一郎は、

「弓傷ですか」

と止血されていた傷を見て信一郎に尋ねたものだ。

信一郎は弩とこの者の太腿を突き抜けていた短矢を見せた。

「ほう、異人が使う弓ですか」

傷口に矢の一部でも残っていないことを確かめた恭一郎は、傷口を改めて消毒し縫合した。それはなんとも手際のよい治療だった。

その間、怪我をした男は痛みに耐えて黙り込んでいた。

「若先生、有難うございました」

「この者、大黒屋の一族ですか」

「いえ、私どもに敵対する者から雇われた流れ者かと思います」

「こちらでは敵方まで治療をなさる」

「若先生の治療を受けるなど果報者です。ですが、このあと、この者にも厳しい責め問いが待っております。ただ生かしたわけではございません」

信一郎が淡々と言い切ると怪我人が怯《おび》えた顔をした。

「若先生、あちらへ」

信一郎は、加納恭一郎を主が不在の離れ屋に案内した。するとそこには総兵衛の代りに坊城桜子《さくらこ》の姿があった。むろん根岸に使いが立てられ、桜子が富沢町に来ていたのだ。

「恭一郎はん、久しぶりやおへんか」

「何年ぶりでございましょうな。桜子様が京に参られる以前のこと、まさかかように美しい女性《にょしょう》におなりとは夢にも考えておりませんでした」

「幼い折のうちはおてんば娘どした」

桜子の回想に笑みの顔で恭一郎が応じ、

「ご当家の総兵衛様がうらやましい」

と眩《まぶ》しそうな眼差しで桜子を見た。

そこへ女衆《おなごし》によって朝餉《あさげ》の膳《ぜん》が運ばれてきて、

「若先生、お店の朝餉を賞味して下さいまし」

とおりんが勧めた。

その場で光蔵、おりん、信一郎と桜子が恭一郎とともに箸《はし》をとることになった。

恭一郎は口の字型に囲まれた黒漆喰総二階造りの中庭が庭石や樹木を巧妙に配された、武家造りであることを見ていた。

「恭一郎はんが大黒屋のお願いを快く聞き入れてくれはったこと、母から伺いましたえ。うちからもお礼を申します」

「桜子様、その言葉は私の方から何倍にもしてお返ししたい。まさか異国に行ける機会がかように早く訪れようとは想像もしませんでした。医学を学ぶ者には、これ以上の喜びはございません」

「恭一郎はん、大黒屋の持ち船を見られたら、もっと驚かれますえ。ああ、そうやった、長崎を承知どしたな。オランダの帆船を見たことが恭一郎はんはおありやな」

「ございます」

「オランダ船にも引けはとらんほど大きな帆船にございます」

「桜子様はご存じか」

「うち、一回めの交易出港の折、駿府江尻《すんぷえじり》沖まで総兵衛様といっしょに乗らせてもらいましたんや」

「それは羨《うらや》ましい」

と答えた恭一郎が、

「桜子様、総兵衛様が江戸に戻られた折、私にその船を前もって見ることを許して頂けるようお口添え願えませぬか」

と願った。

「大番頭はん、一番番頭はん、どないどす」

「坊城麻子様と桜子様のご紹介により快く乗船を引き受けて下さった加納若先生のお願い、総兵衛が江戸に戻るのを待たず、いつにても加納若先生をとあるところまでお連れして、イマサカ号にご案内申します」

光蔵が請け合った。

加納恭一郎の人柄と見識を一目で光蔵も見抜いていた。

主不在ながら、朝餉の席で和やかな会話が弾んだ。


地下の部屋の一角では怪我の治療を受けた男が薬を飲まされ、痛みが薄れたのか眠りに就いていた。

その隣の部屋には仲間の一人と船頭がいて、銀色の仮面をつけた二番番頭の参次郎や田之助らの尋問が始まろうとしていた。

「そなたらの所業、われら承知です。ゆえにくどくどと重ねて尋ねませぬ。担《かつ》ぎ商いの良造さんの骸を船頭の春八らを使い、うちの店の前の橋下に括《くく》りつけさせましたな。その上、二人の口を非情にも封じたのはそなたらの考えではありますまい。だれの命か、正直に話してくれませんか」

参次郎が静かに語りかけた。

二人の顔に強い怯えと不安があった。期せずして二人は銀色の仮面の者たちから視線を外した。

怪我をした者を含め、三人は深川木場近くから目隠しされ、耳を塞《ふさ》がれて、自分たちが乗っていた船の胴ノ間に転がされて深川界隈《かいわい》の堀をぐるぐる回されて大川に出たのだ。視角と聴覚を奪われた者たちの距離感覚と方向感覚が失われた時分に富沢町の新栄橋下から隠し扉を開いて船隠しに連れ込まれていた。ゆえにこの二人ともどこへ連れ込まれたか、全く推測もつかないでいた。

「口を利かないなれば利かないで結構です。責め道具はいくらもあります、長いこと時をかけて責め殺します」

参次郎の静かな言葉に船頭が悲鳴を上げた。

体に青竹の一打も受けることなくべらべらと鶏が鳴くように喋《しゃべ》り出した。

加納恭一郎が大黒屋の店、さらには新栄橋を渡った久松町店を桜子といっしょに見物して、改めて大黒屋の商いの規模の大きさに驚いた。

「桜子様はこのお店のお内儀になられますか」

「うちの母は南蛮骨董商《こっとうしょう》と呼ばれる女商人どす。うちが大黒屋の嫁になっても差支えおへん」

と恭一郎に答えた桜子が、

「と、違いますやろか」

と自問した。

二人の案内役を務めていた信一郎が、

「京への旅でお心を定められたのではございませんか、桜子様」

と微笑《ほほえ》みの顔で尋ねた。

「そうどす、決めましたんや。けど、うちが知る大黒屋はほんの一部と違いますやろか。うちに大黒屋の内儀が務まるのんやろか」

「そう申されるならば総兵衛様とて同じことです。総兵衛様の背には私どもが考えもつかない重い荷がどしりと伸《の》し掛かっております。その荷を少しでも軽くする手助けができるのは桜子様だけでございます」

加納恭一郎は二人の会話の中から大黒屋が途方もない力を秘めた組織であることを改めて感じさせられた。

恭一郎と桜子が大黒屋の船で送られて帰っていった。船頭は荷運び頭の権造《ごんぞう》で、供は手代の九輔《きゅうすけ》であった。

船を見送った信一郎が離れ屋に戻ると光蔵、おりんに二番番頭の参次郎が報告をしようとしていた。

「一番番頭さん、お二人は戻られましたか」

「はい。恭一郎さんはうちとの付き合いを楽しみにしておられます」

「麻子様にお礼を申さねばなりませぬな。『古着大市』と交易に乗せる医師の二つの目途《めど》が一気に立ったのですからな」

光蔵の言葉に頷いた信一郎が、

「あの者ども、吐きましたか」

と参次郎に尋ねた。

「野州で食い詰めた流れ者にございました。短矢で太腿を射抜かれた男は、鹿《か》沼《ぬま》の千三郎、田之助の弩を胸に受けて死んだ男は千三郎の異母弟で追分の重平、もう一人は壬生《みぶ》の升次、船頭を務めていたのは升次の弟分の鬼怒川《きぬがわ》の作兵衛という名でございました。担ぎ商いの良造さんを殺《あや》めたのもこやつらでした」

「その者たちの背後にだれがいるのです」

光蔵が質《ただ》した。

「勘定奉行公事方《くじかた》石川忠房様の支配下の元締役猪木《もとじめやくいのき》兼三郎《けんざぶろう》なる者に、『うちの殿が八州廻りの長に就いたら野州道案内方を命ずる』と約されて、春八ら二人の殺しを実行したのです」

参次郎が答えた。

「過日の脅しがいささか甘うございましたかな」

信一郎が顔を歪《ゆが》めた。

「石川様でしたか、意外と手応《てごた》えがありましたな。さてどうしたものか」

光蔵が腕組した。

「勘定奉行公事方を総兵衛様のお許しもなく始末するわけにはいきますまい。

担ぎ商いの良造さんの仇《かたき》、その骸をうちの店の前の橋下に括りつけて行った春八と言いましたか、金で雇われた者たちを始末した鹿沼の千三郎ら四人に死んでもらいますか」

「猪木なる元締役は何事もなしですか。石川様の胆《きも》を冷やさせるのには、猪木某を震え上がらすのがいちばんかと思いますが」

おりんが言った。

「おりんのいうこと、もっともですな」

光蔵が答え、

「石川様のお屋敷はどちらですな」

「虎ノ門外にございます」

参次郎が答えた。

勘定奉行公事方は、役宅で訴えを扱った。一方勝手方は、大手門内の下御勘定所に勘定吟味役を連れて出勤した。

「もう一度脅しをかけておきますか。それでもなおうちに楯突《たてつ》くようなれば総兵衛様のお帰りを待って元締役猪木兼三郎に死んでもらいます」

信一郎が決断したように光蔵の顔を見た。

「今晩にも動きます」

「任せます」

と信一郎と光蔵の間で阿吽《あうん》の呼吸で始末が決まった。

「お沙汰《さた》を待ちます」

二番番頭の参次郎が立ち上がろうとした。

「二番番頭さん、いささか相談があります」

信一郎が参次郎を引き留めた。

「秋の二度めの交易出船です。総兵衛様のお気持ちを質《ただ》したわけではありませんゆえ、内々に聞きます」

参次郎の顔が緊張した。

「総兵衛様のご多忙を考えるとき、交易船団の長を総兵衛様にお願い申すわけにはいくまいと思います。二番番頭のそなたには早晩交易船団に乗ってもらうことになります」

参次郎が頷いた。

「異国交易は、格別です。言葉、習慣を知らずしての商いは不可能です。また航海には嵐《あらし》など危険が付きまといますが、帆船の操船方は、具円《ぐえん》船長、幸地《こうち》船長以下老練な者たちが乗り組んでおります。ゆえにさほど危惧《きぐ》することはない。ですが、品の売り買いの交易を司《つかさど》るには経験と知識が要ります。諸々《もろもろ》考えたとき、一度目で父を助けて副頭を務めた私が二度めの交易の頭を務めるのがよかろうと考えました。むろんまだ総兵衛様のお許しを得たわけではありません」

参次郎は黙ったままだ。

「そなたを連れて行き、異国交易を経験させることが重要と思います。ですが、一番番頭と二番番頭がいっしょに富沢町を抜けてよいものか」

座に沈黙が支配した。

「一度めは、三番番頭の雄三郎が従いました。こたびはだれにするべきか」

信一郎の悩みにおりんが答えた。

「一番番頭さん、余り考え過ぎてもなりませぬ。総兵衛様はおそらく旅の空の下で、そのことをすでに決断しておられますよ。私どもはそのお言葉に従うまでです」

信一郎はおりんの言葉に、
はっ
と気付かされたようで、
「いかにもさようでした」
と答えていた。

二

虎ノ門外の勘定奉行公事方石川忠房の役宅門前に次の日の未明、立札が立った早桶《はやおけ》が一つ、置かれてあった。粗末な棺桶に差し込まれた立札には、

「元締役猪木兼三郎様届」

の墨書が麗々しくあった。

門番がいつものように七つ半（午前五時頃）に通用門を開けたとき、屋敷前に異なものがあるのを直《す》ぐに発見した。

早速立札の宛名《あてな》の主、元締役猪木に知らされ、猪木が慌《あわ》てて早桶を屋敷内に運び込むことを命じた。そして、自ら検分に姿を見せた。

中間らが縁起でもないという顔で早桶を見ていた。

「猪木様、早桶はそれなりに重うございます」

「蓋《ふた》を開けてみよ」

猪木が命じ、中間らが恐る恐る綱を切り、蓋を開いた。予測されたこととはいえ、中間らの間に、
わあっ！

と驚きの声が上がり、

「猪木様、骸が入っておりますぞ」

と報告した。

猪木は早桶に近付いた。

顔が見えた。それが何者か猪木は直ぐに気付いた。

流れ者鹿沼の千三郎の異母弟、追分の重平という力持ちだ。

主の石川忠房が関東取締出役の長に就いたときのために猪木が上州から野州を見聞して回った折、行き合った無宿者たちだ。主が新しい役に就けば、なにかと汚れ仕事に使えると思い、江戸に呼んでいた。

「猪木様、何者ですか」

猪木の配下の手代が尋ねた。

「かような無宿者、知るわけがない」

と答えた猪木に手代が、

「ああ、こやつ、懐《ふところ》に何か入れられておりますぞ」

と言いながら紙包みを取り出した。紙包みにも猪木の宛名が認《したた》められているのが見えた。

「書状ではございませんな、なんぞものが入っております」

「開けて見よ」

命じられた手代が紙包みを開いて、

「ああっ、髷《まげ》だ」

と足元に放り出した。早桶の傍らに転がったのは三つの髷だった。

元締役猪木には一つの骸と三つの髷が、

「なにを意味するか」

即座に察せられた。

大黒屋の店の前の橋下に千三郎らに始末させた出入りの担ぎ商いの骸を括りつけさせた。その仕事は鹿沼の千三郎らに命じたのだが、千三郎らは自らは手を下さず、富沢町をよく知るという春八とその仲間にやらせたのだ。そのことを知った猪木は千三郎らの浅慮と軽率を厳しく叱《しか》った上で、

「その者たちを見張って口が軽いようなれば始末せよ」

と命じていた。

その千三郎の異母弟の骸と千三郎らのものと思われる髷が三つ届けられた、この早桶の意味は歴然としていた。

大黒屋からの勘定奉行石川忠房に向けての警告だった。千三郎ら三人は大黒屋の支配下にあるということだ。

「くそっ」

と罵《のの》り声を上げた猪木に手代が、

「出入りの町方同心を呼んで始末させますか」

「ならぬ。松沼、そのほうが密《ひそ》かに始末せよ」

「始末せよと申されますと、どうすればよろしいので」

「江戸の海に投げ込むなりなんなり、それくらい己で考えよ」

と言い残した猪木が足音高く自分の御用部屋に戻り、腹心の二人を呼んで相談に及んだ。その話に床下で聞き耳を立てている者がいた。

猫の九輔と信楽《しがらき》助太郎の二人だ。


この日、大黒屋の地下の大広間で林梅香《はやしばいこう》を師匠に広東語《カントン》の授業が始まった。その授業に参加したのは信一郎、参次郎ら今後異国交易に関わるであろう者たち数人であった。


同日、江戸市中に闇《やみ》の到来とともに烈風が吹き始めた刻限、猫の九輔と助太郎が戻ってきた。

その報《しら》せを受けた光蔵と信一郎は店座敷で二人と会った。

「どうでしたな」

「勘定奉行様の屋敷は大騒ぎでございましてな、日が落ちて後、屋敷前の御堀の船着き場から早桶と知られぬように菰《こも》包みにした骸を屋根船に乗せて、江戸の内海に沈めることに致しました」

猫の九輔が、重平の骸が密かに始末されたことを告げた。

「九輔、うちの意図は伝わっておりましょうな」

「伝わっております。元締役の猪木が主の石川様の用人井筒なる老人に報告し、その始末方の指図を仰いだ話を私も助太郎も聞き取りました」

「井筒用人と猪木は、主の勘定奉行石川様に報告しましたかな」

「こたびの一連の騒ぎは、主の意を含んでのことと分かっております。されど今回の早桶騒ぎに関して井筒用人は、石川様に事細かに報告しておりません。主の指示は、大黒屋に脅しをかけよとの命であったかと思われます。ところが反対に何倍もの反撃に遭った。あちらでは千三郎ら三人がうちに捉われていると考えております。次の手に井筒用人と元締役の猪木があれこれ迷った末、まず骸の始末を急がせました」

手代の九輔の報告に、

「ご苦労でした」

と二人を下がらせた。

店座敷に光蔵と信一郎が残った。

「うちでは二度にわたり、勘定奉行石川忠房様に警告を繰り返しました。まず石川様が新たに動くことはありますまい」

光蔵が信一郎に言い、信一郎は頷いた上で光蔵に告げた。

「大番頭さん、麻子様から関東取締出役は本年六月には発足するとの知らせが入っております。となればその折まで石川様は静かにしておりましょう」

「とすると地下の部屋の三人の始末、どうしましょうかな」

光蔵が聞き、

「一月ほどあそこに押込め、十分に脅しが利《き》いたところで夜中に安房《あわ》辺りの海岸に放り出しましょうか」

と信一郎が答え、不意に話題を転じた。

「おお、忘れておりました。こちらから伊勢屋旧地のわが新居に穴が通じたそうです。明日からしっかりとした石組み作業に移るとの報告を石工頭の魚吉《うおきち》から受けました。こちらからわが家まで十二間五尺（約二三メートル）の長さの通路になりましたそうな」

「魚吉さん方、久松町出店と橋の架け替えで経験を積んで仕事が早くなりましたな」

光蔵が満足げな顔をした。

「大番頭さん、お医師の加納恭一郎様からイマサカ号を見物したい、との催促が来ておりますがどう致しましょうか」

「石川様の一件は済みました。おまえさんが案内してはどうですか」

「ならば明晩にもうちに来て頂き、夜の内に深浦に向かいましょう」

「それがいい」

と応じた光蔵が、

「金沢からも京からも荷集めがほぼ終わったとの書状が届いております。おお、そうだ、金沢藩の前田家から、一度相談したき一件あり、江戸藩邸にお越しあれとの丁重な書状が江戸家老の横山様ご用人、椎名《しいな》様よりきておりましたな。総兵衛様の帰りを待ってと思っていましたが、早い内にお伺いしたほうがよいのではありませんか」

と信一郎に言った。

「ならば明日加納家を訪ねたあと、前田様のお屋敷を訪ねてみます」

と答え、

「それがよい。それにしてもなんの用事でしょうかな」

と光蔵が首を捻《ひね》った。

信一郎にはなんとなく察しがついていた。

一回目の交易に前田家の家臣にして大筒方の佐々木規男、田網常助、石黒八兵衛の三人が同行していた。佐々木ら三人にとっても初めての異国体験であり、異国で接したイギリス国、フランス国らの科学技術、医学、造船術の進歩に仰天させられていた。ゆえに三人が別れ際に信一郎に、

「信一郎どの、これから申し上げることは私どもの勝手な考えにございます、そう思うて聞いて下され」

と願った。

「大黒屋どのでは次なる交易航海を当然考えておられましょうな。その折、われらが経験したようなことを金沢藩の朋輩《ほうばい》らにもやらせてもらえないものかと思うたのです。われら、交易に出る前とただ今ではまるで別人にございます。

何事も百聞は一見に如《し》かずです」

「佐々木様方がご重臣方にお話しになり、そのような考えがお認めになられればうちでも当然前向きに考えましょう」

と信一郎は答えて、総兵衛にも伝えていた。そんな会話を信一郎は思い出して、次の日の仕度に入った。

翌日、信一郎はまず、権造が船頭の猪牙舟《ちょきぶね》で神田川筋違橋北側の船着き場に向かった。神田花房町の加納玄伯の屋敷兼診療所を訪ねると、大勢の患者が門前から門内に行列を作っていた。

御典医の玄伯は、屋敷内で町人の病人も看《み》ていた。蘭方の権威の加納玄伯のもとには関八州の医師の子弟たちが門弟として多く集まっていた。それだけに多くの患者を重篤《じゅうとく》な者、軽い者と分けて数人の医師が手分けして診察していた。

玄伯の考えは、

「医者の先生は患者である。まず患者に接して、その病状から治療方法や投薬を教えてもらえ」

というもので、実践教育を大事にしていた。

そんな加納の名声と親切な応対に大勢の患者が毎日のように列をなしていた。

信一郎が加納恭一郎への面会を願うと、若い見習い医師と思える玄関番が、

「患者ならば列の後ろに並んで下され」

と応じた。

「いえ、私は富沢町の大黒屋の奉公人でございます」

信一郎の声を診療所内で聞いていた当人が、

「おお、一番番頭さんがお見えか」

と診療衣姿を玄関に見せた。

「大変な混みようでございますな」

「毎日のことです。ただし大黒屋のように儲けにはなりません」

と笑った。

「若先生、今晩富沢町にお出《い》で願えますか」

信一郎が囁《ささや》いた。

「おお、例の願いですな」

「はい。帰りは明晩になります」

「私がいなくとも親父《おやじ》もいれば門弟の医師も大勢おります、一日くらい留守にしても問題はありません」

と言った恭一郎が、

「あちらを訪ねる折は桜子様も同行すると、昨日言付けがありましたぞ」

「おや、桜子様ですか。総兵衛様の代役を務めるお積りでしょうか。ならば根岸に桜子様を迎えに上がった足で今晩四つ時分（十時頃）に筋違橋に船を止めておきます」

「楽しみにしております」

と言い残した恭一郎がきびきびした足取りで診察室に戻って行った。

待たせていた猪牙舟を信一郎は水道橋際の船着き場まで移動させて、武家屋敷を抜けて前田家江戸藩邸を訪れた。

門番に江戸詰家老用人椎名美津五郎の名を出し、

「お呼びにより富沢町大黒屋の一番番頭が参りました」

と願うと四半刻《しはんとき》（三十分）ほど供待部屋で待たされたあと、奥へと通された。

そこには江戸藩邸の重臣が三人待っていた。

「大黒屋総兵衛ではなかったか」

初老の武家方がいささか憮然《ぶぜん》とした表情で言った。

「総兵衛はただ今御用にて関八州を旅しております。戻るのを待つとなりますと、こちら様への訪《おとな》いがだいぶ遅くなりますゆえ、まずとりあえず一番番頭の私めが参じました」

「一番番頭とな、昨年の交易船団の指揮をとった鳶沢信一郎か」

三人の中で一番若い人物が問うた。三十三、四であろうか。

「交易船団の頭はわが父にございました。私めは父を助ける副頭を務めました」

首肯した二番目の武家が、

「身どもは江戸詰御家老横山長充《おさみち》様の用人椎名美津五郎である。そなたのことは、佐々木規男らより詳しく聞いておる。総兵衛の信頼厚き人物とな」

「恐れ入ります る」

無言の人物が椎名の上役の江戸詰家老の横山長充であろうと信一郎は推測した。

前田家の八家《はっか》の一族である先祖の横山長知《ながちか》は、徳川家康の加賀征伐に際し、初代藩主利長《としなが》の命で大坂に出向いた。その折、死を覚悟して利長の立場を弁明し、廃絶の危機を乗り越えさせた、金沢藩最大の功績を上げた人物だ。その豪胆な血が信一郎の眼前の初老の江戸詰家老に流れていると思われた。

「次なる交易船団はいつ出るな」

と椎名が尋ねた。

「この秋には相州を出立致したく仕度を進めておるところでございます」

「横山である。頼みがある」

と初めて横山長充が言葉を発した。

「私めで御用が足りましょうか」

「足りると思うたゆえ、そなたがわが藩邸を訪ねたのではないか」

「無益な言葉を費やしました。お伺い致します」

信一郎は覚悟を決めてそう前田家江戸詰家老に答えた。

「わが家臣を五人ほど大黒屋の交易船団に乗せてくれぬか」

「お尋ね致します。客分にてのご乗船でございましょうか、それともわが船団の一員として加わるお考えでございましょうか」

ふっふっふふ

と江戸詰家老が笑った。

「そなたの裁量ではどうだ」

「客分にての異国見物ならばお一人たりともお断り申し上げます。されど佐々木様方のように私どもと生死を共にするお覚悟で相務められるお気持ちなれば、五人と言わず喜んで十人まではお受け致しましょう。それが前田家の向後百年にとって、よりお役に立つことになるかと存じます」

「さすがは影旗本を務める一族よのう、番頭までが肚《はら》が座っておるわ」

と横山長充が言った。

「ご家老様、昨年ご購入の大砲、お役に立っておりましょうか」

「そなたらも役に立つと思うたゆえ売ったのであろうが」

「ご一統様、昨年のことでございます。わが船隠しを異国の船が見張っているという事件がございました。今後、異国の砲艦が頻繁に姿を見せるのは大いに予測されることにございます。その折、国を護《まも》る自衛策が立っておりますかどうか、幕府はもちろん御大名諸家も海防の備えがますます大事になると心得ます」

「そなたのところでは船隠しを相州深浦と駿州江尻に二つ備えておるそうじゃな。佐々木らが大黒屋の、いや、鳶沢一族とここでは呼んでおこうか、底力は途方もなきもの、というておった。わが藩もそなたの一族に見習いたいものよ」

椎名用人が言った。

「恐れ入りまする」

「乗せてくれるな」

と念を押した。

「椎名様、乗船される方々には交易中は前田家内の身分や家禄《かろく》はすべて忘れて頂きます。その上でわが一族の一員となられるならば、大いに歓迎申し上げます」

三人の重臣がほっと安堵《あんど》の表情を見せた。

「選抜する者は頑健な体にて船に酔わぬ若者と致す、また異国の食いものを拒まず、異郷の慣わしに関心を抱く者を選ぶ。このこと、佐々木らの忠言である」

「佐々木様方はよう頑張られました。それゆえにこの話へと繋《つな》がったと申せましょう。こたび新たにお乗せする方々がわれらと生死をともにするなれば、必ずや前田家の今後百年の礎《いしずえ》になるお方に育て上げてみせます」

信一郎が繰り返した。

ふうっ

と一つ息を吐いた江戸詰家老の横山長充が、

「信一郎というたか。こたびの交易船団は総兵衛自らが率いて参るな」

と問い返した。

「主《あるじ》が不在ゆえそのことを未だしかと話し合《お》うておりませぬ。されど、総兵衛自らがこの江戸を一年ばかり留守にするのはなかなか難しいかと存じます。その折は」

「そなたが船団を率いるか」

「ご家老様、そうなろうかと心積もりしております」

と信一郎が言い切った。

「富沢町の大黒屋が江戸城の鬼門艮《うしとら》にあることを忘れてはならぬな。大名一家より手強《てごわ》いわ」

「ご家老、大黒屋のイマサカ号、大黒丸の二艘《そう》が西国の雄藩薩摩《さつま》の船団を一撃の下に屠《ほふ》った事実に鑑《かんが》みても真《まこと》に仰《おお》せの通りかと存じます」

佐々木規男らから聞き知ったことであろう。

「椎名、この者ら一族を敵に回してはならぬ、加賀は百有余年前より大黒屋と縁を結んできたが、そのことが騒乱の時代を迎えた折に、必ずや役立つであろうな」

「ご家老様、総兵衛この場にあらば、おそらく同じ思いをもらすことでありましょう」

と信一郎が言った。

「近々交易船団に加わる者の選抜に入る。最前、そなたは一族と同じ覚悟の者なれば十人でもよいと言うたがよいか」

「二言はございません。選抜された方々は出港の二月前より交易船団乗組みの者と同じ暮らしをして頂きます、船と海に慣れるためにございます。それでようございますか」

「よい」

と横山長充が応じて前田家江戸藩邸の談義は終った。

三

琉球《りゅうきゅう》型小型快速帆船が深浦の断崖《だんがい》絶壁へと突っ込んでいこうとしていた。

船頭は、大黒屋の荷運び頭の権造だ。

本来なれば江戸の河川や堀を古着の菰包みを運ぶのが主な仕事だ。

だが、大黒屋には六代目総兵衛以来の船隠しが相州深浦にあった。ゆえに権造も鳶沢一族の者として江戸の内海を自在に走り回ってきた。

琉球型快速帆船は池城《いけぐすく》一族がもたらした水上の利便な船だった。

権造はつとにこの船の操船については川船と同じようにすべてを体得してい

た。

東の海から朝焼けが広がってきた。

気持ちのよい江戸の内海航海だったが、初めて琉球型の快速帆船に身を託す加納恭一郎にとって、

「快適」

とばかり言ってはおれなかった。

なにしろ眼前に断崖絶壁が聳《そび》えているのだ。

船は巨大な岩の壁に向かって突進し、波が岩場に当たって砕け散っていた。

「桜子様、船頭どのは勘違いしておられませんか」

「心配しはらんでもようおす。権造船頭には通いなれてはる海どすえ」

「前に絶壁が立ち塞《ふさ》がっておりますぞ。このまま進めば」

と恭一郎が不安の声をもらしたとき、舳先《へさき》に立つ信一郎が異国製と思われるランタンを大きく振った。

深浦の船隠しに接近する怪しげな船を見張る者へ、合図を送ったのだ。

その瞬間、恭一郎は断崖の一部に割れ目が口を開けているのを見た。

「桜子様、まさかあの割れ目に船を入れようというのではありますまいな」

「船隠しへの唯一《ゆいいつ》の海上からの入り口どす、恭一郎はん」

「ぶつかりませんか」

「今に分からはります」

権造が舵《かじ》を切り、信一郎が縮帆して琉球型快速帆船が方向を転じた。すると崖《がけ》の割れ目は、恭一郎が当初思ったより巨大なことが分かった。

「なんという割れ目か」

「何百年、何千年もの間の波が作り出した自然の要害どす、イマサカ号もあの水路を使い、出入りしますんどす」

桜子の言葉は恭一郎の耳に届かなかったようで、両手で帆船の船縁《ふなべり》をぎゅっと摑《つか》んで無言だった。

帆船が波に乗るように絶壁の割れ目に入り込むと、巨大な洞穴の両岸に灯りが灯《とも》され、人影があちらこちらに立って権造の船を誘導していった。

「なんと」

と恭一郎が驚きのあまり絶句した。

「恭一郎はん、驚くのんはこれからどす」

琉球型帆船は完全に縮帆され、信一郎と権造が琉球型の櫓《ろ》を操って奥へ奥へと進めていった。

不意に視界が開けた。

静かな海に白い靄《もや》が流れていた。

桜子が恭一郎の手をとって靄の上に巨体を見せるイマサカ号を指して教えた。

恭一郎はしばらく沈黙したままだった。そして、ようやく口を開いた。

「なんとあの巨船が大黒屋の持ち船ですか」

「もう一艘大黒丸なる異国交易の船がありますんえ」

と桜子が静かな海にその船影を探したが、

「桜子様、大黒丸は金沢に荷積みに行っております」

と信一郎が教えた。

琉球型快速帆船がイマサカ号の右舷《うげん》に接近していくと、具円船長自らが簡易階段《タラップ》下で、

「桜子様、信一郎様、お早《はよ》うござる」

と達者な和語で出迎えてくれた。

「具円船長、次なる航海の折はこれなるお医師が同船して下さる」

「それはなによりの知らせですな。ご一統、イマサカ号の朝餉《あさげ》を食しませぬか」

「船長、まず加納先生を船内に案内してくれぬか。過日、命じたお医師の住まいと診療室の位置と広さでよいかどうかも見てもらいなされ」

と信一郎が命じた。桜子は、

「うち、お香様とお話ししたいことがありますんどす」

「ならば、桜子様を総兵衛館《やかた》に送り届けてくれませんか」

と信一郎が権造に命じて恭一郎と桜子は二手に分かれた。

簡易階段を上がった恭一郎はイマサカ号の高さにまず驚かされた。主甲板まで海面から何十尺の高さがあるのか。ようやく辿《たど》りついた主甲板はきれいに整理整頓《せいとん》されて乗組みの水夫《かこ》らが整列し、信一郎を敬礼で迎え、

「副頭、お早うございます」

と挨拶《あいさつ》した。

恭一郎は、即座に規律が行き届いた乗組員だということを理解した。

（この者たちも鳶沢一族か）

中には異人の顔を持つ男たちも混じっていた。

「具円船長、蘭方のお医師加納恭一郎様を紹介しておこう。イマサカ号を見て気に入られたら次の航海から乗船して下さる、怪我《けが》骨折の治療がお得意だ。そなたらにとって大事なお方、丁重にお迎えせよ」

一同から、おおっ、という歓声が沸き起こり、具円船長が、

「加納様、大歓迎でございます。ぜひわれらといっしょに航海をして下され」

と願った。

信一郎が船大工のトメこと留八郎の顔を見つけ、

「トメ、診察室を予定している船室を見てもらえ。よいな、先生にご注文があればなんでも応じよ」

と命じると今坂一族の中でも和語の達者な操船方波造が通詞して、トメが大きく頷《うなず》き、承知した。

恭一郎は一同に頷き返し、風に吹き散らされた靄を感じて静かな海に視線を

やった。

「おおー」

その口から言葉にならない新たなる驚きがまたもれた。なんと静かな海の一角に、

「異郷」

があった。

十代目の総兵衛勝臣《かつおみ》を異郷から迎えて以後、深浦の船隠しは大きく変貌《へんぼう》していた。

イマサカ号の母港として船隠しの静かな海が拡充され、総兵衛館がさらに増築改善されて、総兵衛に従ってきた今坂一族が、さらにまた柘植《つげ》衆が、和国の、また海の暮らしに慣れるべく定住していた。

総兵衛館ではすでに一日が始まっていた。

浜近く色鮮やかな小舟が舫《もや》われ、浜の一角には造船場まであって洋式帆船が造られていた。そして、浜には石造りの家並みが広がり、その奥に一際《ひときわ》大きな建物があった。

「これも大黒屋所有の街ですか」

「歴代の総兵衛様が長の鳶沢一族の深浦の船隠しにございます」

「長崎ですらかような家並みは見なかった」

「長崎は幕府の直轄地《ちょっかつち》にございます。こちらは幕府がご存じなき一族の船隠しにございます」

「信一郎どの、すぐにも仕事がしたくなった。まず診療室となる部屋を見せて下され」

加納恭一郎が願った。

総兵衛一行は、利根川を下る荷船に同乗させてもらい、下総《しもうさ》国香取を目前にしていた。

足利を出て、羽生《はにゅう》宿で荷船に交渉して四人が乗せてもらったのが昨日の夜明け方のことだった。二日がかりで荷船は、総兵衛が次に訪ねる地、香取に辿りつこうとしていた。

「総兵衛兄さよ、江戸を出てずいぶん日にちが過ぎたぜ。そろそろ江戸が恋しくならねえか」

「忠吉、そなた一人先に江戸に戻りますか」

総兵衛が平然とした顔で言った。

「なに、まだ旅は続くのか。在所ばかりじゃ飽きがくる」

「関八州は広いですな」

「関八州ぜんぶを回る気か、何年もかかるぜ」

「かような船を使えば足利から楽旅、およそ二日で着くそうです。まだまだ訪ねる場所はありますな」

総兵衛の言葉に忠吉ががっくりと肩を落とした。

「旅はいいが、金魚のウンコが気にかかる」

北郷陰吉《きたごうかげよし》が船の後ろを振り返り、五、六丁離れて従ってくる船影に目をやった。

「煩《わずら》わしいな」

「そろそろ決着をつけますか」

天松も腕を撫《ぶ》しながら言った。

「それも一つの考えです。相手は三人でしたね」

「高崎以来の異人李翔玉《りしょうぎょく》と仲間二人の三人、こちらは数だけは四人おりますが、一人だけ里心がついた小僧です。総兵衛様、そやつを早めに江戸に戻してあやつらと三対三の戦いを挑みましょうか。私が見るところ、李なる異人、なかなかの短筒使いのようですが」

天松がいい、忠吉が、

「天松兄さ、そうおれだけをのけ者にしなくてもいいじゃないか。おれだって大いに役に立つぜ」

「なんの役に立ちます」

天松の問いに忠吉が、

「船を下りたらよ、総兵衛兄さ方三人は、どこぞに消えな。おれがあやつらをどこでも好きなところに誘い込むぜ」

忠吉が言った。

「一人でそのようなことができるか」

「おこも上がりの忠吉様だ、天松兄さ、心配するな」

天松が総兵衛の顔を窺《うかが》った。

「どうしたもので、陰吉の父《とっ》つぁん」

「この際ですよ。忠吉の考えに乗ってみては」

「陰吉の父つぁん、忠吉は口だけは達者ですが、いまだ小僧、子どもですよ」

天松が忠吉の身を案じた。

「天松さん、しくじっても忠吉が捕まるだけのことだ」

陰吉が心にもないことを言った。

「ならば忠吉に任せましょうか。あやつらを誘い込むのは香取神宮の楼門近くの香取神道流の始祖が眠る墓の前ですぞ」

異国育ちの総兵衛が新たな知識を披露した。むろん浅草弾左衛門に教えられたことだ。だが、三人はそのことを知らなかった。

「香取神道流の始祖の墓とはどこだ、総兵衛兄さ」

「相手に探させなされ」

「よし、必ずや誘い込む」

と忠吉が請け合ったとき、

「お客人、香取の津宮《つのみや》の船着き場に着くぞ」

　と船頭の呼ばわる声が船に響いた。

　夕暮れの刻限、深浦の船隠しを琉球型快速帆船が出た。江戸の内海の奥、大川から入堀に入って富沢町に到着するのは四つの刻限（午後十時頃）を過ぎると思われた。

　断崖絶壁の隠し水路を出た船上で、加納恭一郎が、
　ふうっ
　と大きな息をした。

「恭一郎はん、どないどした、深浦の船隠しは」

「言葉もありません。富沢町の惣代《そうだい》大黒屋の噂《うわさ》はあれこれ耳にしておりましたが、風聞をはるかに越えたものでした」

「船に乗るのん、諦《あきら》めはったんどすか」

　にやり、と笑った恭一郎が、

「明日にも出船と命じられても駆けつける仕度をしておきます」

と言い切った。

「桜子様、長いことお香さんとお話しでしたが、なんぞございましたか」

信一郎が早晩義母になるお香と桜子の会話を気にした。

「はい、たんとございましたえ。そやけど男衆には内緒どす」

桜子が言い切り、口を噤《つぐ》んだ。

琉球型帆船は緩やかな風を受けて、遅い船足ながら確実に江戸の内海の奥へと進んでいた。


利根川の右岸に、流れに向って簡素な鳥居が建っていた。里人たちに津宮浜鳥居と称され、ゆえにこの界隈《かいわい》は、

「津宮鳥居河岸《がし》」

と呼ばれていた。

香取神宮の祭神経津主大神《ふつぬしのおおかみ》がここから上陸されたとされるかつての表参道でもある地だ。この鳥居近くに利根川舟運の船着き場があって大いに賑《にぎ》わいを見せていた。

総兵衛らが到着したのは暮れ六つ（六時頃）の頃合いだ。すでに河岸を照らす常夜灯の灯りが灯されていた。

天松が総兵衛の命で船頭らに酒手を含んだ船賃を渡して、二日間の船旅を終えた。

総兵衛が忠吉に李ら三人の尾行者を誘い込ませるように命じた香取神宮は、下総国の一宮《いちのみや》であった。さらにいうならば平安時代の『延喜式』に、「神宮」と記されているのは、伊勢神宮、鹿島神宮、香取神宮の三社だけであった。その創建は、神武天皇十八年（紀元前六四二）と神代の時代まで遡《さかのぼ》るという、古い歴史を誇る神宮であった。

香取神宮の鎮座する森は、四万余坪と広大なもので樹齢八百年の御神木の杉を始め、鬱蒼《うっそう》とした森を形成していた。

武と商に生きる鳶沢一族にとっても、香取神宮は大事な場所で、代々の鳶沢一族の主は必ず一度は参拝に訪れた。というのも最古にして権威ある剣術の流儀、天真正伝香取神道流、別称香取神道流が室町時代に誕生した関東一の武術の地ゆえだ。

始祖である飯篠長威斎家直《いいざさちょういさいいえなお》は、下総国飯篠村の生まれで、香取神宮境内の梅木山不断所で剣術の奥義《おうぎ》を極めたのだ。

浅草弾左衛門はそのことを知ってか知らずか、香取のある人物への書状を総兵衛に託していた。

飯篠長威斎の墓所は、楼門から左手に延びる津宮鳥居河岸からの参道の一角にあった。

総兵衛らが津宮河岸に到着して一刻（二時間）が過ぎ、香取の森は漆黒の闇《やみ》に包まれていた。

総兵衛は、雲を割って出た月明かりの下、墓所の前で旅仕度ながら威儀を正し、三池典太光世《みいけでんたみつよ》を手に祖伝夢想流のゆるゆるとした動きを奉献し、武術の祖に挨拶をなした。

その後、総兵衛と天松は、墓所の傍らに立つ巨大な老杉《ろうさん》の根元で待つこと半刻が過ぎようとしていた。

北郷陰吉はどこに潜んでいるのか気配を消していた。

「総兵衛様、忠吉は奴《やつ》らに捉《つかま》ったのではありませんか」

と案じ声で天松が囁《ささや》いた。

「天松、そなたの弟分の力量を信じなされ」

と総兵衛が応じたとき、闇の中に灯りがぽつんと浮かんだ。

天松が黙って懐《ふところ》の綾縄《あやなわ》を手にした。

総兵衛は腰に三池典太光世を差し込み、手には弩《ど》を握っていた。

灯りがゆっくりと近づいてきて、

「忠吉だけです」

と天松が囁いた。

総兵衛は、提灯《ちょうちん》を持たされた忠吉の歩き方がぎこちないことを見ていた。

李翔玉ら三人は、忠吉の持つ提灯の光が届かない闇に潜んで、忠吉の背に二連の短筒の狙《ねら》いを定めているのだ。

「総兵衛兄さ、連れてきたぜ」

忠吉の声には不安が滲《にじ》んでいた。

「ご苦労でしたな」

と総兵衛が忠吉を労《ねぎら》い、

「李翔玉、用事があるなれば姿を見せなされ」

と命じた。

天松はすでに闇に姿を没していた。

闇が揺れて二連短筒を構えた李が姿を見せた。だが、仲間の二人は闇に隠れたままだ。

「李翔玉、長崎で知り合った勘定奉行公事方松平信行様に乞《こ》われて江戸に連れて来られ、二足の草鞋《わらじ》を履く榛名《はるな》の軍蔵の下に預けられたそうな。異人のそなたが生きていけるほど関八州は甘くはありませんぞ」

総兵衛の言葉に李翔玉は無言を貫いた。だが、総兵衛が話す和語を理解していることは李の表情から窺えた。

「そなたの狙いがなにかは知りません。ですが、この総兵衛が邪魔なれば斃《たお》すしか道はありません」

李の手のフリントロック式上下二連短筒が忠吉から総兵衛へと向けられ、総兵衛も弩を構えた。

二人の距離は十一間余（約二〇メートル）あった。

「これではそなたに不利です。間合を詰めることを許します」

李は動かない。なにかを待ち受けていた。

その瞬間、
ぎえぇっ
という悲鳴が闇に続けざまに響いて、再び香取の森は静寂に戻った。

「総兵衛様、李の手下の二人、陰吉の父つぁんと始末しました。闇から総兵衛様に矢を射かけようという小ずるい算段でした」

天松の声がした。

「李翔玉、聞いた通りです。異人には異人の分があります。他国の土地に礼儀も心得ず、ずかずか入り込むのは許しません」

李が何事か異国の言葉で叫んだ。

「許します」

総兵衛の応答に李翔玉が二連の短筒を構えながら、距離を詰めてきた。そして、間合およそ五間（約九メートル）で動きを止めた。

李が撃ちもらすことのない射程距離だ。
右腕が突き出され、短筒が総兵衛の胸に向けられた。
総兵衛は胸の前で弩を静かに構えた。
香取の森に緊迫が走った。
異変に気付いたか、目覚めた烏《からす》が突然、
くあーくあー
と鳴いた。
次の瞬間、李の指が引き金を絞り、総兵衛も弩を放った。
火薬の力で発射された鉛弾と短矢が同時に発射され、一瞬早く李の鉛弾が総兵衛の構えた鋼鉄製の弩に命中して闇の中に跳ね飛んだ。
ほとんど同時に、二発目を発射しようとした李翔玉の胸を短矢が貫いていた。
それでも李は立ったまま引き金に力を入れようとしたが、
がくん
と膝《ひざ》が折れて、飯篠長威斎の墓前に崩れ落ちた。
しばし沈黙があった。

総兵衛の口から、

「飯篠長威斎様、墓前を汚《けが》しましたな、お詫《わ》び申し上げます」

と落ち着いた声が漏れた。

四

坊城桜子は、その夜、大黒屋の離れ屋、主《あるじ》不在の座敷に泊まった。

大川河口辺りでぱたりと風が止まってしまい、そのために富沢町に着いたのは深夜九つ半（一時）を過ぎたからだ。一方加納恭一郎は、権造らに船で神田川の筋違橋まで送られ、神田花房町の屋敷に戻った。

眠りに落ちて半刻《はんとき》ほどした頃合いか、桜子は不意に目を覚まし、胸騒ぎを感じた。

（総兵衛様になにか起こったんやろか）

「どうなされました、桜子様」

隣室に床を敷いて桜子の近くに休んでいたおりんの襖越《ふすまご》しの声だ。

「胸騒ぎがして目が覚めたんどす」

「ただ今も胸騒ぎが続いておりますか」

「いえ、もう落ち着きましたえ」

しばし沈黙があって桜子が答え、おりんに尋ねた。

「信一郎はんが異国におられたとき、おりんはんも色々心配されたのではおへんか」

「桜子様、好きな人はもちろん、一族の方々の身を案ずるのは至極当然な気持ちです。交易船が戻ってくるまで心配のし通しでした」

「だれもがそうなんや」

「はい」

と答えたおりんは、

「不安になった夜は、鳶沢一族の本丸、地下の大広間で、初代の鳶沢成元《なるもと》様と六代目の鳶沢勝頼《かつより》様の坐像《ざぞう》の前と大広間の端を行き来するお百度参りをしながら、信一郎様と一行の無事を祈っておりました」

と桜子に告白した。

「ご安心下さい。総兵衛様方は、なにが起ころうと必ずや難関を乗り越えて無事に旅を続けておられます。そして、必ずや桜子様のもとへ戻って参られます」

おりんの慰めの言葉に桜子から直ぐには返事が返ってこなかった。そこでおりんが、

「総兵衛様のお嫁さんになれば常に総兵衛様と一族の身を案ずる暮らしになります。それが一族の頭領の妻たる人の宿命《さだめ》です」

と教え諭すように言い足した。

「うちが選んだお人どす。その人の身を案じるのは当たり前のことどした」

「桜子様、あと十日もすれば総兵衛様が富沢町にお戻りです」

「あと十日やて、長うおすなぁ」

桜子の幼さを残した声がして、再び眠りに就いた様子がおりんには窺えた。


飯篠長威斎の創始した最古の武術、天真正伝神道流は室町時代に流儀が完成し、その後、新当流、示現流、鹿島神道流などへ継承されていく。

香取神宮近くの香取神道流の道場を総兵衛は一人訪ねた。

李翔玉との戦いを制した総兵衛らは、夜明け前まで津宮河岸で時を過ごし、香取神宮の参拝客相手の旅籠《はたご》が開くのを待って、一部屋を借り受けた。朝風呂《あさぶろ》を特別に立ててもらって入り、朝餉を食した総兵衛ら四人は眠りに就いた。

総兵衛が目を覚ましたとき、北郷陰吉と天松の姿はなく、忠吉は布団《ふとん》に顔を埋めて眠っていた。

総兵衛は三池典太を携帯せず、旅籠の女衆《おなごし》に断り、香取の町に出て、香取神道流の道場を見付けたところだ。

道場から木刀稽古《けいこ》の音が響いてきた。

総兵衛は、古びた、だが、手入れの行き届いた道場の門番に、

「こちらは香取直理《なおとし》先生の道場にございましょうか」

と質《ただ》した。

「いかにも十二代目香取神道流道場主香取直理様の道場だ。なにか用か」

町人姿の総兵衛に門番が答えた。

「先生にこの書状を届けて下さいませぬか」

総兵衛はこの旅の直前に浅草弾左衛門から預かってきた最後の書状を門番に渡した。

「その方は先生の知り合いか」

「いえ、私の江戸の知り合いが先生と旧知の間柄にございます。ために口添え状を預かって参りました」

「先生に物を売りつけようという魂胆ではあるまいな」

「そうではございません」

総兵衛に答えた右足の不自由な門番が道場に書状を届けた。するとしばらく待たされたあと、驚きの表情の門番が戻ってきて、

「先生がお会いなさる。道場に通れ、そっちからじゃぞ」

と式台のある表玄関ではなく、門弟衆が出入りする内玄関を指した。

総兵衛が裾《すそ》を払って内玄関から道場に入ると、香取神道流の総本山に相応《ふさわ》しく三百畳の広さはありそうな堂々とした稽古場であった。

刻限のせいか、道場には二十数人が稽古をしているだけだ。

総兵衛は道場に入ったところで正座をすると見所の壁に設《しつら》えられた神棚に向

かい、丁寧に一礼した。顔を上げた総兵衛に、

「大黒屋総兵衛どのか」

と見所に腰を下ろして弾左衛門の書状を披《ひら》いていた人物が総兵衛を敬称付きで呼んだ。

「いかにも大黒屋総兵衛にございます」

「こちらに参られよ」

香取直理と思《おぼ》しき人物が総兵衛を手招きした。

総兵衛は町人らしく腰を少し屈《かが》めながら見所に腰を下ろした壮年の道場主のもとへ歩み寄り、座りかけた。

香取の手の弾左衛門の書状が傍らに置かれた。

次の瞬間、見所に立てかけられていた木刀を素早く摑んだ香取直理が総兵衛に向って電撃の打ち込みを為《な》した。

総兵衛は座りかけた姿勢から、そよりと後ろ飛びに下がって木刀の攻撃を避《よ》けた。まるで微風が吹いただけの動きと見えた。

香取直理は立ち上がると、するすると間合を詰めて、無言裡《むごんり》に総兵衛に向か

い、二撃目、三撃目を立て続けに送り込んだ。

総兵衛は香取の攻めを能狂言師の動きを思わせる祖伝夢想流の緩やかな動きで封じ込めて悉《ことごと》く寸毫《すんごう》の差で避け続けた。

道場で稽古をしていた門弟衆が思わぬ展開に茫然《ぼうぜん》とした体で香取直理の攻撃と総兵衛の優雅な舞いを見ていた。

「もうよい」

門弟衆の中から声が掛かった。門弟の背後から初老の剣術家が姿を見せると、

「大黒屋総兵衛、許せ」

と総兵衛に願い、木刀を持つ剣術家に向って、

「香取神道流の師範梅木不二五郎もかたなしじゃな」

と笑いかけた。

「先生、この者、何者です」

「江戸は富沢町の古着屋惣代大黒屋の十代目の主じゃ」

「そ、それがし、古着屋の主を倒すことも出来ませなんだか。この二十七年余の修行は無駄でございましたか」

梅木不二五郎が茫然《ぼうぜん》自失して立ち竦《すく》んだ。

「梅木、古着屋と申してもただ者ではないわ。まあ、わしが仕掛けた悪戯《いたずら》、梅木、大黒屋、許せ」

本物の香取直理が二人に笑いかけると、

「香取によう参ったな。わしが香取直理じゃ」

との言葉にこんどは総兵衛が微笑《ほほえ》んだ。

「弾左衛門の文にそなたのことがあれこれと認《したた》めてあったで、つい悪戯を仕掛けてみた」

総兵衛は、香取直理に静かに頷いた。

「そなた、関八州を旅して歩いているそうな。日にちが許すだけ道場で稽古をしていかぬか。梅木に木刀の先すら触れさせなかった玄妙な剣術が知りたい」

と香取が総兵衛に願った。

「香取先生、私め、弾左衛門様が書状になんと認められたか知りませぬが、古着屋の主にございます。ですが、かような機会は滅多にあるものではございますまい。ぜひ道場の端で稽古を見物させて下さいまし」

「弾左衛門め、えらいご仁を送り込んできたものよ」

と香取直理がからからと笑った。


この日、富沢町にも来客があった。

大目付首席本庄義親《ほんじょうよしちか》の家臣高松文左衛門と岩城省吾だ。ここのところ顔を見せなかった二人の表情が晴れやかだった。

「おや、お二方してご機嫌麗《うるわ》しゅうございますな」

「大番頭どの、桜の便りがちらほら聞こえる時節じゃぞ。人の心も明るくなるわ」

本庄の腹心の家来の高松が光蔵に応じた。

光蔵は二人を店座敷に招じた。

おりんが茶菓を運んできて二人に挨拶《あいさつ》をした。

「未《ま》だ総兵衛どのは関八州を旅しておられるか」

「はい。されど春の『古着大市』が間近に迫っておりますので、そろそろ戻って来られる頃かと大番頭さんと今朝方も話したところでした」

昨夜、離れ屋に泊まった坊城桜子は朝餉を食し、手代の田之助と小僧に送られて根岸に戻っていた。

その折、総兵衛の帰宅の時期が話題になっていた。

「高松様、岩城様、お二人の御用、この光蔵が当ててみましょうか」

ほう、あたるかな、と岩城が笑い顔で応じた。

「老中のどなた様かから本庄の殿様にそろそろ御用に復せよと命があったのではございませぬか」

「さすがに大黒屋の大番頭どのじゃな。われらの胸の内など見通しか」

「なんにしてもようございました」

坊城麻子から関東取締出役の管轄《かんかつ》が勘定奉行に決まったことが光蔵に知らされていた。ということはもはや、病を表向きの理由にして、奥方が芝居見物に行き、め組と相撲取りの大喧嘩《おおげんか》に居合わせたことを、

「幕閣の奥方にあるまじき行為」

として自ら謹慎した本庄義親の狙いは、遂げられたことになる。

「明日より殿は登城なさる。ゆえに知らせに参った」

「おめでとうございます」

おりんが二人に祝いの言葉を口にした。

「大番頭どの、おりんさん、われらにはなぜ殿が謹慎なされたか、子細が分からぬ」

「芝居見物に参られたことが読売に書かれたからではございませぬか」

「奥方様の名が載ったわけではなかろう。それをなぜ殿が謹慎致さなければならぬ。芝居見物など奥女中衆は派手に着飾っていくではないか」

と高松が言い、

「いや、こたびとてご老中牧野忠精《ただきよ》様のご使者が参られた。なぜ突然ご老中から使いがきて殿の謹慎が解けたのだ」

と岩城も言葉を添えた。

「高松様、岩城様、世間にはままあることにございますよ。こたびのことで一番大事なことは、大目付首席を本庄の殿様が守り通されたことにございますよ」

岩城が首を捻《ひね》ったが、高松が、

「もしやしてこたびの殿の謹慎騒ぎは、大黒屋、そなたらが策したことか」

「高松様、うちは古着屋でございます。本庄の殿様は幕閣の枢要なお方、一商人がそのようなことが出来るわけもございませぬ」

「大番頭どの、なにもわれらの前でそなたらの影御用を隠すことはあるまい。本庄家と大黒屋は百年来の付き合いではないか」

「幕府が二百年余続くには、続く隠れたわけがございます。高松様、岩城様、目に見えぬことは、お見過ごし下さいまし」

光蔵がじわりと本庄の腹心の家来に釘《くぎ》を刺した。

「いかにもさようであったな。われらの用向きは殿が明日から晴れて登城なされることを伝えに来ただけだ」

しばらく雑談した二人が大黒屋を辞去していった。

店座敷に残った光蔵とおりんが、

「まずはひと安心にございました」

「なにも余分なご苦労を買われることもございますまい」

と言い合った。

「それにしても総兵衛様方の関八州探訪も一月近くになる。戻られてもよいころですな」

と光蔵が呟《つぶや》くように言い、

「なんとのう、数日内にお戻りがあるような気がします」

とおりんが答えたものだ。

そのとき、信一郎は石工頭の魚吉と大工の棟梁《とうりょう》の隆五郎《りゅうごろう》を従えて、大黒屋から信一郎とおりんの新居に続く地下道を点検していた。

高さ一間一尺(約二メートル)、幅四尺(約一・二メートル)、長さ十二間五尺(約二三メートル)の新たな隠し通路は、地面が石畳みで両側の壁は床から二尺余が石積み、その上と天井は松材の厚板で囲まれて見るからに頑丈そうに出来上がっていた。

「一番番頭さん、雨が降っても濡《ぬ》れることなく店と家の間が往来出来ますぞ」

「棟梁、この隠し道が使われるときは、一族に危機が及んだときです。私もおりんさんも昔の伊勢屋さんの敷地を通ってお店に通いますよ」

信一郎が応じたが、

（そんな落ち着いた日々が過ごせるかどうか）

と未だおりんとの暮らしが実感として浮かばなかった。

新居下には内蔵が設けられており、そこへと地下道は通じていた。内蔵もすでに石積みの基礎の上に白漆喰が厚く塗りこめられていた。一階から地下の石蔵に階段が設けられ、その階段の背後に隠し通路の出入り口があった。

「棟梁、魚吉さん、素晴しい出来栄《できば》えです」

信一郎が褒めて、

「一番番頭さん、新居もどんどん形になっていきますよ。来一郎《きいちろう》が深浦の総兵衛館やイマサカ号を見て、京で学んだ技の上に異国の考えも取り入れたいと頑張っておりますでな。見て下されよ」

と階段から二尺ほど地面を嵩上《かさあ》げした新居へ上がった。

すでに柱と棟木《むなぎ》が組み上がり、天井根太も垂木《たるき》も仕上がっていた。束石《つかいし》の上に家を支える束柱が立って、根太が組み上がっていた。

縁側から伊勢屋の旧地を見下ろす恰好《かっこう》で、なんとも気持ちがいい。壁の部分には竹が組まれて粗土が塗られていた。

「私どもの家にしては贅沢《ぜいたく》過ぎます」

信一郎がこの新居を見るたびに漏らす言葉を吐いた。

「大番頭さんすらかような新居にお住まいではない」

「大番頭さんは、九代目が病《やまい》がちなこともあり、とうとう所帯は持たれなかった。致し方ございませんよ」

隆五郎が言った。

その言葉を聞いた信一郎の脳裏にふと思いが湧《わ》いた。

(この新居に住むのはだれなのか)

そして一つの考えが浮かんだが口にはしなかった。

「棟梁、この家、いつできますか」

「総兵衛様から期限が切られているわけじゃねえ。春の『古着大市』までに完成をと思うたが、それは到底無理だ。『古着大市』の間、この家に人が入り込まないようにせめて屋根と壁は粗方造っておきたい」

隆五郎の言葉に信一郎が頷《うなず》いた。

数日後、総兵衛一行四人の姿を筑波山《つくばさん》に見ることになる。

江戸城の鬼門にあたることから筑波山は将軍家の祈禱所《きとうしょ》になり、全山が神域であった。

総兵衛らは筑波山神社に、

「将軍家と鳶沢一族の安泰」

を祈願して、紫峰《しほう》と称される筑波山の頂きから、関東平野を眺めた。

こたびの関八州探訪はごく一部の地域に触れただけだった。

総兵衛はわずか一月の旅であったが、関八州の安定がいかに徳川幕府にとって必要不可欠のことか。そして、いかにその大事な関八州の人心が荒《すさ》み、田畑が放置されているかを見てきた。また養蚕と生糸景気に沸く上州があり、その陰で娘たちが江戸に売られていく実態も知った。

影様の真意は奈辺《なへん》にあったのか、総兵衛には未だ摑《つか》みきれていなかった。

だが、新しい幕府の警備組織、関八州取締出役が新たな腐敗の温床になるような予測を感じ取れたことは、一つの収穫といえた。

大目付本庄義親をこの役目に就けぬようにせよという影様の命も総兵衛には理解できた。だが、本庄が大目付首席の職に復帰したことは総兵衛はまだ知らずにいた。

広大な関東平野の向こうに江戸が遠望できた。

「総兵衛兄さよ、いつ、おれたちは江戸に戻れるんだよ」

懐《なつ》かしげに江戸の方角を眺める忠吉が総兵衛に聞いた。

「手代さん、これから下山して水戸街道に戻ればいつ江戸に戻れますな」

総兵衛が天松に尋ねた。

「総兵衛様、明日、稲吉宿を発《た》てば明後日の夕刻には江戸に戻れます」

「ならばそうしましょうか」

総兵衛の言葉を聞いた忠吉が、

「やった！」

と叫ぶ歓喜の声が仲春の筑波山の頂きに響いた。

あとがき

久しぶりに長距離ドライヴをした。一つは取材、もう一つは飼い犬のみかんが宿泊旅行に堪えられるかの旅であった。鬼怒川《きぬがわ》が氾濫《はんらん》し、大洪水の原因となった台風十八号が大阪付近に上陸するという朝、一家で出発した。台風を避け、御殿場から中央道大月に出て、諏訪《すわ》、松本と走り、一般道158号線に下りて野麦街道を進み、白川街道に入ったころには晴れ間が見えてきた。

一晩目は山中温泉、二日目は北陸新幹線が開通した金沢で過ごし、三日目の宿は奥能登《のと》の海沿いをほぼ一周して九十九湾《つくもわん》の宿に泊まった。

みかんがペットホテルに泊まったのは金沢だけ、二晩は旅館の玄関口に駐車させてもらった車中泊だ。どうやら夜中はよく眠れなかったようで、昼間家族といっしょになると車の中で爆睡していた。これまで柴犬《しばいぬ》を三匹飼ってきたがこちらが歳《とし》を取った分、甘く育てたようだ。一年余も家出した初代のコロの野性味とは大違いだ。ともあれみかんは旅とはこんなものかと経験したわけで所期の目的は達した。この次は景色などを楽しむ余裕もできるだろうか。最後のドライヴは奥能登から熱海まで六百キロを超えていた。道路も車もよくなり、娘と交替での運転で難なく熱海に戻った。

闘牛の取材をやっていたころの話だ。病気で急に日本に帰国することになった画家の頼みでその愛車のワーゲンをハンブルクまで売りに行った。画家の願う値段の十分の一にも査定されず、致し方なくまたバルセロナまで運転して戻ることになった。

ハンブルク、バルセロナ間、何キロあるのだろう。おそらく千数百キロはあるだろう。同行した日本人学生は二人して運転が出来なかった。帰りはバスでと呑気《のんき》に構えていた旅が一転した。寒いハンブルクから地中海のバルセロナに一刻も早く帰りたくなった。

まだ高速道路がよく整備されていなかった時代だ。途中で泊まるホテル代もなく、ただひたすら十年もののワーゲンを飛ばして一昼夜でバルセロナに戻りついた。その間にパンク一回。その経験は闘牛取材に生きた。

なにしろ売れっ子ともなれば、闘牛、移動、闘牛の日々が半年余も続く。私も彼らの車のあとになり先になりして、次なる闘牛開催地へと夜道を走った。そんな四十年余前のスペインでのハードな旅を思い出させてくれた。

『新・古着屋総兵衛』は十一巻を数え、新たな展開が見えてきた。そんな序章の『八州探訪』だ、ご一読のほどお願い奉《たてまつ》ります。

平成二十七年九月　熱海にて

佐伯泰英

佐伯泰英
文庫時代小説
全作品チェックリスト

どこまで読み進めたのか、チェック用にご活用ください。

キリトリ線

掲載順はシリーズ名の五十音順です。
品切れの際はご容赦ください。

2015年11月末現在
監修／佐伯泰英事務所

佐伯泰英事務所公式ウェブサイト「佐伯文庫」http://www.saeki-bunko.jp/

居眠り磐音《いねむりいわね》　江戸双紙《えどぞうし》

双葉文庫

□ ①陽炎ノ辻《かげろうのつじ》
□ ②寒雷ノ坂《かんらいのさか》
□ ③花芒ノ海《はなすすきのうみ》
□ ④雪華ノ里《せっかのさと》
□ ⑤龍天ノ門《りゅうてんのもん》
□ ⑥雨降ノ山《あふりのやま》
□ ⑦狐火ノ杜《きつねびのもり》
□ ⑧朔風ノ岸《さくふうのきし》
□ ⑨遠霞ノ峠《えんかのとうげ》
□ ⑩朝虹ノ島《あさにじのしま》
□ ⑪無月ノ橋《むげつのはし》
□ ⑫探梅ノ家《たんばいのいえ》
□ ⑬残花ノ庭《ざんかのにわ》
□ ⑭夏燕ノ道《なつつばめのみち》
□ ⑮驟雨ノ町《しゅううのまち》
□ ⑯螢火ノ宿《ほたるびのしゅく》
□ ⑰紅椿ノ谷《べにつばきのたに》
□ ⑱捨雛ノ川《すてびなのかわ》
□ ⑲梅雨ノ蝶《ばいうのちょう》
□ ⑳野分ノ灘《のわきのなだ》
□ ㉑鯖雲ノ城《さばぐものしろ》
□ ㉒荒海ノ津《あらうみのつ》
□ ㉓万両ノ雪《まんりょうのゆき》
□ ㉔朧夜ノ桜《ろうやのさくら》
□ ㉕白桐ノ夢《しろぎりのゆめ》
□ ㉖紅花ノ邨《べにばなのむら》
□ ㉗石榴ノ蠅《ざくろのはえ》
□ ㉘照葉ノ露《てりはのつゆ》
□ ㉙冬桜ノ雀《ふゆざくらのすずめ》
□ ㉚侘助ノ白《わびすけのしろ》

キリトリ線

キリトリ線

□ ㉛ 更衣ノ鷹《きさらぎのたか》 上

□ ㉜ 更衣ノ鷹《きさらぎのたか》 下

□ ㉝ 孤愁ノ春《こしゅうのはる》

□ ㉞ 尾張ノ夏《おわりのなつ》

□ ㉟ 姥捨ノ郷《うばすてのさと》

□ ㊱ 紀伊ノ変《きいのへん》

□ ㊲ 一矢ノ秋《いっしのとき》

□ ㊳ 東雲ノ空《しののめのそら》

□ ㊴ 秋思ノ人《しゅうしのひと》

□ ㊵ 春霞ノ乱《はるがすみのらん》

□ ㊶ 散華ノ刻《さんげのとき》

□ ㊷ 木槿ノ賦《むくげのふ》

□ ㊸ 徒然ノ冬《つれづれのふゆ》

□ ㊹ 湯島ノ罠《ゆしまのわな》

□ ㊺ 空蟬ノ念《うつせみのねん》

□ ㊻ 弓張ノ月《ゆみはりのつき》

□ ㊼ 失意ノ方《しついのかた》

□ ㊽ 白鶴ノ紅《はっかくのくれない》

□ ㊾ 意次ノ妄《おきつぐのもう》

□ シリーズガイドブック 「居眠り磐音 江戸双紙」読本
(特別書き下ろし小説・シリーズ番外編「跡継ぎ」収録)

□ 居眠り磐音 江戸双紙 帰着準備号 橋の上《はしのうえ》
(特別収録「著者メッセージ&インタビュー」「磐音が歩いた『江戸』案内」「年表」)

□ 吉田版「居眠り磐音」江戸地図 磐音が歩いた江戸の町
(文庫サイズ箱入り) 超特大地図=縦75cm×横80cm

鎌倉河岸捕物控《かまくらがしとりものひかえ》

ハルキ文庫

- □ ① 橘花の仇《きっかのあだ》
- □ ② 政次、奔る《せいじ、はしる》
- □ ③ 御金座破り《ごきんざやぶり》
- □ ④ 暴れ彦四郎《あばれひこしろう》
- □ ⑤ 古町殺し《こまちごろし》
- □ ⑥ 引札屋おもん《ひきふだやおもん》
- □ ⑦ 下駄貫の死《げたかんのし》
- □ ⑧ 銀のなえし《ぎんのなえし》
- □ ⑨ 道場破り《どうじょうやぶり》
- □ ⑩ 埋みの棘《うずみのとげ》
- □ ⑪ 代がわり《だいがわり》
- □ ⑫ 冬の蜉蝣《ふゆのかげろう》
- □ ⑬ 独り祝言《ひとりしゅうげん》
- □ ⑭ 隠居宗五郎《いんきょそうごろう》
- □ ⑮ 夢の夢《ゆめのゆめ》
- □ ⑯ 八丁堀の火事《はっちょうぼりのかじ》
- □ ⑰ 紫房の十手《むらさきぶさのじって》
- □ ⑱ 熱海湯けむり《あたみゆけむり》
- □ ⑲ 針いっぽん《はりいっぽん》
- □ ⑳ 宝引きさわぎ《ほうびきさわぎ》
- □ ㉑ 春の珍事《はるのちんじ》
- □ ㉒ よっ、十一代目！《よっ、じゅういちだいめ》
- □ ㉓ うぶすな参り《うぶすなまいり》
- □ ㉔ 後見の月《うしろみのつき》
- □ ㉕ 新友禅の謎《しんゆうぜんのなぞ》
- □ ㉖ 閉門謹慎《へいもんきんしん》
- □ ㉗ 店仕舞い《みせじまい》

- □ シリーズガイドブック「鎌倉河岸捕物控」読本（特別書き下ろし小説・シリーズ番外編「寛政元年の水遊び」収録）
- □ シリーズ副読本　鎌倉河岸捕物控　街歩き読本

キリトリ線

キリトリ線

シリーズ外作品　ハルキ文庫

□異風者《いひゅもん》

交代寄合伊那衆異聞《こうたいよりあいいなしゅういぶん》　講談社文庫

□①変化《へんげ》
□②雷鳴《らいめい》
□③風雲《ふううん》
□④邪宗《じゃしゅう》
□⑤阿片《あへん》
□⑥攘夷《じょうい》
□⑦上海《しゃんはい》
□⑧黙契《もっけい》
□⑨御暇《おいとま》
□⑩難航《なんこう》
□⑪海戦《かいせん》
□⑫謁見《えっけん》
□⑬交易《こうえき》
□⑭朝廷《ちょうてい》
□⑮混沌《こんとん》
□⑯断絶《だんぜつ》
□⑰散斬《ざんぎり》
□⑱再会《さいかい》
□⑲茶葉《ちゃば》
□⑳開港《かいこう》
□㉑暗殺《あんさつ》
□㉒血脈《けつみゃく》
□㉓飛躍《ひやく》
【シリーズ完結】

長崎絵師通吏辰次郎《ながさきえしとおりしんじろう》　ハルキ文庫

□①悲愁の剣《ひしゅうのけん》
□②白虎の剣《びゃっこのけん》

夏目影二郎始末旅《なつめえいじろうしまつたび》　光文社文庫

□①八州狩り《はっしゅうがり》
□②代官狩り《だいかんがり》
□③破牢狩り《はろうがり》
□④妖怪狩り《ようかいがり》
□⑤百鬼狩り《ひゃっきがり》
□⑥下忍狩り《げにんがり》
□⑦五家狩り《ごけがり》
□⑧鉄砲狩り《てっぽうがり》
□⑨奸臣狩り《かんしんがり》
□⑩役者狩り《やくしゃがり》
□⑪秋帆狩り《しゅうはんがり》
□⑫鵺女狩り《ぬえめがり》
□⑬忠治狩り《ちゅうじがり》
□⑭奨金狩り《しょうきんがり》
□⑮神君狩り《しんくんがり》
【シリーズ完結】

□シリーズガイドブック　夏目影二郎「狩り」読本（特別書き下ろし小説・シリーズ番外編「位の桃井に鬼が棲む」収録）

秘剣《ひけん》　祥伝社文庫

□①秘剣雪割り　悪松・棄郷編《ひけんゆきわり　わるまつ・ききょうへん》
□②秘剣瀑流返し　悪松・対決「鎌鼬」《ひけんばくりゅうがえし　わるまつ・たいけつかまいたち》
□③秘剣乱舞　悪松・百人斬り《ひけんらんぶ　わるまつ・ひゃくにんぎり》
□④秘剣孤座《ひけんこざ》
□⑤秘剣流亡《ひけんりゅうぼう》

キリトリ線

キリトリ線

古着屋総兵衛《ふるぎやそうべえ》 初傳《しょでん》

新潮文庫

□ 光圀《みつくに》（新潮文庫百年記念特別書き下ろし作品）

古着屋総兵衛影始末《ふるぎやそうべえかげしまつ》

新潮文庫

□ ① 死闘《しとう》
□ ② 異心《いしん》
□ ③ 抹殺《まっさつ》
□ ④ 停止《ちょうじ》
□ ⑤ 熱風《ねっぷう》
□ ⑥ 朱印《しゅいん》
□ ⑦ 雄飛《ゆうひ》
□ ⑧ 知略《ちりゃく》
□ ⑨ 難破《なんぱ》
□ ⑩ 交趾《こうち》
□ ⑪ 帰還《きかん》

【シリーズ完結】

新・古着屋総兵衛《しん・ふるぎやそうべえ》

新潮文庫

□ ① 血に非ず《ちにあらず》
□ ② 百年の呪い《ひゃくねんののろい》
□ ③ 日光代参《にっこうだいさん》
□ ④ 南へ舵を《みなみへかじを》
□ ⑤ 〇に十の字《まるにじゅのじ》
□ ⑥ 転び者《ころびもん》
□ ⑦ 二都騒乱《にとそうらん》
□ ⑧ 安南から刺客《アンナンからしかく》
□ ⑨ たそがれ歌麿《たそがれうたまろ》
□ ⑩ 異国の影《いこくのかげ》
□ ⑪ 八州探訪《はっしゅうたんぼう》

キリトリ線

酔いどれ小籐次留書 よいどれことうじとめがき

幻冬舎時代小説文庫

□ ① 御鑓拝借 おやりはいしゃく
□ ② 意地に候 いじにそうろう
□ ③ 寄残花恋 のこりはなよするこい
□ ④ 一首千両 ひとくびせんりょう
□ ⑤ 孫六兼元 まごろくかねもと
□ ⑥ 騒乱前夜 そうらんぜんや
□ ⑦ 子育て侍 こそだてざむらい
□ ⑧ 竜笛嫋々 りゅうてきじょうじょう
□ ⑨ 春雷道中 しゅんらいどうちゅう
□ ⑩ 薫風鯉幟 くんぷうこいのぼり
□ ⑪ 偽小籐次 にせことうじ
□ ⑫ 杜若艶姿 とじゃくあですがた
□ ⑬ 野分一過 のわきいっか
□ ⑭ 冬日淡々 ふゆびたんたん
□ ⑮ 新春歌会 しんしゅんうたかい
□ ⑯ 旧主再会 きゅうしゅさいかい
□ ⑰ 祝言日和 しゅうげんびより
□ ⑱ 政宗遺訓 まさむねいくん
□ ⑲ 状箱騒動 じょうばこそうどう

□ 酔いどれ小籐次留書 青雲篇 品川の騒ぎ しながわのさわぎ（特別付録・「酔いどれ小籐次留書」ガイドブック収録）

新・酔いどれ小籐次《しん・よいどれことうじ》

文春文庫

□ ① 神隠し《かみかくし》
□ ② 願かけ《がんかけ》
□ ③ 桜吹雪《はなふぶき》

吉原裏同心《よしわらうらどうしん》

光文社文庫

□ ① 流離《りゅうり》
□ ② 足抜《あしぬき》
□ ③ 見番《けんばん》
□ ④ 清搔《すががき》
□ ⑤ 初花《はつはな》
□ ⑥ 遣手《やりて》
□ ⑦ 枕絵《まくらえ》
□ ⑧ 炎上《えんじょう》
□ ⑨ 仮宅《かりたく》
□ ⑩ 沽券《こけん》
□ ⑪ 異館《いかん》
□ ⑫ 再建《さいけん》
□ ⑬ 布石《ふせき》
□ ⑭ 決着《けっちゃく》
□ ⑮ 愛憎《あいぞう》
□ ⑯ 仇討《あだうち》
□ ⑰ 夜桜《よざくら》
□ ⑱ 無宿《むしゅく》
□ ⑲ 未決《みけつ》
□ ⑳ 髪結《かみゆい》
□ ㉑ 遺文《いぶん》
□ ㉒ 夢幻《むげん》
□ ㉓ 狐舞《きつねまい》

□ シリーズ副読本 佐伯泰英「吉原裏同心」読本

キリトリ線

本書は新潮文庫のために書き下ろされた。

佐伯泰英著

朱印
古着屋総兵衛影始末　第六巻

武田の騎馬軍団復活という怪しい動きを摑んだ総兵衛は、全面対決を覚悟して甲府に入る。柳沢吉保の野望を打ち砕く乾坤一擲の第六巻。

佐伯泰英著

雄飛
古着屋総兵衛影始末　第七巻

大目付の息女の金沢への輿入れの道中、若年寄の差し向けた刺客軍団が一行を襲う。鳶沢一族は奮戦の末、次々傷つき倒れていく……。

佐伯泰英著

知略
古着屋総兵衛影始末　第八巻

甲賀衆を召し抱えた柳沢吉保の陰謀を阻止せんがため総兵衛は京に上る。一方、江戸ではるりが消えた。策略と謀略が交差する第八巻。

佐伯泰英著

難破
古着屋総兵衛影始末　第九巻

柳沢の手の者は南蛮の巨大海賊船を使嗾し、ついに琉球沖で、大黒丸との激しい砲撃戦が始まる。シリーズ最高潮、感慨悲慟の第九巻。

佐伯泰英著

交趾（こうち）
古着屋総兵衛影始末　第十巻

大黒屋への柳沢吉保の執拗な攻撃で美雪はある決断を下す。一方、再生した大黒丸は交趾を目指す。驚愕の新展開、不撓不屈の第十巻。

佐伯泰英著

帰還
古着屋総兵衛影始末　第十一巻

薩摩との死闘を経て、勇躍江戸帰還を果たした総兵衛は、いよいよ宿敵柳沢吉保との決戦に向かう――。感涙滂沱、破邪顕正の完結編。

佐伯泰英著

血に非ず

新・古着屋総兵衛 第一巻

享和二年、九代目総兵衛は死の床にあった。後継問題に難渋する大黒屋を一人の若者が訪ね来た。満を持して放つ新シリーズ第一巻。

佐伯泰英著

百年の呪い

新・古着屋総兵衛 第二巻

長年にわたる鳶沢一族の変事の数々。総兵衛は卜師を使って柳沢吉保の仕掛けた闇祈禱を看破、幾重もの呪いの包囲に立ち向かう……。

佐伯泰英著

日光代参

新・古着屋総兵衛 第三巻

御側衆本郷康秀の不審な日光代参の後を追う総兵衛一行。おこもとかげまの決死の諜報で本郷の恐るべき野望が明らかとなるが……。

佐伯泰英著

南へ舵を

新・古着屋総兵衛 第四巻

金沢で前田家との交易を終え江戸に戻った総兵衛は町奉行と秘かに対座するが、帰途、闇祈禱の風水師李黒の妖術が襲いかかる……。

佐伯泰英著

○に十の字

新・古着屋総兵衛 第五巻

京を目指す総兵衛一行が鳶沢村に逗留中、薩摩の密偵が捕まった。その忍びは総兵衛の特殊な縛めにより、転んだかのように見えたが。

佐伯泰英著

転び者

新・古着屋総兵衛 第六巻

伊勢から京を目指す総兵衛は、一行を付け狙う薩摩の刺客に加え、忍び崩れの山賊の盤踞する危険な伊賀加太峠越えの道程を選んだ。

山本周五郎著

青べか物語

うらぶれた漁師町浦粕に住みついた〝私〟の眼を通して、独特の狡猾さ、愉快さ、質朴さをもつ住人たちの生活ぶりを巧みな筆で捉える。

山本周五郎著

赤ひげ診療譚

小石川養生所の〝赤ひげ〟と呼ばれる医師と、見習い医師との魂のふれ合いを中心に、貧しさと病苦の中でも逞しい江戸庶民の姿を描く。

山本周五郎著

さぶ

ぐずでお人好しのさぶ、生一本な性格ゆえに不幸な境遇に落ちた栄二。二人の心温まる友情を描いて〝人間の真実とは何か〟を探る。

山本周五郎著

ながい坂（上・下）

下級武士の子に生れた小三郎の、人生という〝ながい坂〟を人間らしさを求めて、苦しみつつも着実に歩を進めていく厳しい姿を描く。

山本周五郎著

町奉行日記

一度も奉行所に出仕せずに、奇抜な方法で難事件を解決してゆく町奉行の活躍を描く表題作ほか、「寒橋」など傑作短編10編を収録する。

山本周五郎著

樅ノ木は残った

毎日出版文化賞受賞（上・中・下）

「伊達騒動」で極悪人の烙印を押されてきた原田甲斐に対する従来の解釈を退け、その人間味にあふれた新しい肖像を刻み上げた快作。

司馬遼太郎著

梟の城

直木賞受賞

信長、秀吉……権力者たちの陰で、凄絶な死闘を展開する二人の忍者の生きざまを通して、かげろうの如き彼らの実像を活写した長編。

司馬遼太郎著

国盗り物語（一〜四）

貧しい油売りから美濃国主になった斎藤道三、天才的な知略で天下統一を計った織田信長。新時代を拓く先鋒となった英雄たちの生涯。

司馬遼太郎著

燃えよ剣（上・下）

組織作りの異才によって、新選組を最強の集団へ作りあげてゆく"バラガキのトシ"——剣に生き剣に死んだ新選組副長土方歳三の生涯。

司馬遼太郎著

関ヶ原（上・中・下）

古今最大の戦闘となった天下分け目の決戦の過程を描いて、家康・三成の権謀の渦中で命運を賭した戦国諸雄の人間像を浮彫りにする。

司馬遼太郎著

花神（上・中・下）

周防の村医から一転して官軍総司令官となり、維新の渦中で非業の死をとげた、日本近代兵制の創始者大村益次郎の波瀾の生涯を描く。

司馬遼太郎著

城塞（上・中・下）

秀頼、淀殿を挑発して開戦を迫る家康。大坂冬ノ陣、夏ノ陣を最後に陥落してゆく巨城の運命に託して豊臣家滅亡の人間悲劇を描く。

池波正太郎著
忍者丹波大介

関ケ原の合戦で徳川方が勝利し時代の波の中で失われていく忍者の世界の信義……一匹狼となり暗躍する丹波大介の凄絶な死闘を描く。

池波正太郎著
闇の狩人（上・下）

記憶喪失の若侍が、仕掛人となって江戸の闇夜に暗躍する。魑魅魍魎とび交う江戸暗黒街に名もない人々の生きざまを描く時代長編。

池波正太郎著
雲霧仁左衛門（前・後）

神出鬼没、変幻自在の怪盗・雲霧。政争渦巻く八代将軍・吉宗の時代、狙いをつけた金蔵をめざして、西へ東へ盗賊一味の影が走る。

池波正太郎著
真田太平記（一～十二）

天下分け目の決戦を、父・弟と兄とが豊臣方と徳川方とに別れて戦った信州・真田家の波瀾にとんだ歴史をたどる大河小説。全12巻。

池波正太郎著
編笠十兵衛（上・下）

幕府の命を受け、諸大名監視の任にある月森十兵衛は、赤穂浪士の吉良邸討入りに加勢。公儀の歪みを正す熱血漢を描く忠臣蔵外伝。

池波正太郎著
堀部安兵衛（上・下）

因果に鍛えられ、運命に磨かれ、「高田の馬場の決闘」と「忠臣蔵」の二大事件を疾けた赤穂義士随一の名物男の、痛快無比な一代記。

八《はっ》州《しゅう》探《たん》訪《ぼう》

新・古着屋総兵衛 第十一巻

新潮文庫　さ-73-22

平成二十七年十二月一日発行

著者　佐《さ》伯《えき》泰《やす》英《ひで》

発行者　佐藤隆信

発行所　株式会社 新潮社

郵便番号　一六二―八七一一
東京都新宿区矢来町七一
電話　編集部(〇三)三二六六―五四四〇
読者係(〇三)三二六六―五一一一
http://www.shinchosha.co.jp

価格はカバーに表示してあります。

乱丁・落丁本は、ご面倒ですが小社読者係宛ご送付ください。送料小社負担にてお取替えいたします。

印刷・株式会社光邦　製本・株式会社植木製本所

ISBN978-4-10-138056-8 C0193